btb

Nina Lykke

Wir sind nicht hier, um Spaß zu haben

Roman

Aus dem Norwegischen
von Ina Kronenberger und Sylvia Kall

btb

Für meine Kernfamilie:
Heidi, Ivar und Nils

There is no such thing as inner peace.
There is only nervousness or death.

FRAN LEBOWITZ

1

Am späten Nachmittag, einer Tageszeit, zu der Knut längst alle Schreibversuche aufgegeben hat, sitzt er stattdessen da und schaut sich ein YouTube-Video über Hodenkrebs an. Den Clip hat er deshalb gewählt, weil das davon ausgelöste Unbehagen ein wenig an das Unbehagen und die Mühsal des Schreibens erinnert und Knut so das Gefühl hat, etwas Produktives zu tun. Doch gerade als er sich nach Geschwulsten abtasten will, plingt eine E-Mail herein.

Einladung zum Podiumsgespräch steht in der Betreffzeile, Absender ist das Literaturfestival in Lillehammer.

Wir sind zwar sehr spät dran, hoffen aber trotzdem, dass Sie die Möglichkeit zur Teilnahme haben. Thema des Podiumsgesprächs ist »Untreue im Leben und in der Literatur«, ein Thema, das Sie ja in mehreren Büchern behandelt haben. Neben dem Mindesthonorarsatz des Schriftstellerverbands werden die Fahrtkosten übernommen sowie Kost und Logis gewährt.

Das Literaturfestival beginnt bereits in einer Woche, demnach ist er nur Ersatz für jemand anderen. Irgendein Autor hat im letzten Moment abgesagt, was Knut zu seinen besten Zeiten durchaus auch gern getan hat. *Danke, ich freue mich über die Einladung und komme gern*, hatte er zum Beispiel geantwortet, um dann wenige Tage vorher »akut erkrankt« zu sein. Weil er keine Lust mehr hatte oder lieber etwas anderes machen wollte.

Mittlerweile ist es allerdings lange her, dass Knut zu etwas eingeladen wurde, das er hätte absagen können. Das letzte Mal, dass er unter Leuten war, falls dieser Ausdruck überhaupt angemessen ist, war im Winter, als er im Umland von Oslo eine Schulklasse träger, desinteressierter Jugendlicher an einer weiterführenden Schule besucht hatte.

In Lillehammer wird das Publikum aus Erwachsenen bestehen, die nicht nur freiwillig da sind, sondern auch für den Einlass bezahlt und möglicherweise sogar mindestens eins seiner Bücher gelesen haben. In Lillehammer wird es außerdem jede Menge Gratismahlzeiten und Alkohol bis zum Abwinken geben, und Knut, der dieses Jahr kein Stipendium erhalten und die letzten Monate von Knäckebrot, Eiern und Sardinen gelebt hat, macht sich daran, die Mail zu beantworten, noch bevor er sie zu Ende gelesen hat.

Vielen Dank für die Einladung! Gern nehme ich …

Doch dann lehnt er sich auf dem Bürostuhl zurück. *Jetzt mal ganz ruhig.*

Knut, der Ende fünfzig ist, hat in letzter Zeit angefangen, mit sich wie mit den Bewohnern des Seniorenheims zu sprechen, in dem er hin und wieder Schichten übernimmt. *Jetzt stehen wir auf. Jetzt trinken wir Kaffee. Jetzt müssen wir uns ein wenig ausruhen.*

Er liest weiter, um herauszufinden, wer sonst noch an dem

Podiumsgespräch teilnehmen wird, dann starrt er aus dem Fenster auf den weißen Himmel und die Bäume im Hinterhof, und zur Sicherheit liest er die Mail noch einmal. Er könnte sich ja verlesen haben – aber nein. Dort steht ihr Name, klar und deutlich.

Sie ist eine der drei Autorinnen und Autoren, die über »Untreue im Leben und in der Literatur« sprechen sollen. Ausgerechnet.

Als wäre das noch nicht genug, ist der dritte Teilnehmer Terje, der mit Knuts Ex-Frau verheiratet ist, und Knut geht in die Küche und füllt Wasser in ein großes Glas. Er weiß, dass er nicht die erste Wahl ist, auch nicht die zweite oder dritte. Vermutlich ist er irgendeinem Assistenten in letzter Sekunde eingefallen. *Wie wär's mit dem Typen, der dieses Buch geschrieben hat … du weißt schon, über seine Scheidung …*

Ich habe nicht über meine Scheidung geschrieben, sagt Knut laut. Er atmet durch die Nase ein und durch den Mund aus, wie er es in einem Film auf YouTube gelernt hat.

Dann leert er das Wasserglas, stellt es in die Spüle und zieht die Schublade mit den Plastiktüten auf. Letzten Herbst, als in seinem Leben die Hölle losgebrochen ist, hat er angefangen, sich solche kurzen Filmchen mit Tipps und Tricks für ein besseres Leben anzuschauen. In den Filmen ging es um alles Mögliche, von Atemübungen und der Aufbewahrung von Trockennahrungsmitteln bis hin zu Faltanleitungen für Kleidungsstücke und andere Dinge, damit sie möglichst wenig Platz beanspruchen. Zum Beispiel hat er gelernt, Plastiktüten in kleine, dekorative Dreiecke zu verwandeln, und manchmal zieht er einfach nur die Schublade auf und betrachtet die Tüten, die dort fein säuberlich in einer Reihe liegen.

Aber heute hilft ihm das nicht, und er knallt die Schublade zu, tapert ziellos durch die Wohnung.

Kriegen die da in Lillehammer denn gar nichts mit? Und vor allem: Lesen die keine Bücher?

Aber vielleicht ist es ja ein gutes Zeichen, dass sie den Zusammenhang nicht sehen. War nicht genau das das Ziel seiner *Never-complain-never-explain*-Taktik gewesen: dass niemandem sein völlig fiktiver Auftritt in der *die Wirklichkeit abbildenden* sogenannten autofiktionalen Erzählung auffiel, verfasst von ebenjener Person, neben der Knut alsbald in Lillehammer sitzen würde, um über »Untreue im Leben und in der Literatur« zu sprechen.

Knut ist am Wohnzimmerfenster stehen geblieben. Unten auf der Straße gehen Menschen vorbei. Er steht oft hier und sieht ihnen zu, fragt sich, wo sie hinwollen, was so wichtig für sie ist. Jeder Einzelne sieht aus, als würde er schwer an etwas tragen. Gesichter in konzentrierte und sorgenvolle Falten gelegt.

Knut ist genauso ein Schräubchen im Getriebe wie alle anderen. Aber ein altes Gefühl, außerhalb der Menschheit zu stehen, hat sich verfestigt und will ihn nicht loslassen. Er kennt diesen Zustand seit seiner Kindheit, und im Herbst war es wieder zurück: das Gefühl, dass alle anderen etwas begriffen haben, das er nicht begriffen hat. Dass es dort draußen irgendein großes, grundlegendes Geheimnis gibt, das alle kennen *außer ihm*.

In der letzten Zeit hat er eingesehen, dass er bald wieder dort hinausmuss, dass kein Weg daran vorbeiführt. Sein Sparkonto ist leer, er hat sogar angefangen, seine Kreditkarte einzusetzen.

Es ist nur eine Frage der Zeit, bis er im Seniorenheim anrufen und seine Dienste anbieten muss.

Nach jeder Schicht denkt er: nie wieder. Aber stets kehrt er zurück. Das letzte Mal vorigen Sommer, und wie üblich hatte unter den Bewohnern eine hohe Fluktuation stattgefunden. Einer der Neuen war ein Mann mit früher Demenz, nur ein Jahr älter als Knut. Im Pausenraum hatten sie darüber gewitzelt, dass es bald auch an Knut wäre, Windeln zu tragen.

Knut hatte mitgelacht. Bei der Morgentoilette betrachtete er sich gern im Spiegel, während er den Bewohnern in die Kleider half, um insgeheim den Unterschied zwischen ihnen und sich festzustellen: er selbst groß gewachsen, in weißer Kleidung und daneben das graue, gebeugte Wesen, dem er gerade half.

Aber als er letzten Sommer eines Nachmittags wie üblich durch die Flure lief, hörte er Musik. Er blieb stehen, denn es war die gleiche Siebziger- und Achtzigerjahremusik, die er selbst hörte, und nachdem ihm klar geworden war, dass die Klänge aus dem Zimmer des Mannes mit früher Demenz kamen, wurde Knut zum ersten Mal wirklich bewusst, dass er selbst dort sitzen könnte.

Er hatte einen guten Draht zu dem Mann gehabt, der in klaren Phasen über Gott und die Welt sprechen konnte wie jeder andere Mensch. Um die Illusion von Ebenbürtigkeit zu wahren, hatte Knut sogar gewitzelt, dass er als abgebrannter Autor *gewisse Menschen, die von der Kommune versorgt würden und ihre Mahlzeiten serviert bekämen*, beneide.

Natürlich beneidete er mitnichten diesen Mann, der nachts auf der Suche nach seinem alten Leben durch die Gänge irrte. Auch sah er sie beide nicht als ebenbürtig an. Bis zu dem Tag, als er im Korridor stand und aus dem Zimmer des Mannes »Enjoy the Silence« von Depeche Mode hörte.

Knut beendete noch die Schichten, für die er sich bereits verpflichtet hatte, aber seither nahm er den Hörer nicht mehr ab, wenn das Seniorenheim anrief.

Bald muss er sich dort melden, das weiß er seit Mitte März, als klar wurde, dass er dieses Jahr kein Stipendium bekommen würde. Aber er sträubt sich dagegen, und das Honorar aus Lillehammer würde ihm noch eine gute Woche Aufschub gewähren.

In Lillehammer könnte er überdies das Gefühl haben, wieder zum Kulturbetrieb zu gehören, er könnte wieder in den Flow kommen und neue Kraft zum Schreiben schöpfen.

Dass ein neues Buch von ihm angenommen würde und er in der Folge den Verlag um einen Vorschuss bitten könnte, ist seine größte Hoffnung. Denn auch wenn seine Bücher nicht mehr so gut laufen, werden sie jedes Mal vom Kulturrat für Bibliotheken angekauft, und was noch wichtiger ist: Ein neues Buch wäre ein Signal an sämtliche Stipendienkomitees, dass Knut A. Pettersen wieder an etwas sitzt, Knut A. Pettersen ist immer noch aktiv, er ist noch nicht dement, noch nicht tot.

Normalerweise würde er zu diesem Zeitpunkt zu Frank hinübergehen. Aber Frank, Knuts direkter Nachbar und Freund, ist gerade in einer On-Phase mit M, seinem heimlichen On-off-Liebhaber, und deshalb nicht ansprechbar.

Knut geht wieder in die Küche und bleibt vor dem kleinen Weinregal stehen. Wenn Franks heimliches Verhältnis mit M, einem verheirateten pakistanischen Vater von drei Kindern, wieder läuft, hört Frank stets auf zu trinken und »verschenkt« sein Weinregal an Knut. Knut bietet an, es bis zum nächsten Mal aufzubewahren, und Frank antwortet wie immer, dass es kein nächstes Mal geben werde, aber sobald M sich wieder zu seiner Familie in Lørenskog zurückzieht – die er übrigens nie verlassen hat –, ist Frank jedes Mal gleichermaßen erleichtert, das Weinregal zurückzubekommen, auch wenn selten viele Flaschen übrig sind.

Franks und Ms verbotenes und heimliches Verhältnis besteht schon seit vielen Jahren und hat längst seinen Rhythmus gefunden: zwei, drei Wochen *on*, drei, vier Wochen *off*. Und da es erst vor einer Woche wieder eingesetzt hat, kann er mit Frank frühestens in ein oder zwei Wochen rechnen.

Knut erwägt, eine Flasche aufzumachen. Aber er trinkt nicht gern allein. Dann gerät er schnell in Schwierigkeiten, entweder er bricht auf Facebook einen Streit vom Zaun, oder er nimmt Kontakt zu jemandem auf, zu dem er besser keinen Kontakt aufnehmen sollte.

Es ist ein Jahr her, seit Hanne – und ihr Töchterchen Selma – ausgezogen sind, und damals hatte Knut sich geschworen, nie wieder mit einem Menschen zusammenzuwohnen. Und immer, wenn er hört, wie der ältere Mann im Stockwerk über ihm seinen fetten, alten Golden Retriever die Treppe runterschleppt, denkt er: und auch nicht mit einem Tier.

Er schaut in den Hinterhof auf der Suche nach etwas, das ihm Halt geben könnte, aber das Einzige, was er sieht, ist eine Elster auf einem Baum, die ungerührt zurückglotzt.

Seit letztem Herbst ist er im Großen und Ganzen zu Hause gewesen, wenn er nicht gerade bei Frank war. Es scheint, als hätte er mit jedem Tag ein Stück mehr an Toleranz eingebüßt, die er früher offenbar noch hatte. Er hat angefangen, sich in einem Maße über das Aussehen und Verhalten anderer Leute aufzuregen, das es ihm schwer macht, nach draußen zu gehen. Zum Beispiel geht es ihm auf die Nerven, dass die Leute auf dem Bürgersteig so langsam vor sich hin trotten. War das schon immer so? Oder dass ganze Fußgängergruppen zu viert nebeneinanderlaufen und sich weigern, Platz für andere (Knut) zu machen, die daraufhin auf die Straße ausweichen müssen.

Vermutlich wird er einfach nur alt. Möglicherweise ist es etwas Hormonelles. Aber warum laufen Leute zu viert nebeneinander und beanspruchen den ganzen Bürgersteig? Und warum tragen erwachsene Menschen Hosen, in die zuvor große Löcher hineingeschnitten wurden? Keine Hosen mit normalen natürlichen Rissen, verursacht von ehrlicher, rechtschaffener Maschinenwäsche und Abnutzung, wie in den Achtzigern, als Knut selbst jung war, sondern große, viereckige Löcher, die sie absichtlich hineingeschnitten haben, *mit der Schere;* und warum ziehen sich die Leute nicht mehr richtig an, sondern sind im öffentlichen Raum mit Klamotten unterwegs, die wie Schlafanzüge aussehen – diese Fragen geraten zu einer Sackgasse, in die Knut sich mehrmals täglich verirrt. Alles, woran er denkt, gerät zurzeit zur Sackgasse, und in diesen Sackgassen schwirrt er herum wie eine wild gewordene Biene.

Knut macht nun doch eine Flasche Rotwein auf. Um sich an Frank und seinem Weinsnobismus zu rächen, nimmt er das Wasserglas, aus dem er gerade getrunken hat, und schenkt es bis zum Rand voll. Anschließend trinkt er den Inhalt in vier, fünf großen Schlucken, als wäre dieser teure Rotwein eine Arznei, die es schnell runterzuschlucken gilt. Dann schenkt er sich noch einmal nach, und schon ist die Flasche leer.

Nach Hannes und Selmas Auszug ist Frank sein einziger Kontakt zur Umwelt. Knut hat den Verdacht, dass ihre Freundschaft sich auf Faulheit gründet, da Frank nur drei Schritte entfernt wohnt, und jedes Mal, wenn Frank in sein heimliches Verhältnis entschwindet, sagt sich Knut, dass er alte Verbindungen aufwärmen sollte, damit er das nächste Mal, wenn Frank sich entzieht, ein Sicherheitsnetz hat. Doch bevor er es geschafft hat, jemanden zu kontaktieren, ist sein Nachbar in der Regel wieder verfügbar.

Er könnte ausgehen, einfach die Wohnung verlassen wie jeder normale Mensch, und sich in ein Café oder eine Kneipe setzen. Mit jemandem ins Gespräch kommen, ein normaler Mensch in der Öffentlichkeit sein. Aber man weiß nie, wen man trifft. Knut sollte es außerdem vermeiden, überhaupt den Mund aufzumachen, da das Einzige, worüber er reden will, das Einzige ist, worüber er nicht reden *kann*. Ständig muss er vorsichtig sein, wohin er tritt, als hätte sich die Welt da draußen in einen riesigen Ballon voller Scheiße verwandelt, der jederzeit platzen kann.

Mit dem Glas in der Hand geht er in den Flur und klopft an Franks Tür, aber natürlich macht niemand auf. Wenn Frank mit M zugange ist, wirkt es, als hätte er sich einer Sekte angeschlossen. Dann kann man mit ihm nicht mehr reden und auch sonst nichts mit ihm anfangen.

Knut klappt den Laptop auf und surft ein bisschen, um zu sehen, wer sonst noch in Lillehammer ist. Er hat mehrere Jahrzehnte in der norwegischen Kulturszene verbracht und sieht überall bekannte Namen und Gesichter.

Wann war er zuletzt dort? Das muss nach Erscheinen seines letzten Buchs gewesen sein – vor fast sieben Jahren. Die Reaktionen darauf fielen verhalten aus, genau wie bei den zwei Vorgängerbüchern, die er nach dem Erfolgsbuch veröffentlicht hatte.

Das Erfolgsbuch – das nicht *Das Erfolgsbuch* heißt, so nennt es nur Knut – war sein drittes Buch. Es ist vor mehr als zwanzig Jahren erschienen und war sein Durchbruch. Das Buch hat sich so gut verkauft, dass er seine Teilzeitstelle als Korrekturleser bei einer Zeitung aufgeben und sich außerdem diese Wohnung kaufen konnte.

Im Programm steht, dass seine Ex-Frau Lene bei einer Veranstaltung im Park aus ihrem letzten Buch lesen soll. Neben Frank ist Lene die Einzige, mit der er sich im Moment vorstellen kann zu reden. Das Problem ist, sie allein zu erwischen.

Wenn er anruft, ist Terje – den Knut nach wie vor als Lenes *neuen* Mann betrachtet, obwohl sie seit mehr als zehn Jahren verheiratet sind – nie weit weg, und darum kann er nur über Dinge reden, die mit Lukas, ihrem Sohn, zu tun haben, und das alles möglichst neutral und unangreifbar.

Im Herbst war Frank auch schon mit M zugange gewesen. Verzweifelt auf der Suche nach jemandem, mit dem er sprechen konnte, dem er vertrauen konnte, hatte Knut sich in der Gegend, in der Lenes Gemeinschaftsbüro liegt, herumgetrieben, und als er ihr beim zweiten oder dritten Versuch begegnet ist, gab er vor, rein zufällig dort zu sein. Er hatte sie zu einem gemeinsamen Kneipenbesuch überredet und ihr nach ein paar Bierchen die ganze Geschichte erzählt. Zunächst hatte er es nur in einem Nebensatz erwähnt, als sie sich über etwas anderes unterhielten. Ja, apropos, hast du das letzte Buch von [...] gelesen? Dort erzählt sie eine völlig abstruse Geschichte über mich. Anschließend hatte er den Kopf geschüttelt und gegrinst, als stünde er über diesen Dingen. Aber Lene, die das Buch noch nicht gelesen hatte, fragte und hakte nach, wie er es sich erhofft hatte, und sie regte sich auf, was er sich ebenfalls erhofft hatte, und er saß dort in der Kneipe und bekam feuchte Augen.

Du musst doch etwas unternehmen, sagte Lene. Du kannst doch nicht zulassen, dass sie damit weitermacht. Was soll ich denn tun, fragte Knut. Egal, was ich mache, es wird die Situation nur verschlimmern. Sie wird noch mehr Bücher verkaufen, und ich werde für immer als übergriffig abgestempelt werden. Genau das wird passieren.

Du bist so weit von einem übergriffigen Menschen entfernt, wie es nur möglich ist, sagte Lene.

Bist du so gut und erzählst Terje nichts davon, hatte er gefragt, als sie sich verabschiedeten. Lene versprach es, aber bei Ehepartnern weiß man nie. Und jetzt soll er mit Terje und der *Wirklichkeitsbeschreiberin*, wie er sie insgeheim nennt, auf einer Bühne sitzen.

Aber sollte er das überhaupt? Er muss nicht auf die Mail antworten. Ein weiterer Kniff, den er früher auch schon angewandt hat: einfach nicht antworten.

Knut ist ratlos. Er braucht einen guten Zuhörer. Bei Frank in der Wohnung kann er lange Vorträge halten, während Frank, der als Grafikdesigner im Homeoffice arbeitet, am Computer sitzt und Websites, Plakate oder Buchumschläge entwirft.

Wie gern würde er zu Frank gehen und ein weiteres Mal seine Version erzählen, ein weiteres Mal den gleichen Refrain singen, den er schon den ganzen Winter über gesungen hat, über das, was auf einer gewissen Mitgliederversammlung des norwegischen Schriftstellerverbands vor ziemlich genau zweieinhalb Jahren passiert war.

Wohlgemerkt, was *wirklich* passiert war, anders als das, was im Buch der Wirklichkeitsbeschreiberin steht, einem Buch, das nach Aussage der Autorin die Wirklichkeit schildert, und zwar *unbeschönigt*. Aber wie kann man behaupten, die Wirklichkeit zu schildern, und dabei gleichzeitig über andere reine Lügen verbreiten? Unter Nennung von Namen? Für andere hat sie Pseudonyme verwendet, sogar für ihre eigenen Kinder.

Meinen Namen hingegen hat sie voll ausgeschrieben, mit
Nachnamen und allem Drum und Dran. Als hätte ich keine
Gefühle. Als wäre ich eine Pappfigur, ein Clown, jemand, mit
dem man machen kann, was man will, ohne dass es Folgen hat.
Knut sitzt an seinem Schreibtisch und murmelt vor sich
hin.

In letzter Zeit hat er nicht mehr so viel an die Geschichte
gedacht. Mit der Zeit war sie in seinem Kopf nur noch zwanzig, dreißig Mal am Tag aufgetaucht – im Gegensatz zu den
anfangs mehreren Hundert Malen. Aber jetzt ist sie zurück,
und zwar mit voller Wucht.

Bisher hatte dieser Freitag aus Kaffeekochen, Fenster auf- und
zumachen und sich selbst googeln bestanden, sich über einen
Artikel aufregen, dessen Thema er vergessen hat, auf Facebook irgendeinen Streit verfolgen, den er ebenfalls vergessen hat, ein paar Scheiben Knäckebrot essen und noch mehr
Kaffee trinken, und dann diese Angst vor Krebs, denn nachmittags pirscht sie sich heran, die Tagesvariante des Satzes, der
ihn jede Nacht gegen drei Uhr weckt: *Hier liegen wir allein,*
und bald ist alles vorbei. Früher konnte er aus solchen Sätzen,
die die Angewohnheit haben, sich in seinem Gehirn festzuset-
zen, Nutzen ziehen – sie waren der Ausgangspunkt für mehrere seiner Bücher –, aber jetzt rauben sie ihm nur den Schlaf.
Er hat heute noch nichts Handfestes unternommen, außer
loszuheulen, als ihm im Laufe des Vormittags ein Videoclip
über einen Hund mit drei Beinen untergekommen war. Die
Art, wie der Hund humpelte, so unbeirrt und ohne jegliches

Selbstmitleid, trieb ihm die Tränen in die Augen, und dadurch hatte Knut das Gefühl, ebenso wie bei dem Clip über Hodenkrebs, wenigstens ein klein wenig zu arbeiten, vielleicht auch noch dadurch bestätigt, dass er gelesen hatte, einige seiner männlichen Kollegen hätten die Angewohnheit, während des Schreibprozesses heulend vor dem Bildschirm zu sitzen, sodass die Tränen auf die Tastatur tropfen.

Sein Glas ist schon fast leer. Innerhalb kürzester Zeit hat er eine ganze Flasche getrunken. Aber er merkt nichts davon, außer vielleicht, dass seine Knie etwas taub geworden sind.

Er geht in die Küche und erwägt, eine zweite Flasche aufzumachen. Da hört er Geräusche aus Franks Küche, die Wand an Wand an seine grenzt. Das Haus ist so hellhörig, dass er hören kann, wie Frank seufzt und was er gerade tut, und Knut steht da und lauscht den Seufzern und Franks Schlurfschritten, und er lächelt, denn er weiß, was das bedeutet.

Die Phasen in Franks Verhältnis mit M werden zunehmend kürzer. Letztes Mal dauerte es nur zehn Tage und diesmal also nicht mehr als eine Woche. Oft schafft Frank es nicht, viele Flaschen zu kaufen, bevor das Verhältnis wieder startet. Ebenso wenig gelingt es Knut, sie leer zu trinken, bevor es wieder vorbei ist.

Es sind noch fünf Flaschen im Regal, und Knut trägt es in den Flur.

Er klopft an die Tür, aber Frank macht auch diesmal nicht auf.

»Hallo«, ruft Knut durch den Briefschlitz. »Ich weiß, dass du da bist.«

Keine Reaktion. Da er keine Lust hat, das Regal wieder zu-rückzutragen, setzt er sich auf die Fußmatte mit dem Rücken an Franks Tür.

Dass Knut zuletzt so etwas wie ein Sozialleben hatte, war zu der Zeit, als Hanne und Selma noch hier wohnten. Da-mals gab es Abendessen und Partys am laufenden Band, aber dann stellte sich heraus, dass es einzig und allein Han-nes Freunde waren, denn sie verschwanden mit ihr. Knut hat sich auch schon auf Facebook umgeschaut, um sich in Erin-nerung zu rufen, wen er kennt, alte Freundschaften aus der Zeit vor Hanne, aber bisher hat er niemanden gefunden, mit dem er sich gern treffen würde. Er begnügt sich mit einem hochgereckten Daumen oder einem wütenden oder weinen-den Gesicht als Reaktion auf etwas, das der andere gepostet hat. Ein paar Leuten hat er tatsächlich versucht, eine persön-liche Nachricht zu schicken, aber dann passiert, was auch pas-siert, wenn er versucht, etwas Belletristisches zu schreiben: Er schreibt und streicht, redigiert und streicht und flickt, und bald zerrinnt ihm alles zwischen den Fingern. Zurzeit kommt es ihm vor, als würde alles, was er schreibt, zu einer Lüge wer-den, sobald er es in die Tastatur hämmert. Als wäre er im Be-griff, die Sprache zu verlieren.

Er weiß noch, dass er sich einmal, jedenfalls bis letzten Herbst, in der Welt bewegt hat, sich geäußert und auch ge-schrieben hat, also musste er etwas zu sagen gehabt haben, aber er kann sich beim besten Willen nicht daran erinnern, was so wichtig gewesen war, dass er es von sich geben musste, und er findet auch nicht zurück zu dem Engagement, das dahintergesteckt haben musste, dem Drang, sich mitzuteilen, wie auch dem Drang, sich in der Welt zu bewegen.

»Ich bin nach Lillehammer eingeladen«, sagt er durch den Briefschlitz. »Und rate mal, mit wem ich auf die Bühne soll!«

Endlich kommt Frank an die Tür. Knut kann nur seine Beine sehen, und wie üblich hat Frank eine Anzughose mit messerscharfen Bügelfalten an. Obwohl er im Homeoffice arbeitet, trägt Frank immer Anzughosen und ein weißes Hemd, niemals Jeans und niemals T-Shirts. Sein Bauch ist überdies flach und fest, und unter dem weißen Hemd wölben sich die Oberarmmuskeln. Hin und wieder versucht Knut, sich vorzustellen, wie es wohl ist, schwul zu sein. Vielleicht wäre dann alles einfacher, sagt er gern zu Frank, um ihn zu foppen. Frauen sind ja so schwierig. Dann würdest du nur was anderes finden, worüber du jammern kannst, kommt es regelmäßig von Frank zurück.

»Mit wem sollst du auf die Bühne?«

»Lass mich rein.«

»Nein. M hat wieder meinen Kontakt blockiert, und jetzt will ich nicht mehr. Verschwindet, alle miteinander.«

»Dann wäre ein Gläschen doch perfekt. Ich habe dein Weinregal dabei. Es sind noch ein paar Flaschen übrig. Diesmal ging es ja schnell, noch schneller als sonst.«

Frank antwortet nicht, aber er bleibt stehen, und Knut unternimmt einen neuen Versuch.

»Aha. Er hat dich also blockiert. Am Donnerstag ist er wieder zurück. Oder am Donnerstag in einer Woche.«

»Mit wem sollst du denn auf die Bühne?«

»Ich soll auf die Bühne mit …«

Knut bringt es nicht über sich, ihren Namen auszusprechen.

Frank kommt ein paar Schritte näher.

»Der Frau, die über dich geschrieben hat?«

»Ja.«

Endlich öffnet Frank die Tür.

»Fünf Minuten. Dann bist du wieder draußen.«

2

»Ich glaube, da muss ich einfach dabei sein.«

Frank sitzt im Sessel, Knut auf dem Sofa, einen halben Barolo haben sie schon intus.

»Du willst mit nach Lillehammer?«

Frank, jetzt schon besser gelaunt, grinst.

»Ja, das kann ich mir doch nicht entgehen lassen.«

»Aber ich weiß ja noch gar nicht, ob ich selbst hinfahre. Ich habe mich noch nicht entschieden. Außerdem bin ich nur Ersatz.«

»Ersatz, wen interessiert das schon? Die Hauptsache ist, du bist eingeladen. Du sollst auf einer Bühne sitzen und über Gott und die Welt reden, und dafür kriegst du – wie viel noch mal?«

»Fünftausend Kronen.«

Frank lacht erneut.

»Mein Gott. Was seid ihr alle für verwöhnte Gockel.«

Zu Franks Dauerthemen gehört der Kulturbetrieb und alles, was dort vor sich geht. Er selbst vertritt die *einfachen Leute* und den *kleinen Mann auf der Straße*, woraufhin Knut in der Regel darauf verweist, dass Frank in teuren Klamotten dasitzt und Barolo trinkt und dass er, wenn er will, mit seinem Laptop nach Thailand fliegen und von dort aus arbeiten kann, und dann sagt Frank, das könne Knut im Prinzip auch, und außerdem seien guter Wein und teure Klamotten eine Frage der Prioritäten, denn Frank hat kein Auto und isst nur zwei Mahlzeiten am Tag und niemals Fleisch, woraufhin Knut antwortet, er selbst esse nur Knäckebrot mit Sardinen und Eiern, und ein Auto habe er nie besessen, es sei typisch für die Reichen, dass sie behaupten, es ginge um Prioritäten. Franks Replik darauf lautet wiederum, wenn Knut arm ist, dann sei das selbst gewählt, er bräuchte sich ja bloß eine Stelle zu suchen wie andere Leute auch, du könntest zum Beispiel im Seniorenheim anrufen. Aber wenn ich dort anfange zu arbeiten, fehlt mir die Kraft zum Schreiben, wendet Knut ein, woraufhin Frank die ganze Unterhaltung mit den Worten beendet: *Schreiben? Das tust du doch sowieso nicht!*

»Ich weiß nicht, ob ich mir ihre Visage antun kann«, sagt Knut. »Ich weiß nicht, wie ich darauf reagiere. Ich traue mir nicht.«

»Aber dann hätte sie ja gewonnen. Dann kriegt sie ihre Version bestätigt, denn dann kann die Tatsache, dass du nicht erscheinst, so gedeutet werden, dass du dich schämst, dass also wahr ist, was sie schreibt.«

»Und wenn ich hinfahre, kann es so gedeutet werden, als wäre ich genau der rücksichtslose Dreckskerl, als den sie mich beschreibt. Einer, der null Gespür für die Situation hat und deshalb glaubt, alles sei in bester Ordnung.«

»Du kannst doch so tun, als hättest du ihr Buch nicht

gelesen, so wie du es immer machst, wenn dir ein Buch nicht gefällt.«

»Wäre das denn glaubwürdig? Alle haben doch ihre Bücher gelesen. Sogar *du* hast sie gelesen. Obwohl das, was sie schreibt, nichts als Klatsch und Tratsch aus dem Kulturbetrieb ist, hat sie es zumindest geschafft, Leute wieder zum Lesen zu animieren, das muss man ihr lassen.«

Frank antwortet nicht, aber seine Wangen sind gerötet, er kichert dauernd vor sich hin, und Knut will nach Hause. Doch dann stellt er sich vor, wie er allein durch seine Wohnung tigert, und bleibt sitzen.

»Vielleicht laden sie mich genau deswegen ein, um eine Schlägerei zu provozieren. Vielleicht wissen sie ganz genau, was sie tun. Was für blutrünstige Ärsche.«

Frank nickt.

»Stimmt schon. Es ist fantastisch zu sehen, wie sie alle dazu bringt, in der Öffentlichkeit zu springen und zu tanzen.«

»Fantastisch?! Eine Lügnerin von ihrem Kaliber wird mich nicht daran hindern, mich frei zu bewegen. Und ob ich hinfahre.«

»Und was willst du sagen, wenn du dort sitzt?« Frank beginnt zu glucksen. »Wenn das Thema lautet … was hast du noch mal gesagt? ›Untreue im Leben und in der Literatur‹?«

»Ich habe schon an vielen solchen Gesprächen teilgenommen, und man kann sich da durchlavieren, ohne großartig was zu sagen. Schalt einfach auf Autopilot, mit Floskeln und Binsenweisheiten. Lass die anderen reden.«

»Darauf stoßen wir an!«

Knut hebt das Glas.

»M ist bald wieder da.«

»Das glaube ich nicht.«

»Das sagst du jedes Mal.«

»Nein, dieses Mal ist es *definitiv vorbei*. Ich habe einfach keine Reserven mehr.«

»Auch das sagst du jedes Mal. Mit genau denselben Worten.«

»*Du* hast ihn verschreckt. Du kannst nicht so im Leben anderer Menschen herumwühlen, ohne dass es Konsequenzen hat.«

»Ihr habt euch seitdem unzählige Male getrennt und wieder zusammengefunden, das Argument kannst du dir also schenken. Ich habe lediglich versucht, ein Buch über ihn zu schreiben, *aus dem nichts geworden ist*, mehr nicht. Genau wie bei allen anderen Schreibversuchen der letzten Jahre. Hast du das vergessen? Und so sah es bei euch schon immer aus, lange bevor ich …«

»Schreib über Scheidungen und Untreue, wie auch immer. Schreib über Mittelschichtsuntreue in mittleren Jahren. Schreib, was du willst, aber denk dir selbst was aus. Wo du so gegen die sogenannte Wirklichkeitsliteratur bist, solltest du es besser wissen.«

»Ich habe alle Beteiligten anonymisiert.«

»Halt die Klappe.«

Frank nuschelt. Aber er sitzt in einem Sessel, der mindestens zehnmal so teuer ist wie irgendein Möbelstück, das Knut je besessen hat. Frank ist glattrasiert und hat etwas mit seinen

Haaren gemacht, damit sie genau richtig liegen. Knuts dunkelblonde, aber zunehmend graue Haare stehen vom Kopf ab, als hätte er zwei Finger in die Steckdose gesteckt. Er sollte zum Friseur gehen, jetzt wo er unter Leute soll. In Grønland kann man sich für wenig Geld die Haare schneiden lassen. Knut schaut an sich herunter. Auf dem T-Shirt hat er einen gelben Fleck von den zwei weichgekochten Eiern, die er zu Mittag gegessen hat, denn obwohl er mit seiner Aufräum- und Sortierbesessenheit in mancherlei Hinsicht genau und pedantisch ist, ist er in anderer Hinsicht völlig nachlässig, und da er nicht länger mit jemandem zusammenwohnt, hat er auch niemanden, für den er sich täglich herrichten könnte. Er ist groß und schlaksig, hat in der letzten Zeit aber einen leichten Bauch bekommen. Über der Levis 501 in Größe 34, die er trägt, seit er als Sechzehnjähriger seine erste gekauft hat, hängt ein, wenn auch kleines, Speckröllchen. Vielleicht sollte er Franks Beispiel folgen und anfangen zu fasten. Das Problem ist nur, dass Fasten nervig und unangenehm ist, das weiß er, obwohl er es noch nicht ausprobiert hat, und auch Klamotten zu waschen und zu duschen, ist nervig. Jedes Mal, wenn er die Dusche aufdreht oder unten im Waschkeller steht und Kleidung in die alte Waschmaschine stopft, die er als Einziger im ganzen Haus noch benutzt, taucht die Frage auf: Was ist der Sinn des Ganzen, wenn ich es morgen schon wieder machen muss, oder in ein paar Tagen? Er muss sich immer wieder aufraffen, um gegen derlei Gedanken anzukämpfen, die sich einschleichen und alles, was er tut, herabwürdigen; so geht es nun schon, seit letzten Herbst das Buch der Wirklichkeitsbeschreiberin erschienen ist.

Aber er tut, was er kann. Er wäscht sich und hält sich aufrecht und versucht, in ganzen Sätzen zu reden. *Hoch mit dir,* sagt er zu sich, wenn er morgens aufwacht und ihn die übliche Schwermut niederdrücken will. *Hoch mit dir.*

Dann heißt es, die Kaffeemaschine anwerfen und alles in greifbarer Nähe haben. In einem Behältnis an der Wand hängen die Kaffeefilter, und auf der Küchenzeile steht die Dose mit dem guten schwedischen Kaffee, von dem er dreißig Kilo gekauft hat, als dieser im Angebot war. Er hat ausgerechnet, dass er es schafft, ihn vor Ablauf des Verfallsdatums aufzubrauchen. Derlei Tätigkeiten und Aufgaben können einen ganzen Tag ausfüllen. Billigen Kaffee, Knäckebrot, Käse auftreiben, und wenn er wieder zu Hause ist, alles an seinen Platz geräumt hat – *ein Platz für alles und alles an seinem Platz –* und sich endlich hinsetzen kann, um etwas zu schaffen, ist er so erschöpft von all den Geräuschen draußen in der Welt, den Gesichtern und Häusern und Autos, dass er sich kurz hinlegen muss, damit die Augen zur Ruhe kommen, sich seine alten, steifen Muskeln entspannen, und wenn er zwei Stunden später aufwacht, ist es zu spät, um noch etwas Vernünftiges zustande zu bringen, und dann geht er in der Regel in den Flur und klopft an Franks Tür.

Frank macht noch eine Flasche auf, und Knut redet über die Person, die er in Lillehammer treffen soll. Er erzählt die alte Geschichte, die Frank schon tausendmal gehört hat, weshalb Frank die Augen schließt und sicherlich auch die Ohren, und doch redet Knut weiter, denn er kann und will nicht aufhören. Sie sind zwei alte Kerle mit jeweils eigenem Refrain, und beide verspüren eine gewisse Linderung, wenn sie ihn anstimmen.

Franks Refrain handelt von M, dass entweder *der ganze Quatsch ein Ende haben* oder M seine Frau verlassen muss, die zugleich seine Cousine ist, sowie seine Eltern, mit denen er zusammenwohnt, sowie seine drei Kinder. Alle diese Menschen muss M auf Franks Geheiß hin verlassen, um stattdessen zu Frank in die Zweizimmerwohnung zu ziehen, sonst *gibt es kein nächstes Mal, das kannst du knicken,* schreit Frank, und Knut schreit *A-MEN* und *Darauf stoßen wir an,* aber sie wissen beide, dass nichts davon passieren wird. Was passieren wird, ist, dass Frank und M ihre heimliche On-off-Beziehung fortführen, in der M in regelmäßigen Abständen kalte Füße bekommt oder Frank sich entzieht, um von M eine Entscheidung zu erzwingen, sein Outing zu erzwingen, was in M nur noch mehr Panik und Widerstand auslöst, und so machen sie immer weiter. Frank hat versucht, seine Besessenheit zu überwinden, unter anderem durch Hypnose, damit er das nächste Mal standhaft bleibt, wenn M mitten in der Nacht eine Nachricht aus seinem Doppelbett schickt, in dem er neben seiner Cousine im Mehrgenerationenhaus in Lørenskog wachliegt, aber nichts hilft.

Frank, der sich früher bei Knut über die neue Bürgerlichkeit im Schwulenmilieu beklagt hat, die an Fahrt aufgenommen hat, nachdem die gleichgeschlechtliche Ehe zugelassen wurde – diese *Reihenhausbesessenheit,* wie er es nennt –, derselbe Frank ist jetzt selbst davon besessen, zu heiraten und in ein Reihenhaus zu ziehen. Oder in eine Wohnung, eine

Hütte, ein Zelt, egal was. Er will Ms Eltern kennenlernen, er will sogar Kinder haben, und wenn Frank davon anfängt, fällt es Knut schwer, ernst zu bleiben, weil er weiß, dass gerade das Verbotene und Heimliche rund um M Franks Begehren weckt.

Zu später Stunde hat Frank schon einmal eingeräumt, dass er das Drama und den Zusammenhalt und all die starken Gefühle von früher vermisst, bei einer Gelegenheit rutschte ihm sogar heraus, dass er Aids vermisse, aber zum einen war er zu dem Zeitpunkt betrunken, und zum anderen nahm er es sofort wieder zurück. Vielleicht vermisse ich nur all die unendlich traurigen, aber auch unendlich schönen Begräbnisse, hatte Frank hinzugefügt und dann angefangen zu weinen. Vielleicht wirst du einfach alt, sagte Knut. Vielleicht vermisst du einfach nur dich selbst in jung. Vielleicht bin ich auch nur besoffen, sagte Frank.

Knut schenkt sich mehr Wein nach. Franks Glas ist immer noch voll.

»Was ich nicht verstehe, ist, dass sie meinen Namen verwendet hat. Na ja, das eine ist, was sie geschrieben hat, aber dass der Verlag das hat durchgehen lassen? Das verstehe ich nicht.«

Und Frank lässt Knut reden. Die meiste Zeit redet Knut. Es kommt vor, dass Knut auf Franks Sofa liegt, ohne etwas zu sagen, um dann aufzustehen und in seine Wohnung zurückzukehren, weil ihm gerade ein Satz eingefallen ist, den er aufschreiben muss. Oder er bleibt auf Franks Sofa liegen und tippt etwas in die Notiz-App im Handy. Einmal hat er stundenlang auf dem Handy herumgetippt, sodass ihm hinterher die Hände wehtaten.

Logischer wäre es gewesen, in die eigene Wohnung zu gehen, sich an den Schreibtisch zu setzen und normal zu schreiben, auf dem Laptop, was in jeder Hinsicht praktischer und logischer ist, als bei Frank auf dem Sofa zu liegen und auf dem kleinen iPhone herumzutippen. Das er im Übrigen von Frank geerbt hat, genau wie einen Anzug und mehrere Hemden und eine ganze Menge anderer Dinge. Aber wenn er in seine eigene Wohnung geht, hat er in den wenigen Sekunden, die es dauert, dorthin zu gelangen, oft vergessen, was er schreiben wollte, und außerdem, und das ist das Wichtigste: Wenn er sich an den Schreibtisch setzt, werden sein Nervensystem oder sein Gehirn oder die Gedärme oder was immer bei ihm das letzte Wort hat, feststellen, was er da treibt, und augenblicklich alle Versuche, ein gutes, produktives Leben zu führen, unterbinden.

Manchmal, wenn er mitten am Tag an seinem Schreibtisch sitzt, tut er so, als würde er aufgeben. Er setzt sich aufs Sofa und schaltet den Fernseher ein. Wie zufällig nimmt er den Laptop mit, *für den Fall, dass mir etwas einfällt, das ich unbedingt kaufen muss*, denkt er fromm, und dann kommt es vor, dass er mehrere Seiten vollschreibt, in rasendem Tempo, bevor das Nervensystem/das Unterbewusstsein/die Gedärme begreifen, was vor sich geht, und die Konzentration im selben Augenblick verfliegt.

»Sie hat unter meinem vollen, im Melderegister aufgeführten Namen über mich geschrieben«, wiederholt Knut, und

Frank, der morgen einen Abgabetermin hat und deshalb am Schreibtisch sitzt, schüttelt folgsam den Kopf.

»Sie hat mich nicht vorab informiert und mir das Manuskript nicht zum Lesen gegeben, sondern ihre eigene zu 99,99 Prozent erfundene Version aufgeschrieben.«

Frank starrt auf den Bildschirm und bewegt die Maus. Er sitzt an der Website für ein Tanzensemble.

»Hat sie nicht auch über viele andere geschrieben?«

»Sie hat *alles über alle* geschrieben, wie sie in ihrer ganzen Verlogenheit behauptet, und demnach ist es also in Ordnung. ›Es sind schließlich *Romane*‹, antwortet sie herablassend, wenn jemand fragt, weshalb sie es komisch findet, dass Leute negativ auf das reagieren, was sie über sie schreibt, oder wenn sie private Nachrichten zitiert, *die sie so anpasst, dass sie sich in die Geschichte fügen.*«

Knut tippt bei jedem Wort mit dem Zeigefinger aufs Sofakissen.

»›Es sind schließlich Romane‹, sagt sie dann. ›Es ist schließlich *Kunst.*‹ –›*Schonungslos gegenüber nahestehenden Menschen, vor allem aber gegenüber sich selbst*‹, schreiben sie dort draußen über sie.«

Darauf antwortet Frank nicht, und es gibt auch nichts zu antworten. Und während Frank arbeitet, legt Knut sich aufs Sofa, schließt die Augen und versucht, an etwas anderes zu denken. Was zum absoluten Gegenteil führt, und bald kreisen Knuts Gedanken allesamt um diese Frau, mit der er demnächst auf einer Bühne auf Norwegens größtem Literaturfestival sitzen wird.

Bis jetzt hat sie fünf Bücher geschrieben, und jedes neue Buch ist eine Sensation im Kulturbetrieb, da alle lesen wollen, ob und wenn ja, was sie über sie geschrieben hat. Die letzten drei handeln überwiegend von Leuten, die sich aufgeregt haben über etwas, das sie in den ersten beiden Büchern geschrieben hat. Und so erschafft sie sich mit der Zeit ihre eigene »Wirklichkeit«, von der jedes neue Buch erzählt, und das Letzte, wozu Knut beitragen will, ist diese Form der Geldmehrung. Darum hält er die Füße still, und zwar seit dem Tag, an dem er sich dank des Tipps eines Kollegen, den er insgeheim nur »Großgesicht« nennt, einem der vielen Gerüchteköche des Kulturbetriebs, das Buch beschafft und es gelesen hat.

Schon das letzte Buch von [...] gelesen?, hatte Großgesicht ihm geschrieben, und da Großgesicht sehen konnte, dass er die Nachricht gelesen hatte (Knut hat bislang noch nicht herausgefunden, wie man diese Funktion ausschalten kann), hatte er als Erwiderung ein Fragezeichen geschickt, woraufhin Großgesicht mit einem Seitenverweis und einer Lach-Hieroglyphe, einer Wut-Hieroglyphe und einer Affen-Hieroglyphe, die sich den Mund zuhält, geantwortet hatte.

Leider musste Knut das Buch kaufen, da in der Bibliothek mehr als fünfhundert Leute auf der Warteliste standen. Aber er begnügte sich zumindest mit einer elektronischen Ausgabe, die im E-Book-Reader versteckt ist und ihn nicht aus seinem Bücherregal heraus angrinst, und so konnte er etwas über seine eigene Person lesen, besser gesagt: eine erfundene Geschichte über seine Person.

Anschließend hatte er der Reihe nach die anderen angerufen, die an besagtem Abend zugegen gewesen waren. Er hütete sich davor, sich schriftlich an jemanden zu wenden, so paranoid war er von Anfang an gewesen, und darüber ist er jetzt froh. Du hast doch gesehen, wie sie sich auf meinen Schoß gesetzt und mich am Hemdkragen gepackt hat, hatte er gesagt. Du hast doch gesehen, dass *sie* auf *mich* zugekommen ist? Dass *sie* ein Bier für *mich* gekauft hat, dass *sie die Initiative ergriffen hat?* An dieser Stelle hasste Knut sich selbst dafür, dass er gezwungen war, sich auf dieses Kindergartenniveau hinabzubegeben, wer dies oder das gesagt hatte und zu wem, aber noch mehr hasste er sie dafür, dass sie ihn dazu gebracht hatte, herumzutelefonieren, sich auf diese Weise zu beklagen und so gewissermaßen zu dem Mann zu werden, als den sie ihn beschrieben hatte; denn zu denen, die er angerufen hatte – bevor ihm klar wurde, dass er sich still verhalten musste und mit niemandem sprechen durfte –, hatte er den Satz *Sie hat angefangen* gesagt, und zu spät dämmerte ihm, dass das alle Vergewaltiger sagen, sogar Pädophile.

Nein, niemandem war aufgefallen, dass sie sich auf seinen Schoß gesetzt hatte. Alle waren betrunken gewesen, konnten sich nicht erinnern. Es war dunkel gewesen und die Musik sehr laut, und jede Geschichte hat zwei Seiten. Alle, mit denen er sprach – und wir reden hier von Menschen, die normalerweise kein Problem damit haben, sich zu äußern –, blieben seltsam vage und vorsichtig, und einer von ihnen sagte geradeheraus, dass er nicht auf »der falschen Seite« stehen wollte.

Kurz zusammengefasst schreibt sie in ihrem Buch, dass *der große Knut A. Pettersen* – warum gab sie nicht gleich noch seine Ausweisnummer und seine Blutgruppe an? – mit einem Bier auf sie zugekommen sei, sie hätten getanzt, und dann habe *Knut A. Pettersen* sie in eine Ecke gelotst, und dort habe *Knut A. Pettersen* sein erigiertes Glied an ihren Oberschenkel gedrückt und sie am Po begrapscht, woraufhin sie ihm nur mit knapper Not entkommen sei.

Im Buch ist Knut ein aufdringlicher, geiler, männlicher, älterer Autor und die Ich-Erzählerin eine verängstigte, junge Autorin, die gerade als Mitglied in den norwegischen Schriftstellerverband aufgenommen worden war und vor Ehrfurcht zittert, nun *all ihren Vorbildern und Idolen zu begegnen.*

Ich hatte Angst, ihn abzuweisen, darum spielte ich mit. Niemand, der uns sah, hätte den Eindruck gehabt, ich würde mich nicht amüsieren. Aber innerlich zitterte ich vor Angst. Und als ich nach Hause kam und meinem Mann erzählen wollte, was passiert war, fing ich an zu weinen und brachte kein Wort heraus.

Als Knut die Stelle zum ersten Mal las, schaute er sich um, obwohl er allein bei sich zu Hause war, und sagte laut in die Luft: Was für ein Blödsinn!

In Franks Leben war wie gesagt zu dieser Zeit M wieder auf der Bildfläche erschienen, und Knut war, bevor er sich zusammenriss und Lene aufsuchte, tagelang rastlos durch die Wohnung gelaufen und hatte sich nicht nach draußen getraut. Er lebte von Haferflocken und dem, was er in der Gefriertruhe hatte, und nachts schlief er nur wenige Stunden am Stück, und die ganze Zeit schwirrte ihm dieser Vorfall im Kopf herum, nicht »so, wie er ihn erlebt hatte«, sondern *so, wie er sich zugetragen hatte*, verdammt noch mal.

Denn *sie* war auf *ihn* zugekommen.

Sie hatte *ihm* ein Bier mitgebracht. Das war in *Wirklichkeit* passiert. Und damit nicht genug, denn anschließend hatte sie sich auf seinen Schoß gesetzt und ihn am Hemdkragen gepackt und zum Spaß so getan, als wollte sie ihn erwürgen. Sie hatte enthemmt gewirkt, als wäre sie zu allem fähig, und Knuts erste Reaktion war eine Mischung aus Angst und Erregung gewesen, und natürlich hatte er eine äußerst unfreiwillige Erektion bekommen, und als sie es merkte, stand sie auf, aber so übertrieben angewidert, als wollte sie die potenzielle Angst oder Abscheu aller Frauen gegenüber so etwas Unschuldigem wie einem Ständer karikieren. Sie hielt sich die Hand vor den Mund und sperrte die Augen auf, daran erinnerte er sich, als wäre es gestern gewesen. Und dann lachte sie so sehr, dass sie sich an ihm abstützen musste.

Anschließend wird das Bild unschärfer. Aber er erinnert sich, dass sie beide tanzten und dass sie irgendwann ihre Wange an seinen Bartstoppeln rieb und *Ooooh* sagte. *An dir kann man sich so herrlich kratzen.* Es hatte ihm gefallen, dass sie sich wie eine schmusesüchtige, leicht aggressive Katze an ihm rieb. In seiner Erinnerung hatten sie sich gegenseitig herausgefordert, und sie hatte bei diesem Spiel die Führung übernommen, und er war ihr gefolgt, nicht nur, weil sie die Hemmungslose war, sondern auch, weil er vorsichtiger sein musste, als wären sie zwei Hunde von ungleicher Größe und ungleichem Rang, was ja auch zutraf, da sie sowohl jünger als auch kleiner war als er.

So sicher war er sich gewesen, dass daraus mehr werden würde, dass er sich unterwegs mehrmals gefragt hatte: *Will ich das hier wirklich? Ist sie nicht verheiratet? Und was ist mit den Büchern, die sie schreibt?*

Er hatte nicht unbedingt Angst davor gehabt, dass sie in ihren angeblich autobiografischen Büchern über ihn schreiben würde. Schon damals wusste er, dass sie die »Wirklichkeit« umdichtete, das hatte er von mehreren Seiten gehört. Und sollten sie zusammen im Bett landen, würde er kaum in ihrem nächsten Buch vorkommen. Denn im Laufe der Jahre hatte sie mit dem einen oder anderen etwas gehabt, aber all diese Affären hatte sie – um ihre Ehe zu retten, wie man unschwer erraten konnte – in unschuldige Fantasien verwandelt.

Den verhältnismäßig unschuldigen Abend mit Knut hat sie hingegen zu einem Übergriff umgeschrieben.

Die Jahrestagungen des Schriftstellerverbands finden immer im Hotel Bristol in Oslo statt, wo für alle Mitglieder, auch wenn sie in Oslo wohnen, auf Wunsch Hotelzimmer bereitgestellt werden, und während sie tanzten und sie sich an ihm rieb, hatte Knut über Sachen nachgedacht wie, in welches Zimmer sie gehen sollten. Ihres, denn dann könnte er hinterher verduften. Er wollte nicht riskieren, bei Tageslicht neben einer jüngeren Frau aufzuwachen, und erneut hatte er sich gefragt: Willst du das hier wirklich? Und vergiss nicht, dass sie verheiratet ist, und vergiss nicht, dass dergleichen immer irgendein Nachspiel hat. Das in jedem Fall unangenehm wird.

Aber besoffen, wie er war, hatte er sich mitziehen lassen, und der Abend schritt fort.

Genau diese wiederkehrenden Gedanken, an die er sich so deutlich erinnert, sind der Beweis dafür, dass die Wirklichkeitsbeschreiberin lügt und Knuts Version der *Wirklichkeit* entspricht, denn es ist so typisch für ihn, dass er etwas zergrübelt oder zerredet, lange, bevor es begonnen hat.

Aber eine Sache in ihrer Version stimmt, und an die erinnert er sich leider nur zu gut: Seine Hände waren an ihrem Rücken nach unten geglitten, und dann hatte er, nein, warum bloß hatte er sich nicht selbst davon abgehalten, dann hatten seine langen, knöchrigen Finger zugepackt und ihre Pobacken *umschlossen*.

Er war sich zu hundert Prozent sicher gewesen – *zu einhundert Prozent* –, dass das die natürliche Weiterentwicklung war, denn jetzt wäre es an ihm, sich etwas auszudenken, da sie bis dahin alle Vorstöße initiiert hatte.

Dass sie ihn plötzlich wegstieß, hatte ihn wie eine kalte Dusche erwischt. Dort stand er, mitten auf der Tanzfläche. Was ist denn jetzt los, hatte er gesagt, alles gut, sagte sie, doch dann verschwand sie, und er sah sie nicht wieder.

Mit der Zeit war es ihm gelungen, den ganzen Vorfall als eine von vielen peinlichen Geschichten zu archivieren, an die er tunlichst nicht denken sollte, wenn er mitten in der Nacht aufwachte.

Bis zu diesem Herbst, als er in ihrem letzten Buch unter vollem Namen über sich lesen konnte.

Das Problem war, dass beides, der Ständer und das Pograpschen, wirklich passiert waren. Nur nicht so, wie sie es beschreibt. Im Buch stellt sie sich als vor ehrfürchtiger Bewunderung zitternde junge Frau dar, die versucht, so gut sie kann über das übergriffige Verhalten und die feuchten Witze eines berühmten älteren Kollegen zu lachen, während ihr das Lachen eigentlich *im Halse stecken blieb*.

Sie habe, schreibt sie, die Konsequenzen gefürchtet, wenn sie *den berühmten und etablierten Autor abweisen würde. Nicht nur die Konsequenzen für mich als Person, sondern vor allem die Konsequenzen für mich als Autorin.* Konsequenzen? Was denn für Konsequenzen?

Als würde der abgedankte Autor Knut – der, so lange man sich zurückerinnern kann, nichts mehr von Wert geschrieben oder veröffentlicht hat –, als würde dieser Idiot herumtelefonieren und ja, was denn sagen? Und zu wem?

Aber Wörter wie *etabliert, berühmt* und *Konsequenzen* schienen zu reichen, damit alle weiterfantasierten und automatisch folgerten, hier habe man es wohl mit einem *aufgegeilten, aufdringlichen, egoistischen* und nicht zuletzt *mächtigen* alten Kotzbrocken zu tun, der einen Riesenaufstand macht, wenn er seinen Willen nicht bekommt.

Im Buch starrt Knut sie quer durch den ganzen Raum an. Er kommt auf sie zu, riecht nach Schweiß und Schnaps, und die ganze Zeit fürchtet sie, nicht gut genug zu sein, nicht lustig genug, und schließlich fürchtet sie sich, ihn abzuweisen, fürchtet sich, Nein zu sagen, und schon bald sind *seine Hände überall, und er drückt sein erigiertes Glied an meinen Oberschenkel.*

»Sein erigiertes Glied.« Im Buch verwendet sie Wörter und Ausdrücke, als säße sie schon im Gerichtssaal.

Sie schreibt, dass Knut während ihrer Unterhaltung komplizenhafte Blicke mit anderen männlichen Autoren wechselt, und sie schildert, wie diese älteren Männer um die Theke herumstehen und sich köstlich amüsieren. Knut wird implizit als langjähriges Mitglied einer uralten Bruderschaft, einer Art Freimaurerorden dargestellt.

Es ist eine Sache, dass *er* sich, gelinde gesagt, in dieser Beschreibung nicht wiedererkennt. Eine andere ist es, dass er *sie* nicht wiedererkennt.

Im Buch ist sie passiv und verwirrt und antwortet nur auf seine Fragen und Initiativen. Lächelnd versucht sie, ihn abzuweisen, sie spricht gedämpft und vorsichtig und schaut ihm nicht in die Augen. Mehrmals *stammelt* sie sogar und sendet hundert weitere Signale aus, dass sie *nicht will.*

Aber Knut ist sich sicher: Hätte sie sich auch nur annähernd so aufgeführt, wie sie sich selbst in diesem Buch beschreibt, hätte er sich von ihr ferngehalten. Hätte sie sich wie ein passives, ängstliches kleines Wesen aufgeführt, ausgeprägt feminin im altmodischen Sinne dieses Adjektivs, hätte er einen großen Bogen um sie gemacht, denn für solche Frauen hat er sich nie interessiert, vielmehr ergeht es ihm mit ihnen, wie es Zirkuselefanten in Zeichentrickfilmen mit Mäusen ergeht: Er hat Angst vor ihnen. Er weiß nicht, warum. Aber er weiß, dass er nie im Leben auf eine solche Person zugehen und geifernd vor ihr stehen würde, so wie es im Buch beschrieben wird. Nicht einmal sturzbetrunken würde er so etwas tun, das ist noch nie vorgekommen. Auch diesmal nicht.

Auch diesmal nicht.

Wer hat schon Lust, in jemandes Nähe zu sein, der keine Lust hat, in deiner Nähe zu sein? Knut geht es mit sexueller Belästigung wie mit sexuellen Abweichungen: Jemanden haben zu wollen, der ihn nicht haben will, liegt ihm genauso fern wie die sexuelle Lust auf ein Kind, eine Leiche oder einen Hund. Und nicht nur das, die Frau, mit der Knut schläft, muss ganz dazu bereit sein, sonst macht es keinen Spaß. Wenn sie nur daliegt, erschlafft und erstirbt auch etwas in Knut. Es ist sogar schon vorgekommen, dass Frauen, mit denen er zusammen war – und er war mit vielen zusammen –, sich darüber beschwert haben, dass er »es nicht einfach schnell hinter sich bringt«.

Nachdem sich die Stimmung so radikal verändert hatte, war er schnurstracks in sein Hotelzimmer gegangen und hatte dort wachgelegen. Er hatte versucht herauszufinden, wie er die Situation so gründlich missverstehen konnte. Wieder und wieder war er in Gedanken den Ablauf durchgegangen, und er wusste nur eins: dass er Angst davor gehabt hatte, nicht *genug* Initiative zu zeigen, nicht aktiv *genug* zu sein.

Dreieinhalb Jahre ist das jetzt her. Im Herbst kam ihr letztes Buch heraus, wie üblich zu glänzenden Kritiken. Und darin konnte er mit zunehmendem Entsetzen die erwähnte *Fiktion* lesen, verkleidet als Wirklichkeit, die jetzt gedruckt in einem Buch steht, das der Kulturrat für öffentliche Bibliotheken angekauft und für mehrere Preise nominiert hat, genau wie ihre vorherigen Bücher, unter anderem wegen der »kompromisslosen Ehrlichkeit«.

Aber wohin sollte er mit »seiner Version«? Knut sah schon

bald ein, dass, was immer er tat, alles nur noch schlimmer machen würde – so gut kannte er die Buchbranche, den Kulturbetrieb, die Medien. Jede noch so kleine Initiative von seiner Seite würde ihr und ihrem Buch nützen und ihm schaden. Er saß in einer Falle mit unzähligen scharfen Messern, in der bei jeder Bewegung Blut fließen würde. Sein Blut.

Doch damit nicht genug. Schon bald hatte sich die Beschreibung seiner Person in diesem Buch in ihm festgesetzt, denn mit seinem untrüglichen Sinn für alles Dreckige und Negative hatte sich sein Gehirn darauf gestürzt und es unhinterfragt verschlungen, und so hat sich das von der Welt anerkannte und gebilligte Buch über Knuts eigene Wirklichkeit gelegt und sie durch eine erfundene Version ersetzt, in der er auf der Jahrestagung des Schriftstellerverbands im Herbst vor dreieinhalb Jahren wissentlich und willentlich eine jüngere Autorin belästigt hat.

Hätte er selbst darüber geschrieben, also über das, was wirklich passiert war, und es anschließend seinem Lektor geschickt, hätte der Lektor gesagt, er müsse es mehr ausbalancieren. *Ausbalancieren*, hätte er am Rand der Geschichte notiert.

Ausbalancieren! Unglaubwürdig! Überzeichnet!

Aber das ist wirklich passiert, würde Knut protestieren.

Das spielt keine Rolle, würde sein Lektor antworten, *du musst es an irgendwas aufhängen, es wahrscheinlich erscheinen lassen, es muss literarisch funktionieren.*

Knut: Wann hat die Wirklichkeit je funktioniert?

Der Lektor: Es muss im Roman funktionieren, sonst ist es unleserlich.

Knut: Die Wirklichkeit ist unleserlich.

Der Lektor: Ein Roman ist nicht die Wirklichkeit.

Knut: Und die Wirklichkeitsliteratur?

Darauf antwortet der Lektor nicht, womit dieses fiktive Gespräch beendet ist.

Aber nur in der Fiktion kann man Dinge ausbalancieren und Zusammenhänge herstellen, denkt Knut weiter. Draußen in der Wirklichkeit müssen wir gänzlich ohne Balance oder Zusammenhänge leben. Und weshalb sollte es eine Ordnung geben, warum sollten Dinge nicht in unförmigen Klumpen zusammenpappen?

Mit einem ziemlich alten – aber zunehmend rostigen – Teil seiner selbst weiß Knut noch, was wirklich passiert ist, und an diesem Teil versucht er, so gut er kann, festzuhalten.

Tagsüber gelingt es ihm, aber nachts bekommt die Version der Wirklichkeitsbeschreiberin Vorrang, denn nachts arbeitet sein Gehirn gegen ihn. Um diese Tageszeit scheint sein Gehirn einen eigenen Willen zu haben und ihn überdies gern zu quälen.

Das Gehirn hat einen langen, dünnen Rüssel, der in die dunkelsten und dreckigsten Ecken vordringt.

Um zu zeigen, dass er immer noch Schriftsteller ist, immer noch das Recht hat, hier zu sein, formal noch nicht angeklagt wurde, trägt Knut das hier und alles andere, was ihm im Laufe der Nächte so einfällt, in das schwarze Moleskine-Notizbuch ein, das er immer auf dem Nachttisch liegen hat.

Und vielleicht schläft er wieder ein, vielleicht auch nicht. Egal wie, er steht jeden Morgen gegen sechs Uhr auf, und während er Kaffee kocht, setzt das Gedankenkarussell wieder ein. *Aber warum musste sie meinen vollen Namen verwenden? Wenn sie schon über eine reale Person schreibt, muss sie sich dann nicht wenigstens an die Fakten halten? Und wenn sie schon die Wirklichkeit verändert, warum dann nicht auch den Namen?* So geht es in einem fort. Zwischendurch genehmigt es sich eine Pause, nur um gestärkt zurückzukehren wie eine widerspenstige Infektion, gegen die kein Medikament hilft.

In den letzten Wochen hat es sich wie gesagt beruhigt, aber jetzt würde es natürlich von Neuem anfangen, und Knut weiß, dass er so gegen halb drei aufwachen und nicht wieder einschlafen können wird, egal ob er trinkt oder nicht. Dann kann er genauso gut trinken. Und während Frank an der Website des Tanzensembles arbeitet, geht Knut in die Küche und holt noch eine Flasche.

»Wirklichkeitsliteratur«, sagt er, nachdem er es sich auf dem Sofa bequem gemacht und sowohl Franks Glas als auch sein eigenes gefüllt hat. »Sie benutzt die Wirklichkeit als Hackklotz für ihre eigenen dreckigen, vor Selbstmitleid triefenden Fantasien!«

»Jaja«, sagt Frank.

Nachdem Knut den ersten Schock überwunden und Zeit zum Nachdenken gefunden hatte, nahm er sich vor, souverän, tolerant, unerschütterlich, gutmütig aufzutreten. Sollte ihn jemand damit konfrontieren, würde er einfach sagen, er habe das Buch nicht gelesen. Wenn er sich das vorstellt, legt er sein Gesicht in überraschte Falten. Was? Über mich? *Über mich?* Was hat sie denn über mich geschrieben?

Auf diese Weise wäre es Aufgabe des Fragestellers, die Sache zu erklären, sodass Knut die Oberhand hätte. *Was* hat sie geschrieben, sagst du? Und dann müsste der Fragesteller die Sache erklären, woraufhin Knut einen schockierten und zugleich verletzten Gesichtsausdruck aufsetzen würde. Das hat er vor dem Spiegel geübt.

Anschließend würde er allen Widerstand aufgeben. Er würde lachend den Kopf schütteln, laut und schallend lachen, auch das hatte er geübt, er würde in gellendes Gelächter ausbrechen, als wäre es das Witzigste, was er je gehört hat. Er würde die Rolle des nachsichtigen Mannes spielen, der über alles Seltsame, im Grunde aber Harmlose, was Frauen sich so ausdenken, lacht. Der Fragesteller würde vielleicht wissen wollen, ob Knut einen Kommentar dazu abgeben wolle, und dann würde Knut den Kopf schütteln und sich dabei die Augen trocken wischen, und er würde noch ein bisschen weiterlachen, völlig resigniert. Nein, was soll ich sagen … Mir ist schon klar, dass sie die Wirklichkeit ein bisschen zurechtbiegen muss, um sie leserlich zu machen, aber *das hier* …

Das war sein Plan. Doch niemand stellte ihm überhaupt irgendeine Frage. Vielleicht weil die Schilderung des übergriffigen Knut in all dem anderen untergegangen war – zum Beispiel enthält das Buch einen mehr oder weniger konkreten Belästigungsvorwurf gegen einen anderen, viel berühmteren Autor, neben vielen wenig geglückten Charakterisierungen mehrerer namentlich erwähnter Figuren der norwegischen Kulturszene, und darauf hatten sich die meisten diesmal konzentriert –, vielleicht aber auch vor allem deshalb, weil Knut mittlerweile out ist. Falls sie überhaupt einen Gedanken an Knut verschwenden. Was sie nicht tun. Genauso wenig, wie Knut einen Gedanken an sie verschwendet, jenseits der Frage, inwiefern *sie* einen Gedanken an *ihn* verschwenden.

Als sich nach einiger Zeit noch niemand an ihn gewandt hatte, war er erleichtert, aber auch ein wenig enttäuscht gewesen, nachdem er sich so gut vorbereitet hatte. Aber die Wochen vergingen, ohne dass jemand das Wort an ihn richtete, abgesehen von einzelnen privaten Nachrichten neugieriger Freunde und Bekannter, die versuchten, ihn aufzustacheln, ganz persönlich, rein privat, unter uns quasi.

Persönlich, privat, schon die Worte sind sinnlos. Alles, egal an welche persönliche oder private Inbox es ursprünglich geschickt wurde, kann doch in alle Winde verstreut werden, zumindest wenn der Absender einen *Namen* hat, so wie es bei Knut trotz allem der Fall ist.

Knut ging kein Risiko ein und schrieb allen dasselbe:

Hatte noch nicht die Zeit, eins der Bücher zu lesen, aber das muss ich jetzt wohl tun, vor allem das letzte …

Und er fügte ein paar Lach-Hieroglyphen hinzu, woraufhin er nichts mehr hörte.

Fahrt weiter, würde er allen zurufen, die stehen blieben, um einen Blick auf seinen ramponierten Körper in dem verunglückten Wagen zu werfen. *Hier gibt es nichts zu sehen!*

Knut stellt sich alle Kulturjournalisten, die Kommentatoren und sozialen Medien, die Medien und das Internet überhaupt als einen riesigen, dauererregt gackernden Hühnerstall vor. Oder als sabbernde Hunde, nein, *Köter*, die dasitzen und auf den nächsten Skandal lauern, den nächsten Schock, und sobald sie etwas wittern, stellen sie sofort die Ohren auf – *plong* –, und der Sabber läuft ihnen aus der Schnauze, und im nächsten Augenblick schon stürzen sie sich auf den heutigen Fleischbrocken – oder den Fleischbrocken der Woche oder des Monats, je nach Ernst und Umfang des Skandals –, und hinterher kann niemand erklären, was gerade passiert ist. Dann schleichen sie umher und weichen den Blicken der anderen aus, wie nach einer Orgie.

Einzelne Personen, die in den Büchern der Wirklichkeitsbeschreiberin geschildert wurden, sind an die Öffentlichkeit gegangen, haben protestiert und »ihre Version« dargelegt. Manche haben sogar mit einer Anklage wegen Ehrverletzung gedroht, aber das Einzige, was sie erreicht haben, ist die Erhöhung des Bekanntheitsgrads und in der Folge mehr Verkäufe, mehr Übersetzungen sowie unzählige Porträtinterviews und Podcast-Auftritte und Einladungen zu Literaturfestivals, was wiederum dazu geführt hat, dass die Wirklichkeitsbeschreiberin schon seit vielen Jahren unbehelligt von einer Veranstaltung zur nächsten schreiten kann.

Es ist spät geworden, Frank hat aufgehört zu arbeiten und sich wieder in den Sessel gesetzt, und dort sitzt er nun und lauscht Knut, der nicht aufhört, über den alten Vorfall zu reden. So alt nun auch wieder nicht, wendet Knut ein, denn obwohl der Vorfall vor dreieinhalb Jahren stattgefunden hat, kam *das*

Buch ja erst letzten Herbst heraus. Und Knut redet weiter und kommt wie immer als Nächstes darauf zu sprechen, welchen Dingen er selbst im Laufe der Zeit ausgesetzt war.

Früher, als Knut aufs Gymnasium ging, schlief er nicht selten auf Partys ein. Um Mitternacht herum wurde er meistens müde, und dann suchte er sich ein Bett in einem der Zimmer, oder er legte sich still und heimlich hinter ein Sofa oder unter einen Tisch, und mehrmals wurde er davon geweckt, dass sein Penis in jemandes Mund oder Unterleib steckte und dass ein Mädchen, mit dem er seiner Erinnerung nach weder gesprochen noch es überhaupt wahrgenommen hatte, auf ihm saß und sich vor- und zurückwiegte oder mit dem Kopf zwischen seinen Beinen lag.

Während Knut also schlief, hatte sein Körper beschlossen, bei dem Spaß mitzumachen, wie sie es nannten und worüber sie am nächsten Tag lachten. Wie sehr sie ihn beneideten, Knuts Kameraden, denen das nie passierte.

Einmal hatte er sich aufgrund der heftigen Wellenbewegungen übergeben müssen. Er lag im Bett in einem Kinderzimmer, daran erinnert er sich sehr genau, vermutlich war es das Zimmer der kleinen Schwester oder des kleinen Bruders, und draußen brach ein Sommermorgen mit Vogelgezwitscher an, auch daran erinnert er sich deutlich, und damit die Kotze auf dem Boden landete und nicht im Kinderbett, drehte er sich abrupt um, woraufhin das Mädchen, das auf ihm gesessen hatte, das Gleichgewicht verlor und auf den Boden plumpste, und während er sich erbrach, beschimpfte sie ihn, denn damals, Anfang der Achtziger, war Knut der Böse gewesen, weil sie seinetwegen heruntergefallen war und sich wehgetan hatte. Darin waren sie sich beide einig. Knut hatte sich sogar entschuldigt. Heute ist klar, dass Knut in diesen Fällen *im Schlaf vergewaltigt* wurde. Bei einer dieser Vergewaltigungen zog er sich sogar eine Geschlechtskrankheit zu. Beim Formulieren der Worte *Vergewaltigung* und *Geschlechtskrankheit* empfindet Knut vor allem Verantwortung. Er hätte nicht so viel trinken und sich zum Schlafen dann nicht ausgerechnet dahin oder dorthin legen sollen. Er hätte es verhindern können. Aber auch das, hat er gelesen, sei eine typische Reaktion: sich für das Geschehene verantwortlich zu fühlen. Mit ein paar der Mädchen war er sogar für eine Weile zusammen gewesen; das alles war passiert, bevor er Lene auffiel.

Bin ich so einer, hatte er Lene im Herbst gefragt, als sie in der Kneipe saßen und über die Wirklichkeitsbeschreiberin sprachen. Er hatte sogar den E-Book-Reader aus dem Rucksack geholt und ihr den Abschnitt gezeigt. Nein, natürlich nicht, hatte Lene geantwortet. Ich musste mich damals ja fast direkt vor dich hinstellen und dir ins Gesicht schreien, damit du kapierst, dass ich Interesse habe. Hm, ja, hatte Knut geantwortet. Aber das ist hundert Jahre her. Vielleicht habe ich mich seither verändert. Nein, hast du nicht, sagte Lene. Ganz bestimmt nicht. Glaub mir.

Um Knut zum Schweigen zu bringen, legt Frank einen Film ein. Irgendwo in den Bergen von Colorado fährt Liam Neeson Schneepflug. Liam Neesons Sohn ist ermordet worden, die lokale Mafia steckt hinter dem Mord, und Liam Neeson auf seinem Schneepflug mäht einen Mafiaboss nach dem anderen nieder. Frank mag Liam Neeson, das Traurige, Schweigsame hat etwas, am liebsten würde man ihn aufzumuntern versuchen, erläutert Frank, aber das kann Knut nicht nachvollziehen, auf ihn wirkt Liam Neeson nur wütend.

»Du bist ja auch hetero«, sagt Frank, und Knut protestiert, er sieht sehr wohl, dass Männer attraktiv sein können, was er mit mehreren Beispielen belegt.

»M zum Beispiel«, sagt Knut. »M ist ein Traum. M sieht aus wie ein Prinz aus *Tausendundeiner Nacht*. Wäre ich bloß homo, dann würde ich … ja, wer weiß …«

Aber Frank lässt sich nicht provozieren, er starrt unverwandt auf den aufgebrachten Liam Neeson, der in den Bergen wütet.

Allerdings kann Knut dem riesigen Schneepflug durchaus etwas abgewinnen. Wenn große, starke Maschinen sich einen Weg durch das Chaos bahnen, findet er das unterhaltsam. Zivilisation, Ordnung, Infrastruktur.

Knuts Lieblingswort: *Infrastruktur*.

Ein anderes Lieblingswort: *Diskrepanz*.

Aber der Film durchläuft keine Entwicklung. Die Frau verlässt ihn, und Liam Neeson macht einfach weiter, bringt alle um, die am Tod des Sohns beteiligt waren, und bald beginnt Frank in seinem Sessel zu schnarchen, mit offenem Mund, das Kinn auf der Brust.

Da sitzen sie. Zwei verlassene alte Männer. Zwei Ersatzspieler. Zwar ist Frank zehn Jahre jünger als Knut, aber Knut ist so alt, dass sich sogar einer, der zehn Jahre jünger ist als er, in der Kategorie mittleres Alter befindet.

Der Wein blubbert in seinem Bauch, denn er verträgt nicht mehr so viel Wein auf einmal. Es ist nämlich so, musste Knut erfahren, dass genau das, was die Qualen des Alters lindern könnte, zum Beispiel Wein, gleichzeitig das ist, was das Alter ihm langsam, aber sicher nimmt, weil er es nicht mehr verträgt.

Bald muss er in seine Wohnung zurückkehren. Aber jetzt noch nicht. Es ist immer noch etwas Wein in der Flasche. Und da Frank eingeschlafen ist, schenkt er sich selbst den Rest ein.

Die Wirklichkeitsbeschreiberin ist nicht die Einzige, die über Knut geschrieben hat. Er hat sich auch in anderen Büchern wiedererkannt, und damit ist nicht die übliche Art und Weise gemeint, in der sich Leser wiedererkennen, sondern konkrete Ereignisse, an denen er selbst beteiligt war.

Lene ist eine von denen, die konkrete Ereignisse beschrieben haben, an denen Knut beteiligt war, aber als Fiktion, hübsch versteckt in einem Roman, denn im Gegensatz zur sogenannten Wirklichkeitsliteratur, die ein reales biografisches Rahmenwerk mit Fiktion füllt, ist das Rahmenwerk der sogenannten fiktiven Literatur erfunden, kann jedoch Vorfälle enthalten, die der Wirklichkeit entstammen und auch wahrhaftiger geschildert werden als in der sogenannten Wirklichkeitsliteratur. Da Wirklichkeitsbeschreiber ihre Ehepartner, Kinder, ihren Freundeskreis und ihre Immobilie behalten wollen, müssen sie äußerst vorsichtig sein, mit wem sie sich anlegen, und so ist die Wirklichkeitsliteratur das verlogenste Genre von allen.

Was Knut übrigens schon seit vielen Jahren so sieht, lange bevor die Wirklichkeitsbeschreiberin über ihn geschrieben hat.

Frank schnarcht weiter. Liam Neeson schmeißt noch eine Leiche den Abhang hinunter, und Knut findet zu einem weiteren Lieblingsthema, mit dem er Frank unterhalten hätte, wäre dieser wach gewesen, einem Phänomen, das unter Autoren schon lange sehr beliebt ist. Es geht darum, über berühmte verstorbene Menschen zu schreiben, bei denen das Rahmenwerk vorgegeben ist, und dann lebt man sich in den Kopf dieser wehrlosen, längst verstorbenen Figuren aus einer völlig anderen Zeit ein, Menschen, die sich gegen die Fantasien und Vorstellungen, die sich die Gegenwart über sie macht, nicht wehren können, aber trotzdem *von faulen Schriftstellern, die keine Lust haben, sich selbst etwas auszudenken, missbraucht werden* – Knut spricht jetzt laut, er starrt vor sich hin und hat es längst aufgegeben, der Filmhandlung zu folgen –, Autoren, die Verstorbene missbrauchen, sie mit aller Gewalt in die Gegenwart pressen, hinein in eine Form, die diese Menschen der Vergangenheit genießbar und lesbar für uns heutige Leser macht.

Widerlich!

Frank zuckt zusammen, schnarcht aber bald wieder, und Knut murmelt leise weiter.

Um diese armen Menschen aus der Vergangenheit genießbar zu machen, muss der Autor den Betreffenden in eine Person verwandeln, mit der wir Zeitgenossen uns identifizieren oder zumindest sympathisieren können, und dazu muss, gelinde gesagt, viel Rost aus der Vergangenheit entfernt werden. Zum Beispiel kann man jede Berühmtheit aus früheren Zeiten mit heutigem Blick zu Recht *homophob, rassistisch* und *frauenfeindlich* nennen. Was übrigens für die meisten Menschen gilt, die bis vor etwa dreißig, vierzig Jahren gelebt haben. Bevor nun dieser Mensch aus der Vergangenheit der heutigen Zeit präsentiert werden kann, muss derlei Bodensatz entfernt werden. Und ebendiese Anpassung, dieses Zurechtkneten und Formen kann Knut nicht ausstehen, weshalb er keine Bücher liest, in denen sich zeitgenössische Autoren in den Kopf bekannter Personen einleben und ihre Sicht schildern zu dem, was dieser oder jener gedacht haben könnte, aus dem einfachen Grund, dass das Einzige – wirklich das Einzige –, was man beim Lesen solcher Bücher erfährt, ist, wie der *Autor* gedacht oder empfunden hätte, hätte der *Autor* in den Schuhen der Hauptfigur gesteckt. Selbst wenn der Alltag eines auf dem Mars lebenden Insekts in der ersten Person beschrieben würde – sagt Knut dann gern zu Frank –, ist es immer noch *der Autor, der mit den Augen dieses Insekts in die Welt hinausschaut.* Dem Autor entkommen wir nicht, und er selbst entkommt sich auch nicht.

Nachdem er das Buch, das vorgab, die sogenannte Wirklichkeit zu schildern, gelesen hatte, schrieb Knut der Autorin mehrere Nachrichten mit etwa folgendem Wortlaut:

Warum schreibst du so etwas über mich? So ist es doch gar nicht gewesen.

Er schickte sie aber nicht ab, denn er wusste, dass sie die

Nachrichten in ihr nächstes Buch aufnehmen würde, leicht modifiziert natürlich, damit er weiterhin seiner Rolle als vermeintlicher Belästiger gerecht würde.

Was immer er tat, es würde alles nur noch schlimmer machen.

Er hätte im Internet einen Schrei loslassen können. Überdies hätte er ganz einfach einen Artikel im *Aftenposten*, *Klassekampen* oder *Morgenbladet* unterbringen können. Jeder Kulturredakteur wäre entzückt, wenn er einen solchen Leckerbissen in seiner Inbox vorfände, denn dann käme es zu einer Keilerei, und Knut würde zu Radio- und Fernsehdebatten eingeladen werden, und es würde Blut fließen, und alle würden sich daran ergötzen.

Genau das hält die Räder am Laufen, die Friktion: Die Menschen reden und protestieren, aber man gerät nur immer tiefer in die Maschine hinein und kommt am Ende als Hackfleisch wieder heraus. Nicht so Knut, denn Knut unternimmt nichts – in der Erwartung, dass der ganze Vorfall vergessen wird und anschließend im Meer der Zeit versinkt.

Never complain, never explain.

Knut betrachtet Liam Neesons hängende Gesichtszüge und die Leichen, die sich in den Schneewehen stapeln. Bald stirbt er selbst wohl auch. Vielleicht nicht in einer Schneewehe und vermutlich auch nicht an Hodenkrebs. Wahrscheinlicher wäre Prostatakrebs, eine familiäre Schwäche. Häufiges Wasserlassen ist eins der Anzeichen dafür, und sobald Knut in Gedanken diese Worte formuliert, verspürt er den Drang zu pinkeln.

Der Film ist zu Ende, und Frank wird von seinem eigenen Schnarchen wach. Ohne ein Wort zu sagen, schaltet er den

Fernseher aus und schlurft ins Schlafzimmer, und Knut kehrt in seine Wohnung zurück.

Was soll ich machen, flüstert er in die Dunkelheit des Schlafzimmers, und die Vorhänge, die im Nachtwind flattern, antworten: Du sollst das Internet abstellen, du sollst aufhören zu reden, du sollst aufhören zu denken, aufhören zu atmen. Nichts von dem, was du empfindest oder denkst oder dir vornimmst, ist neu in der Menschheitsgeschichte. Alles wurde schon einmal gesagt oder getan.

Knut versucht, an andere Städte zu denken, andere Wohngebiete, andere Länder, wo Menschen ganz mit ihrem eigenen Leben beschäftigt sind und nichts über seins wissen. Er stellt sich heruntergekommene Wohnblocks auf der anderen Seite der Erde vor, Wohnblocks mit abblätternder Farbe und Parabolantennen und Wäsche auf dem Balkon, und in diese Wohnungen schleicht er sich nun, und dort sitzt ein Typ vor einem alten Fernsehapparat und trinkt Bier, und hinter ihm steht seine Frau und bügelt. Keiner von ihnen sagt ein Wort, und keiner von ihnen weiß von Knuts Existenz. Das beruhigt ihn eine Weile. Aber einschlafen kann er trotzdem nicht.

3

Am nächsten Morgen um fünf geht Knut in die Küche und stellt die Kaffeemaschine an. Kaffeeduft hat stets etwas Aufmunterndes, und es ist Frühling. Es ist ganz eindeutig Frühling, denn im Hinterhof sind die Birken voll mit kleinen Trieben, obwohl der Mai bisher überdurchschnittlich kalt gewesen ist. Er ist nach wie vor Mitglied des Schriftstellerverbands, was heißt, dass er nach wie vor Schriftsteller ist. Mit achtundneunzigprozentiger Sicherheit hat er keinen Krebs, statistisch gesehen. Jedes Jahr kommen noch Tantiemen für das Erfolgsbuch. Und obwohl er oft blank ist, ist er zumindest schuldenfrei, und bald wird er Geld dafür bekommen, dass er auf einem Podium sitzt und Selbstverständlichkeiten von sich gibt.

Hallo, du alter Narr, du wirst *dafür bezahlt, dass du über Gott und die Welt redest.*

Knut hat zudem einen Sohn, der weder drogenabhängig noch psychisch krank ist, noch ihm in irgendeiner Weise zur Last fällt. Einen Sohn, mit dem er zwar nur äußerst oberflächlich Kontakt hat und über lange Strecken nicht einmal das. Und doch gibt es draußen in der Welt, in der Gesellschaft, nach wie vor zwei Menschen, die zur Hälfte seine Gene haben.

Nicht nur seinen Sohn, sondern auch seinen Vater. Die beiden sind Teil dessen, was auf der Welt geschieht, wie auch Knut selbst Teil des großen Ganzen ist, und nachdem er eine Weile durch die Wohnung gelaufen ist, setzt er sich an den Schreibtisch, diese Hülle von Knut, diese Ansammlung von Atomen und Molekülen, die sich in der Welt bewegen. Die Zahl der Atome ist konstant. Alle, die einmal gelebt haben oder noch leben werden, existieren hier und jetzt, zusammen mit uns allen auf der Erde. Nichts verschwindet, nichts kommt dazu. In jedem Blatt an jedem Baum und in jedem einzelnen Sandkorn gibt es unendliche Universen. Und wir selbst befinden uns inmitten eines solchen Universums.

Schreib nicht über Atome oder Moleküle oder das Universum, würde sein Lektor sagen, wenn Knut ihm etwas davon schickte. *Das Thema hatten wir doch schon mal.*

Knut verwandelt sich in ein Molekül oder eine Staubflocke, die hoch zur Decke fliegt, und von dort betrachtet er sich selbst, diesen vermeintlichen Knut, diese Hülle mit ihrem langen Körper und dem markanten Gesicht und dem flachen Hinterkopf und dem grauen T-Shirt und der Levis 501. Er trägt pelzgefütterte Pantoffeln, weil er so leicht an den Füßen friert. Er hat noch Haare auf dem Kopf, obwohl er näher an der Sechzig ist als an der Fünfzig, und in seinem Ausweis steht, diese Haare seien dunkelblond.

Genau diese Gestalt schreibt jetzt eine Mail.

Ich komme sehr gern, schreibt er. *Und freue mich über die Einladung! Ich hoffe, es ist in Ordnung, dass ich einen Freund mitbringe.*

Er überlegt zu schreiben: *Ich hoffe, es ist in Ordnung, dass ich meinen Mann mitbringe.* Aber wozu sollte das gut sein? Dann wird es ihm klar: Sein Unterbewusstsein greift nach allem, was ihn von der Bezeichnung *altes Schwein* befreien kann. Ein Schwuler kann nämlich kein altes Schwein sein, zumindest nicht gegenüber einer jüngeren Autorin. Aber sein Unterbewusstsein weiß auch nicht mehr als sein Bewusstsein und ist nicht zwangsläufig klüger.

Da das Gespräch schon für 13 Uhr angesetzt ist, schreibt Knut weiter, *gehe ich davon aus, dass nichts dagegenspricht, wenn wir bereits am Vortag nach Lillehammer kommen und so der feierlichen Festveranstaltung beiwohnen können? Und wenn wir erst am Tag nach dem Gespräch wieder abreisen, weil wir gern möglichst viel vom übrigen Festivalprogramm mitbekommen würden, sodass wir über insgesamt zwei Hotelübernachtungen sowie Essens- und Getränkegutscheine für zwei Tage für uns beide sprechen. Ich hoffe, das ist in Ordnung.*

Knut weiß, dass es in Ordnung ist, denn die Veranstalter wissen, dass er weiß, dass er nur Ersatz ist, noch dazu einer, der weit unten auf der Ersatzliste steht, was ihn in eine gute Ausgangsposition bringt, und tatsächlich tickert die Antwort nach zwei Minuten herein:

Völlig in Ordnung! Wenden Sie sich gern an das Festivalbüro, dort bekommen Sie alles Nötige, und selbstverständlich können Sie zwei Nächte bleiben, Ihr Zimmer im Hotel Breiseth steht bereit :-)

Knuts Hülle sitzt auf dem Bürostuhl unter einem Bild des amerikanischen Autors Ernest Hemingway auf Skiern in den österreichischen Alpen, zusammen mit seiner ersten Frau Hadley und ihrem kleinen Sohn, irgendwann Anfang der 1920er Jahre.

Knut war von Hemingway noch nie sonderlich begeistert gewesen, aber Hemingways letztes Buch, *Paris – Ein Fest fürs Leben*, gehört zu Knuts fünf, vielleicht sogar drei Lieblingsbüchern. Das Buch, das auf Englisch *A Moveable Feast* heißt, wurde 1964 posthum herausgegeben, drei Jahre, nachdem Hemingway sich das Leben genommen hatte. In dem Buch vertritt Hemingway die Ansicht, alles, was in seinem Leben schiefgegangen ist, sei der Tatsache geschuldet, dass er Hadley nicht lange nach der Aufnahme in den Alpen verlassen hat. Danach ging es Schlag auf Schlag, er heiratete nochmals und nochmals, wurde aber nie so glücklich, wie er es mit Hadley gewesen war, was er allerdings erst im Nachhinein gemerkt hat. Kurz bevor èr sich erschoss, schrieb er an diesem Buch, in dem er alle möglichen Leute beschuldigt, ihn von Hadley und dem einfachen Glück, das sie beide in den 1920er Jahren erlebt hatten, weggelockt zu haben.

Das Gleiche ist in letzter Zeit in Knut gereift: die grundlegende und immer stärkere Einsicht, dass Lene und er sich nie hätten trennen sollen.

Es begann im Herbst, als er aufgrund des Wirklichkeitsbuchs nicht länger ausging. Stattdessen saß er bei Frank und fiel ihm auf den Wecker, und wenn Frank es nicht mehr aushielt oder M wieder auf der Bildfläche erschien, saß Knut grübelnd in seiner Wohnung. So als würde er zum ersten Mal in seinem Leben wirklich über sein Leben und alles, was vorgefallen war, nachdenken, und über und unter allem tauchte die Frage auf: Warum hatten Lene und er sich eigentlich scheiden lassen?

Es war eine einvernehmliche Entscheidung gewesen, das weiß er, und sie hatten sich als Freunde getrennt, wie man so sagt. Aber er kann sich beim besten Willen an nichts anderes erinnern, als dass er eines Tages allein in einer neuen Wohnung saß mit ein paar Pappkartons um sich herum, Pappkartons, die er ein halbes Jahr lang nicht auspackte, weil er damals vollends damit beschäftigt war, das Erfolgsbuch zu schreiben.

Er erinnert sich an das Gefühl, allein in einer leeren Wohnung zu sitzen, noch einmal neu anzufangen. Er hatte Lene das Gros der Möbel und Dinge, die sie sich angeschafft hatten, überlassen, dort saß er nun ohne Möbel mit einem Bier in der Hand und lehnte an der Wand. Jetzt endlich hätte er die Zeit zu schreiben.

Und dann schrieb er das Erfolgsbuch. Er saß in dem kleinen Einzimmerappartement und schrieb Tag und Nacht. Er hatte eine Matratze, einen Tisch und einen Stuhl, mehr nicht. Er schaffte sich keine neuen Möbel an, die er sich sowieso nicht leisten konnte. Er hatte keine Vorhänge, weshalb er jeden Morgen in der Dämmerung aufwachte. Und da das alles vor dem Zeitalter von Internet und Social Media passierte, Dingen, die ihm heute große Teile seiner Zeit und Seele rauben, wurde er nicht gestört, weshalb er über eine Ruhe und Konzentration verfügte, über die er damals nicht nachgedacht hatte, an die er heute aber sehnsüchtig zurückdenkt, so wie er in letzter Zeit angefangen hat, sehnsüchtig an Lene zurückzudenken.

Was war denn zwischen Lene und ihm gewesen, was ihm eines Tages so unerträglich und unüberwindbar erschienen war, dass er am Ende allein in einer viel kleineren Wohnung saß mit der Aussicht, seinen zweijährigen Sohn nur noch jeden Mittwoch und jedes zweite Wochenende zu sehen?

Lukas, mit dem Knut bis dahin jeden Nachmittag, jedes Wochenende und jeden Urlaub verbracht hatte, dieses kleine Wesen würde er nur noch zu einem Viertel seiner Zeit sehen. Fünfundsiebzig Prozent seiner Zeit sollte er ohne sein Kind verbringen, und heute erinnert er sich kaum noch daran, ob der verhältnismäßig junge Mann, der er damals war und der dort auf dem Boden saß und sich über eine leere, wenn auch kleine Wohnung freute, ob dieser Mann von Mitte dreißig damals überhaupt darüber nachdachte.

Vermutlich hatte er gedacht, dass er an den Wochenenden, die er mit seinem Sohn verbringen würde, ein richtig guter Vater wäre. Dann würden sie zusammen etwas unternehmen, später auch zelten und angeln gehen und Männerdinge machen, und Knut würde ihm vorlesen. Allerdings nur zu einem Viertel seiner Zeit, seines Lebens, seines Alltags, seines Daseins.

Lukas war das eine. Aber Lene – sich von einem Menschen zu trennen, dem er zehn Jahre zuvor versprochen hatte, mit ihm zusammenzubleiben, bis dass der Tod sie scheide, einem Menschen, mit dem er sich außerdem aktiv dafür entschieden hatte, sich fortzupflanzen, einem Menschen, den er einmal über alle anderen gestellt hatte. Aus irgendeinem Grund hatte dieser Mensch sich in etwas verwandelt, das seinem Glück im Weg stand.

Wenn er sich früher gelegentlich gefragt hatte, warum sie sich hatten scheiden lassen, strömten die Erklärungen nur so herbei. Fast so, wie wenn man versehentlich etwas Scharfes hinunterschluckt: Der Körper eilt mit Spucke und Sekreten zu Hilfe, die das Scharfe einpacken, damit es auf seinem Weg durch den Hals keinen Schaden anrichtet.

Wir hatten die einvernehmliche Entscheidung getroffen, auseinanderzuziehen. Nicht nur ich wollte mich trennen. Es ging uns nicht gut.

Nicht gut? Was soll das heißen? Ging es ihm hinterher besser? Sich selbst und allen anderen hatte er erzählt, Lene und er hätten sich sowieso getrennt, es sei vorherzusehen gewesen, sie waren noch so jung, als sie sich kennengelernt hatten, waren kurz vor dem Abi zusammengekommen. Aber hier und jetzt, mehr als zwanzig Jahre nach der Scheidung, weiß er, dass in dem verhältnismäßig jungen Mann, der er damals war, die Hormone gewütet hatten, dass sein Körper voller chemischer Stoffe gewesen war, die einem erst dann bewusst werden, wenn sie nicht mehr da sind. Genau wie bei der Berühmtheit, die kurz darauf folgte, glaubte er bald, das alles sei unlösbar mit ihm verbunden, ein grundlegender Teil seiner Persönlichkeit.

Nach dem Erfolgsbuch konnte er nirgendwo im Kulturbetrieb auftauchen, ohne dass mindestens eine Frau ihn abpasste. Das Problem war, dass die Frauen, die sich ihm nach dem Erfolgsbuch zuwandten, im Kulturbetrieb in ihrem Element waren und immer wussten, was sich gerade tat, wessen Börsenwert stieg, oben war oder sank. Und als sich die Gesichter dieser Frauen mit zielstrebigem Begehren im Blick in Knuts Richtung drehten, hätte er gern gewusst, welcher Mann dem hätte widerstehen können.

Erst als das Ganze vorbei und Knut nicht länger angesagt war, lernte er so manches von dem, was ihm geholfen hätte, mit dem umzugehen, was nun vorbei war. Das Gleiche gilt immer und überall: Sobald du ausgelernt hast, brauchst du das Gelernte meistens nicht mehr.

Im Februar zog Knut bei Lene aus, und von Februar bis Anfang August tat er nichts anderes als schreiben. Er besorgte sich ein Kinderklappbett und hütete Lukas, wenn er an der Reihe war, jedes zweite Wochenende und jeden Mittwoch. Nicht öfter und nicht seltener. Ich bin ein Soldat im Krieg, sagte sich Knut in diesen Monaten, daran erinnert er sich, aber in welchem Krieg, und wer war der Feind? Und doch hatte es ihm sehr geholfen, diesen Satz zu formulieren.

Im selben Herbst kam das Erfolgsbuch heraus. Es war sein dritter Roman, und Knut hatte jahrelang daran gesessen, aber erst als er bei Lene ausgezogen war, fügten sich alle Teile zu einem Ganzen zusammen. Und er brauchte sich nur noch mitziehen zu lassen, das Pferd war losgelaufen, und er war das Pferd und zugleich der Reiter, der hinter dem Pferd herlief und sich in den Sattel schwang und dem entfesselten Tier, das zugleich er selbst war, die Sporen gab.

Lene befand sich damals noch in einem Stadium, in dem

sie Texte an Verlage schickte, die abgelehnt wurden, während Knut schon vor Jahren sein Debüt als Autor hatte, wodurch er Zugang zu neuen Kreisen erhalten und neue Menschen kennengelernt hatte, darunter eine Frau, die wir Turid nennen können, eine Person, die genau wie er verheiratet war und die Knut trotzdem heimlich den ganzen Winter über traf, und doch sagte sich Knut, dass Turid nicht der Trennungsgrund gewesen sei, stattdessen fungierte sie als das Betäubungsmittel, das er brauchte, um die »unausweichliche« Trennung von Lene durchzustehen, der Frau, in der er fünfzehn Jahre zuvor das Tor zu allem Glück und Wohlbefinden gesehen hatte, und jetzt brauchte er eine Betäubung, um von ihr wegzukommen, und zwar ohne dass er sich auch nur eine Sekunde lang fragte, was sie da eigentlich trieben.

Auch fragte er sich nicht, was getan werden könnte, um es aufzuhalten – aus dem einfachen Grund, dass er nicht die Absicht hatte, es aufzuhalten. Er betrachtete das Ganze als eine Welle, und er selbst war in dieser Welle nur ein kleiner Tropfen.

Stattdessen zückte er das kleine gelbe Notizbuch, das damals immer in seiner Hosentasche steckte, eine Billigversion des Moleskine-Buchs, das er sich später zulegen sollte, und dort notierte er die Sache mit Turid und der Betäubung und dem Tropfen in einer Welle, und danach verwendete er die Formulierung in dem Erfolgsbuch.

Bei seinem Erscheinen war Turid bereits wieder aus Knuts Leben verschwunden, im Gegensatz zu ihm hielt sie jedoch an ihrer Ehe fest. Ihr Mann ist ebenfalls Schriftsteller. Er weiß nichts von dem, was zwischen Knut und Turid in diesem Winter und Frühjahr vorgefallen war, dem fiebrigen Irrsinn, der zur Auflösung von Knuts Ehe beitragen sollte und doch schon vor den Sommerferien zu Ende war.

Aber jetzt wird er zumindest nach Lillehammer fahren, und darüber freut er sich. Lächelnd sitzt Knut an seinem Schreibtisch, als wolle er einen imaginären Zuschauer von seiner Dankbarkeit überzeugen und davon, dass alles zum Besten steht in dieser besten aller Welten.

4

Eine Woche später sitzt Knut auf einer Bank an Gleis 11 des Osloer Hauptbahnhofs und gibt vor, nicht nach der Wirklichkeitsbeschreiberin Ausschau zu halten. Es ist Donnerstag, 6:10 Uhr, Frank ist losgezogen, um Kaffee zu holen, und Knut hat den Blick fest auf eine Reklamesäule gerichtet, deren Bilder sich alle fünf Sekunden ändern. Wusch, wusch, macht es jedes Mal, wenn eine Werbeanzeige verschwindet und eine neue auftaucht: *Angebot, Ausverkauf, drei für zwei, nur für kurze Zeit,* und während er alle, die auf den Bahnsteig kommen oder ihn verlassen, im Auge behält, schleichen sich gleichzeitig die unterschiedlichen Werbebotschaften in ihn hinein, denn irgendwo hat jemand genau berechnet, wie lange jede einzelne Werbung gezeigt werden muss, damit Knut eine App abonniert, in der er aus dreißigtausend Hörbüchern auswählen kann.

Knut schließt die Augen. Er hat die App ausprobiert. Irgendwann im Winter hatte er sich von einem kostenlosen Probeabo animieren lassen, es aber wieder gekündigt, bevor er hätte bezahlen müssen, weil es ihm nicht gelungen war, mit irgendeinem der Bücher zur Ruhe zu kommen. Er fing an, sich ein Buch anzuhören, langweilte sich jedoch bereits nach kurzer Zeit und suchte sich ein anderes. Bald scrollte er einfach nur herum. Das Gleiche passiert, wenn er einen Film oder eine Serie auswählen will, er sitzt einfach nur da und scrollt, wird dabei immer rastloser und unzufriedener, obwohl – oder gerade weil – das Angebot nie größer war. Wenn er sich an Dating-Apps versucht, denn auch das ist schon vorgekommen, erfüllt ihn die gleiche Unruhe.

Was machst du hier, sagt eine Stimme zu Knut. Du weißt doch, wie sehr es dich erschöpft. Du passt nicht mehr in die Öffentlichkeit. Und jetzt nimmst du den Zug nach Lillehammer, um dort deine beiden Erzfeinde zu treffen. Wie in aller Welt ist es so weit gekommen? Was zur Hölle treibst du da? Geht es dir nur um die Gratismahlzeiten?

Knut hat oft das Gefühl, dass er nicht selbst entscheidet. Dass etwas anderes in ihm, etwas, über das er keine Kontrolle hat, das letzte Wort hat.

Doch bald kommt Frank mit zwei Tassen Kaffee zurück, die er bei Espresso House gekauft hat, und wie üblich braucht es nicht mehr als den Duft von frisch gebrühtem Kaffee, um diese alte Hülle namens Knut aufzumuntern.

Der Zug fährt ein, sie suchen ihre Plätze, und schon setzt sich der Zug in Bewegung, damit ist Knut Teil von etwas Großem und Zukunftsweisendem, er ist Teil der norwegischen Kulturszene. Wie er hier im Zug sitzt, ist er ein Teil des Ganzen, ebenso wie alle anderen.

Frank gegenüber hat Knut die frühe Abreise damit begründet, dass er sich um elf Uhr einen Vortrag in der Nansenskolen anhören wolle. Aber der Vortrag war bloß ein Vorwand, um vor gewissen anderen Leuten aufzubrechen.

Wenn sie denn überhaupt den Zug nimmt. Wahrscheinlich wird sie von irgendeinem Verlagsangestellten hingefahren, wie auch Knut früher einmal herumkutschiert worden ist.

Frank hat sein Smartphone herausgeholt und starrt hoch konzentriert auf irgendetwas auf dem kleinen Bildschirm.

Knut kramt sein eigenes Handy hervor. Er überlegt, Lukas eine Nachricht zu schreiben.

Hallo! Wie geht's? Bin auf dem Weg nach Lillehammer, wo ich auf einer Bühne sitzen und über mich selbst reden soll – haha :-)

Jede Woche schreibt er Lukas eine E-Mail, auf die er nie eine Antwort erhält, wenn er aber eine SMS schreibt, wird die in der Regel beantwortet, zwar nur in Form von Hieroglyphen, wobei sich der Daumen besonderer Beliebtheit erfreut, aber ab und zu ist auch ein lächelndes Gesicht oder ein lachendes Gesicht dazwischen oder ein tanzender Mann oder ein Bierkrug. Ein Regenschirm oder ein Fahrrad, wenn nicht sogar ein Brathähnchen, und dann kann es passieren, dass Knut stundenlang auf diese kleinen Zeichen starrt und sich den Kopf darüber zerbricht, was sie wohl zu bedeuten haben, oft kommt er zu dem Schluss, dass Lukas vermutlich betrunken war und einfach auf irgendwas getippt hat.

Knut liest die SMS, die er gerade geschrieben hat, wieder und wieder, und als sich die Wörter aufzulösen beginnen, löscht er die ganze Nachricht.

Früher hat er oft angerufen, aber Lukas ist nur äußerst

selten rangegangen, weshalb Knut ihm Nachrichten auf die Mailbox gesprochen hat, das hat er so lange gemacht, bis Lene ihm eines Tages erzählt hat, dass Lukas wie alle seine Altersgenossen die Nachrichten auf der Mailbox niemals abhört.

Knut schlug vor, sich zu treffen. Im Kalender machte er sich einen Vermerk, einmal in der Woche Kontakt zu Lukas aufzunehmen. Er versuchte, sich Aktivitäten zu überlegen, die Lukas interessierten. Er wollte nicht einer dieser Väter sein, die ihren Sohn zu den eigenen Hobbys schleppen, ohne einen Gedanken daran zu verschwenden, wozu der Sohn selbst Lust hat, deshalb regte er an, zu einem Fußballspiel nach London zu fliegen. Knut interessiert sich überhaupt nicht für Fußball, sodass er schwer schlucken musste, als er dennoch in einer E-Mail schrieb: *Was hältst du davon, wenn wir beide nach London fliegen und uns ein Fußballspiel ansehen?* Die Frage in einer Textnachricht zu stellen, wagte er nicht, weil er befürchtete, es könne, wenn er zu viel Druck ausübte, irgendetwas aufplatzen und das eine oder andere zum Vorschein kommen, irgendein von Lukas geäußerter konkreter Vorwurf, gegen den er sich nicht würde verteidigen können. So, wie ihr Verhältnis jetzt ist, mit diesem oberflächlichen Kontakt, kann er die Situation wenigstens damit entschuldigen, dass Lukas jung ist und genug mit seinem eigenen Leben zu tun hat.

Aber er hätte sich das Grübeln und alle Bedenken sparen können, denn auch daraus wurde nichts. Wie gewöhnlich antwortete Lukas nicht, und als Knut bei der nächsten Großfamilienzusammenkunft aus Anlass von Lenes Geburtstag auf diese hypothetische London-Reise zu sprechen kam, für die er ohnehin kein Geld hatte, antwortete Lukas bloß, er sei noch nicht dazu gekommen, die Mail zu lesen, und habe sowieso keine Zeit.

Er weiß doch, dass du dich nicht für Fußball interessierst, daraus hast du in all den Jahren keinen Hehl gemacht, sagte Lene. Soweit ich mich erinnere, hasst du Fußball und alles, was damit zu tun hat, das hast du sogar in mindestens zwei deiner Bücher zum Ausdruck gebracht. Und wer will schon mit jemandem, der sich nicht die Bohne für Fußball interessiert, zum Fußballschauen nach London fliegen?

Bei den seltenen Gelegenheiten, wenn sie sich treffen, verhält sich Lukas entspannt und normal, aber sobald Knut versucht, ein Gespräch zu führen, das über ganz oberflächliche Themen hinausgeht, bekommt sein Sohn einen abwesenden Blick.

Bei ihrer letzten Begegnung verlief die Unterhaltung folgendermaßen:

Hallo, sagte Knut. Hallo, sagte Lukas. Wie geht's, fragte Knut. Gut, antwortete Lukas. Kriegst du alles geschafft, fragte Knut. Ja, antwortete Lukas. Und so ging es weiter. Lukas stand nur da und wartete darauf, dass Knut ihn etwas fragte, als wäre es ein Verhör. Und als Knut die Fragen ausgingen, entschuldigte sich Lukas und ging.

Knut will es nicht in den Kopf, dass dies jetzt der Stand ihrer Beziehung ist und sich daran höchstwahrscheinlich auch nichts ändern wird. Allem Anschein nach werden sie sich nie *miteinander aussprechen*, zu Klarheit kommen und zu einer tieferen, ehrlicheren und – zumindest für Knut – bereichernderen Form des Zusammenseins finden. Oder was auch immer er sich vorstellt. Er kann nicht konkret beantworten, was er sich wünscht, womit er so unzufrieden ist und warum er sich nicht einfach mit dem Status quo zufriedengeben kann.

Frank ist immer noch mit seinem Handy beschäftigt. Allerdings wäre er in dieser Angelegenheit sowieso keine Hilfe, denn Franks unausweichlicher Kommentar, wenn Knut von Lukas anfängt, lautet: *Ach, wie schön, daran erinnert zu werden, was es für Vorteile mit sich bringt, keine Kinder zu haben.*

Der Zug erreicht Lillestrøm, wo viele neue Passagiere zusteigen. Der Waggon füllt sich, und Knut wird wieder nervös. Wo wollen die alle hin, und warum konnten sie nicht zu Hause bleiben, jetzt, wo Knut ausnahmsweise mal auf Reisen ist?

Knut malt sich aus, dass er Lukas bei ihrer nächsten Begegnung einfach am Arm packt und ruft, schreit, weint, was auch immer, um die Eiterbeule zwischen ihnen aufzustechen. Aber was ist, wenn nur Knut diese Eiterbeule spürt, und was, wenn die Eiterbeule gar nicht existiert?

Oft fragt er Lene, was sie und Lukas unternehmen, worüber sie reden, wie sich ihr Beisammensein ganz konkret gestaltet, und dann antwortet Lene, dass auch sie keinen großartigen Kontakt zu Lukas hat. Sie führen keine tiefsinnigen Gespräche, haben keine gemeinsamen Interessen, und trotzdem verbringen sie im Endeffekt einiges an Zeit miteinander, wie Knut im Internet sehen kann, und dann fragt er sich, wie

Lene vorgeht, was sie sagt, damit Lukas etwas mit ihr unternimmt, was so etwas Simples wie ein Waldspaziergang sein kann. Wenn Knut dasselbe vorschlägt, hört er nichts, und wenn er vorsichtig noch einmal nachfragt, antwortet Lukas, er habe keine Zeit, vielleicht in ein paar Wochen. Also nimmt Knut nach ein paar Wochen erneut Kontakt auf, aber da ist Lukas wieder zu beschäftigt, und so geht es immer weiter.

Keine Probleme, Lukas zu gemeinsamen Unternehmungen zu bewegen, hat dagegen Terje. Terje hat zwei eigene Söhne, Lukas' Stiefbrüder, mit denen Lukas mehr oder weniger aufgewachsen ist. *Meine drei Männer und ich* stand einmal unter einem Bild von Terje mit seinen zwei Söhnen und seinem *Stiefsohn.* Darauf sitzt Lukas irgendwo in der Nordmarka und brät Makrelen über einem Lagerfeuer. Terje packt die Gitarre aus, und sie singen.

Knuts einziger Trost ist, dass wenigstens Lene nicht bei diesen Ausflügen dabei ist.

Knut hat nie aufgehört, Lukas Mails zu schreiben, aber wenn man jemandem schreibt, der nicht antwortet, wirkt bald jedes einzelne Wort falsch. Und wenn jeder Satz gekünstelt und geschraubt anmutet, verliert man ganz allmählich die Kontrolle über die Sprache. In dem Maße, wie die Worte bedeutungslos werden, zerrinnt auch die Wirklichkeit und fängt an zu verschwinden. Und trotzdem macht Knut weiter. Er hegt die Hoffnung, dass die Situation sich eines Tages normalisiert, was auch immer *das* bedeuten mag, und an besagtem Tag werden die Mails als Beweis dafür vorliegen, dass er nie aufgegeben hat.

Aber in letzter Zeit ist bei ihm die Einsicht gereift, dass das vielleicht auch schon alles ist. Dass es nicht mehr als das werden wird. Dass das das Normale ist.

Der Zug hält am Osloer Flughafen, und Knut späht über den Bahnsteig, denn es kann gut sein, dass die Wirklichkeitsbeschreiberin hier zusteigt, vielleicht nach dem Besuch eines Literaturfestivals in New York, an dem sie gerade teilgenommen hat, und woher weiß er das?

Aber auch hier ist kein Anzeichen von ihr zu sehen. Der Zug fährt wieder an, und Knut versucht, sich zu erinnern, wann er Lukas das letzte Mal getroffen hat. Es muss Heiligabend gewesen sein. Hat er wirklich seinen Sohn, seinen einzigen Nachkommen, seit bald einem halben Jahr nicht mehr getroffen? Dabei wohnt Lukas sogar in St. Hanshaugen, nur einige Blocks entfernt, in einer Zweizimmerwohnung, die er sich mit seiner Freundin Thea teilt.

Vor ein paar Wochen ist Lukas auf der Straße an Knut vorbeigegangen. Dabei starrte er auf sein Smartphone, und Knut zögerte etwas zu lange, sodass er, als er gerade Hallo sagen wollte, feststellen musste, dass es bereits zu spät war. Wenn er Lukas jetzt hinterherrufen würde, würde Lukas vielleicht durchschauen, dass sein Vater ein paar Sekunden zu lange darüber nachgedacht hatte, ob er sich zu erkennen geben sollte oder nicht. Und worüber sollten sie sprechen? Knut neigt dazu, in Gegenwart seines Sohns zu verstummen. Nicht nur in den E-Mails, sondern auch im Gespräch von Angesicht zu Angesicht kommt es ihm vor, als verschwänden seine

Worte, und das, obwohl Knut vom Schreiben und Formulieren lebt. Wie konnte es so weit kommen, dass er sich dagegen sträubt, seinen eigenen Sohn auf der Straße zu grüßen? *Das ist nicht normal.* Und ein altes Unbehagen kriecht seine Wirbelsäule hinauf, denn genau dasselbe war einmal geschehen, als Knut seinen Vater auf der Straße erblickt hatte: Er war einfach weitergegangen. Vielleicht hatte ihre letzte Begegnung zu lange zurückgelegen, und wenn er erst einmal stehen geblieben wäre, dann hätte er anstandshalber länger stehen bleiben müssen als bloß die eine Minute, für die er in diesem konkreten Moment Zeit gehabt hätte.

Als er im Herbst mit Lene in besagter Kneipe gewesen war, hatten sie, nachdem sich Knut in Bezug auf die Wirklichkeitsbeschreiberin ausgekotzt hatte, wie üblich über Lukas gesprochen.

Ich musste ihm schon oft eine SMS schicken, damit er ans Telefon geht, wenn ich anrufe, sagte Lene, vielleicht um ihn zu trösten. Sie fügte hinzu, dass sie ihren Sohn, seit er von zu Hause ausgezogen war, auch nicht mehr so oft sehe, woraufhin Knut fragte, wie oft, so im Durchschnitt, und Lene antwortete: Vielleicht ein Mal im Monat, und da muss ich ihn praktisch zwingen, zum Essen zu kommen. Aber ich will niemanden zwingen, sagte Knut. Wenn er mich nicht treffen will, dann soll er es lassen. Dann siehst du ihn ja nie, wandte Lene ein. Tja, dann sehe ich ihn eben nicht, entgegnete Knut. Aber vielleicht ändert sich das ja, wenn er einmal Kinder hat. Das bezweifle ich, meinte Lene, und dann sprachen sie darüber, dass sie beide Lukas auf Instagram folgten, wo sie sehen – und sich darüber ärgern – konnten, wie viel Zeit Lukas mit Theas Familie verbrachte. Letztes Wochenende hat er zusammen mit Theas Vater Holz gehackt, sagte Lene. Er und Thea sind ständig mit ihrer Familie auf der Hütte, und abends sitzt die ganze Familie um den Tisch und spielt Brettspiele. Daraufhin sagte Knut: Vielleicht mag er uns einfach nicht. Vielleicht mag er ihre Familie ganz einfach lieber (und Terje, wollte er hinzufügen, aber er schämte sich dafür, eifersüchtig auf Terje zu sein, deshalb ließ er es bleiben). Vielleicht, sagte Lene. Warum haben wir uns damals eigentlich scheiden lassen, fragte Knut. Ich kann mich nicht so richtig erinnern, antwortete Lene, und dann lachten sie. Oder doch, hatte sie nachgeschoben. Wir waren ja beide untreu. Hast du das vergessen? Untreu, erwiderte Knut, wer ist das nicht? Wenn man einige Jahre verheiratet ist, gerät man früher oder später auf Abwege. Aber wichtig ist, dass man wieder nach Hause findet. Daraufhin meinte Lene: Möglicherweise waren wir einander bloß leid. Das kann ja passieren, weißt du. Einander schlicht und einfach leid. Und wieder lachten sie, und dann tranken sie noch ein paar Bier und tratschten über gemeinsame Bekannte und darüber, was die in letzter Zeit so getrieben hatten.

Aber es hatte Knut erschreckt, dass auch Lene sich nicht erinnern konnte, warum sie sich hatten scheiden lassen. Vielleicht war genau dies das Problem, dass er und Lene zu dem Typ Mensch gehörten, der nichts ernst nahm und über alles lachte. Und warum hatte keiner von ihnen weitere Kinder in die Welt gesetzt, auch das könnte man sich fragen, lag es da-

ran, dass keiner von ihnen sonderlich große Lust auf Hütten-
ferien, Brettspiele und Holzhacken hatte?

Früher hatte Knut meist versucht, Lukas mitzunehmen,
wenn er mit seinen wechselnden Freundinnen oder Le-
benspartnerinnen in Urlaub fuhr, aber nachdem Lukas ins
Teenageralter gekommen war, hatte er es vorgezogen, mit
Lene und Terje zu verreisen oder mit Freunden wegzufahren,
und seit er Thea kennengelernt hat, verbringt er die Ferien mit
ihrer Familie, einer großen, eingeschworenen Gruppe, in die
sich Lukas allem Anschein nach hineinadoptiert hat, genau
wie er sich seinerzeit in Terjes Sohn verwandelt hatte. Fragt
sich Theas Familie nicht, warum Lukas nie seinen Vater trifft?
Knut an ihrer Stelle würde sich das fragen. Aber genau das ist
ja der springende Punkt: Er ist nicht sie, und sie sind nicht er.
Sie haben keine Zeit, darüber nachzudenken, wer wen trifft,
sie sind vollauf damit beschäftigt, Holz zu hacken und Brettspiele zu spielen.

Der Zug bewegt sich auf den nächsten Bahnhof zu, laut
der Leuchtanzeige über der Tür, die ständig aufgeht, weil sich
im nächsten Wagen das Bordbistro befindet, ist es knallvoll.

Mit Pappbechern und Essenstüten in der Hand laufen Fahr-
gäste hin und her, und während Knut vorgibt, nicht zu verfolgen, wer kommt und geht, wandern seine Gedanken weiter,
entlang der Felsformationen der Seele. In dieser Landschaft
sucht er nach Antworten, warum die Dinge sich so entwickelt
haben, wie sie sich entwickelt haben, und was seine eigene
Rolle in der ganzen Angelegenheit gewesen sein mag und ob
etwas davon mit dem Buch zu tun haben könnte, das letz-

ten Herbst erschienen war. Ob er vielleicht, möglicherweise, einen toten Winkel hat, einen weißen Fleck auf seiner inneren Karte, der ihm nicht bewusst ist – Knut ist offen für alles.

Bei dieser Detektivarbeit bleibt er immer wieder an einer Szene hängen. Sie trug sich vor ein paar Jahren zu, als er Thea, Lukas' Freundin, zum ersten Mal traf. Alle, einschließlich Knut, waren bei Lene zu Hause eingeladen. Knut hatte sich felsenfest vorgenommen, sich ganz normal zu benehmen und in keiner Hinsicht zu übertreiben. An diesem Abend wollte er weder zu viel trinken noch zu viel reden, noch sich obsessiv über irgendetwas ereifern – was er ganz gern mal tut, wie zahlreiche voneinander unabhängige Quellen behaupten, sodass es wohl stimmen muss.

Anschließend war er sich vollkommen sicher gewesen, dass es ihm gelungen war, sich während des gesamten Essens normal zu verhalten. Er hatte darauf geachtet, absolut durchschnittliche Äußerungen von sich zu geben, er hatte über das Wetter und praktische Dinge gesprochen, nichts gesagt, was irgendwie herausstach, zumindest nicht, soweit er es beurteilen konnte.

Trotzdem wurde ihm später, über Lene, zugetragen, Thea sei wegen irgendetwas, das er im Laufe dieses Abends gesagt oder getan hatte, gekränkt gewesen.

Weswegen denn, wollte Knut wissen, aber Thea hatte nicht sagen wollen, weswegen. Wie soll ich mich denn verbessern, wenn ich nicht erfahre, was genau ich getan habe, hatte er Lene gefragt, und Thea hatte anschließend ausrichten lassen – erst über Lukas, dann über Lene –, wenn Knut selbst nicht bewusst sei, was er gesagt/getan hatte, dann sei das an sich schon Teil des Problems.

Knut ist das ganze Essen in Gedanken unzählige Male durchgegangen, von Anfang bis Ende, aber es ist ihm nicht gelungen, dahinterzukommen, und er versteht es bis heute nicht.

Zusammen mit dieser Szene fällt ihm gewöhnlich eine ähnliche Episode ein, die er einmal in Kopenhagen erlebt hat. Es ist jetzt viele Jahre her, er war für Interviews und einen Auftritt im Zusammenhang mit seinem Erfolgsbuch dorthin gereist. Am Flughafen wurde er von einer Verlagsassistentin abgeholt, und bestens gelaunt, weil er den Flug überlebt hatte und sich nun im Ausland befand, und das nur wegen eines Buchs, das er geschrieben hatte, setzte sich Knut ins Taxi und begann die Assistentin, eine Frau in den Zwanzigern, zuzutexten.

Die Fahrt hatte noch keine dreißig Sekunden gedauert, als sich die Assistentin zu ihm umdrehte und seinen Redeschwall mit einem verlegenen Lächeln unterbrach: Entschuldigen Sie bitte, aber ich muss gestehen, dass mir *Small Talk* nicht liegt. Kein Problem, antwortete Knut, und obwohl sich diese im Grunde höfliche und unschuldige Bemerkung zunächst wie ein Peitschenschlag ins Gesicht angefühlt hatte, fasste er sich schnell wieder und lächelte die Frau an, danach sagte er nichts mehr. Das brauchte er auch nicht, denn alle praktischen Dinge, die Interviews und Essenseinladungen betrafen, waren bereits besprochen, also schaute er den Rest der Fahrt aus dem Fenster und ließ seine Gedanken schweifen. Es tat gut, den Kopf in die andere Richtung zu drehen, und es imponierte ihm, dass die Assistentin so ehrlich gewesen war. Vielleicht war diese Ehrlichkeit in Dänemark üblich. Vielleicht sollte man sie nach Norwegen importieren, dachte er, während sich im Taxi Stille ausbreitete und Kopenhagens Vororte am Fenster vorbeiflogen.

Beim Aussteigen unterdrückte er den gewohnten Drang, Worte aus seinem Mund strömen zu lassen. Normalerweise hätte er etwas gesagt in der Art von: *Aha, hier wohne ich also. Wie hübsch, und so zentral!* Oder er hätte gesagt: *Wie schön das Wetter hier ist, ja, man merkt doch gleich, dass man im Süden ist!* Aber da man dies alles zu Recht als *Small Talk* bezeichnen kann, sagte er nichts, sondern brachte lediglich durch Mimik und Gestik sowie kurze, freundliche Lautäußerungen zum Ausdruck, dass er froh war, dort zu sein, froh war, eingeladen worden zu sein, und er stieg aus dem Auto und nahm seinen Trolley entgegen, den der Taxifahrer aus dem Kofferraum hievte, dann beugte er sich hinunter, um die Assistentin durch das Wagenfenster sehen zu können. Er hätte gern *Danke fürs Abholen* gerufen, denn sie hatte ja keine Abneigung gegen Phrasen im Allgemeinen geäußert, aber andererseits hätte *Danke fürs Abholen* verlangt, dass sie *Keine Ursache* oder *Gern geschehen* sagt, also Small Talk macht, was sie ja partout nicht wollte. Und jetzt saß sie da, starrte nach vorn und wartete darauf, dass der Fahrer den Wagen wieder anließ, also winkte Knut ihr bloß zu und rollte seinen Koffer in die Rezeption.

Beim Essen mit den Verlagsleuten am selben Abend war

die Assistentin nicht zugegen, und als Knut nach ihr fragte, sagte man ihm, sie sei erkrankt. Vor einigen Stunden hatte sie noch völlig gesund gewirkt. Auf der anderen Seite des Tischs fingen zwei Frauen an zu tuscheln, aber weil sie Dänisch sprachen, verstand Knut lediglich die Worte *total stumm* und *unangenehme Situation*, was ihn zu der Einsicht brachte, dass er sich offensichtlich auf rätselhafte Weise blamiert hatte, so wie es ihm viele Jahre später mit Thea ergehen sollte, und er ging in Gedanken noch einmal alles durch, was geschehen war, von dem Moment an, als er die Verlagsassistentin in der Ankunftshalle des Flughafens Kastrup getroffen hatte, wo sie ein Blatt Papier mit seinem Namen hochgehalten hatte, bis zu ihrer Ankunft am Hotel und dem wegfahrenden Taxi, doch er konnte nicht erkennen, dass er sich irgendwie unpassend verhalten hätte. Wieder und wieder ging er den Ablauf durch, sie hatten sich die Hand gegeben, sie waren ins Auto gestiegen, und sie hatte das mit dem Small Talk gesagt, woraufhin er ihrer Aufforderung gefolgt war und den Mund gehalten hatte, aber er versteht es immer noch nicht, genauso wenig wie er versteht, was er bei besagter Gelegenheit Thea gegenüber falsch gemacht hatte.

Die einzig mögliche Schlussfolgerung ist, dass Knut nichts ahnend mit einem blinden Fleck oder einem Defizit oder einem sozialen Makel herumläuft – mit etwas, das für alle außer ihm selbst offensichtlich ist.

Das Wesen dieser Krankheit besteht gerade darin, dass ihm nicht bewusst ist, was falschläuft. Wüsste er es, könnte er es ja einfach korrigieren.

Knut trinkt den letzten Rest Kaffee, der inzwischen kalt geworden ist. Frank und Knut haben Fensterplätze und sitzen sich gegenüber, aber seit dem Osloer Hauptbahnhof hat Frank kein Wort mehr gesagt, sondern sich ausschließlich mit seinem Handy beschäftigt. Knut hat ebenfalls sein Smartphone vor sich, genau wie alle anderen Passagiere, wobei er zugleich im Auge behält, wer sich zur jeweiligen Zeit in diesem Wagen aufhält. Er kann nicht glauben, dass er bereits morgen Vormittag mit dem Menschen, an den er seit letzten Herbst Tag und Nacht gedacht hat, auf einer Bühne sitzen soll, und vorher müssen sie sich auch noch die Hand geben. Die Initiative zu einer begrüßenden Umarmung wird er nicht ergreifen. Aber dann denkt er darüber nach, ob er sie nicht doch umarmen soll, denn dann würde bestimmt allen klar werden, dass er das Buch nicht gelesen haben kann.

Und im Gespräch selbst, wie soll er sich da präsentieren? Was ist am zweckmäßigsten? Wieder kommt er zu dem Schluss, dass es am besten ist, das zu tun, was er bisher getan hat: Die Füße stillhalten. Sich nichts anmerken lassen. Auf das antworten, wonach er gefragt wird. Es hinter sich bringen. Lächeln und lachen, sich gutmütig geben. Alles an sich abperlen lassen. Denn was wäre die Alternative? Wenn er seiner Aggression erst einmal freien Lauf lässt, könnte es sein, dass sie umbringt. Das hat er sich oft vorgestellt. Im Winter ist er einmal davon aufgewacht, wie er auf sein Kopfkissen einprügelte und dabei knurrte wie ein Tier.

Frank sitzt vor ihm und tippt auf seinem Smartphone herum. Dann schüttelt er den Kopf und steckt es in die Tasche seiner Anzugjacke. Er lehnt den Kopf ans Fenster. Der Zug fährt über die Minnesundbrücke, und Knut versucht, sich auf die schöne Aussicht zu konzentrieren, darauf, wie der Mjøsa in der Morgensonne glitzert. Doch dann greift Frank wieder zu seinem Handy und starrt mit blutunterlaufenen Augen darauf, als ob M antworten würde, wenn er nur lange genug starrte.

In der vergangenen Woche hat Frank mit verschiedenen Maßnahmen versucht, M aus dem Kopf zu bekommen. Programmpunkt Nummer eins, wenn M verschwindet, besteht darin, sich zu betrinken. Programmpunkt Nummer zwei ist dann, im Internet Kontakt zu fremden Männern aufzunehmen. Erst vorgestern hat er sich von einem Typen nach Hause abschleppen lassen. Und ich weiß nicht, warum, sagte Frank danach zu Knut, aber heutzutage wollen alle, dass ich streng und bestimmt auftrete, sie wollen, dass ich sie »mit Gewalt« nehme, und das habe ich so satt. *Du musst es auch WOLLEN*, hatte der Mann gerufen, während Frank in einem Bett am anderen Ende der Stadt kniete und sich bemühte, kein Spielverderber zu sein.

Abermals steckt Frank das Handy in die Tasche, nimmt es jedoch schnell wieder heraus, und so geht es immer weiter.

Knut denkt an den nächsten Tag und versucht, sich den Ablauf vorzustellen. Das Gespräch soll in dem großen Zelt stattfinden, das sie vor der Bibliothek aufstellen. Dort ist er vor vielen Jahren schon mal aufgetreten, und er sieht vor sich, wie er das Zelt betritt, nickt, lächelt und Leuten die Hand gibt, einige umarmt, aber dann tritt die Wirklichkeitsbeschreiberin in sein Blickfeld, und obwohl sich alles bloß hier im Zug in seiner Fantasie abspielt, schießt sein Puls in die Höhe.

Das ist kein gutes Zeichen.

Hallo, wird er sagen und dabei die Hand ausstrecken. Knut A. Pett..., aber dann wird er sich selbst unterbrechen. Kennen wir uns nicht, wird er fragen, den Kopf leicht schief gelegt, etwas verwirrt.

Etwas verwirrt.

Nein. Nicht glaubwürdig.

Das Beste, beschließt er, wird sein, die Hand auszustrecken und zu sagen: Herzlichen Glückwunsch zu deinem Erfolg, das ist ja ganz unglaublich.

Mit einem Augenzwinkern: quasi von einem Erfolgsautor – denn das war er ja auch einmal – zum anderen.

Wie eine glatte Schlange wird er sich um alle Fallen herumwinden und allen Impulsen widerstehen, und nichts wird ihn tangieren.

Knut nimmt seinen Laptop aus dem Rucksack und klappt ihn auf, denn seit er nach Lillehammer eingeladen worden ist, hat er angefangen, Tagebuch zu schreiben. Während er Selbstgespräche in der ersten Person Plural führt, *jetzt kochen wir Kaffee, jetzt essen wir Knäckebrot,* schreibt er sein Tagebuch in der dritten Person Singular: *Das Wetter ist schön, und Knut geht in St. Hanshaugen spazieren.*

In seinem Tagebuch berichtet er von dem Schriftsteller Knut, vom alltäglichen Leben und Wirken dieser Hülle, von ihren Gedanken über Gott und die Welt sowie ihren verschiedenen Erfahrungen und Erlebnissen im Laufe der Zeit. Vielleicht lässt es sich verwenden, vielleicht auch nicht. Wer weiß. Jedenfalls schreibt er, und das ist gut so. Zudem gefällt ihm das Bild, das er in diesem Augenblick abgibt, wie er hier im Waggon sitzt, auf dem Weg zu einem Literaturfestival, emsig auf seinen Laptop tippend; und um in Gang zu kommen, denkt er an seine letzte ernsthafte Beziehung zurück.

Als Knut Hanne auf einer Party bei gemeinsamen Freunden traf, ging sie noch am selben Abend bereitwillig mit zu ihm nach Hause. Erst am Morgen danach erfuhr er, dass sie verheiratet war und eine zweieinhalbjährige Tochter hatte.

Warum bist du dann hier, hatte Knut gefragt, führt ihr so eine offene Beziehung, oder was?

Sie saßen im Bett und tranken Kaffee, dabei wirkte Hanne vollkommen ruhig. Nein, antwortete sie, aber es ist etwas kompliziert. Seine erwachsenen Söhne wohnen noch zu Hause, und die hassen mich. Sie geben mir die Schuld an der Scheidung, aber was ist mit ihrem Vater, er trägt genauso viel Schuld an der Sache, trotzdem werde ich bestraft. Ich kann ihnen einfach nichts recht machen. Mittlerweile hat es sich zu einem Stellungskrieg ausgewachsen, in dem sie mich jeden Tag terrorisieren. Jan merkt es nicht, und wenn er es merkt, verteidigt er sie.

Wie genau terrorisieren dich diese Söhne, wollte Knut wissen, und Hanne meinte, das sei nicht leicht zu erklären, es handele sich um viele kleine Einzelvorfälle, die man schwer wiedergeben könne, ohne selbst kleinlich und gestört zu wirken. Eine Sache sei zum Beispiel, dass sie nie antworteten, wenn sie sie etwas fragte, es sei denn, ihr Vater war in der

Nähe. Dem Jüngeren fielen ständig neue Ernährungsregeln ein, die sie umzusetzen versuchte, aber sobald sie verinnerlicht hatte, dass er keine Kohlenhydrate zu sich nehmen wollte, war plötzlich etwas anderes wichtig. Es ist wie chinesische Wasserfolter, sagte Hanne, es macht tropf-tropf, den ganzen Tag, das ganze Jahr.

Aber warum ziehen sie nicht aus, sind sie nicht schon Mitte zwanzig, fragte Knut. Warum sollten sie ausziehen, entgegnete Hanne, sie zahlen keine Miete, und außerdem haben sie eine wichtige Aufgabe, die darin besteht, mich fertigzumachen. Was ist mit deiner Tochter, fragte Knut, und Hanne antwortete, zu ihr seien sie nett, ansonsten wäre sie längst ausgezogen. Armer Jan, sagte Hanne. Er sieht jetzt fünfzehn Jahre älter aus als zu Beginn unserer Beziehung. Aber ebendieser arme Jan hatte, direkt nachdem Hanne schwanger geworden war, eine, wenn auch sporadische, sexuelle Beziehung mit einer Arbeitskollegin begonnen, einer Frau in Jans Alter, die schließlich die Nase voll hatte und Hanne anrief und ihr alles erzählte. Zu diesem Zeitpunkt war Hanne vom Alltag in dem großen Haus in Nordstrand so ausgelaugt gewesen, dass sie nicht die Kraft hatte, Jan zur Rede zu stellen. Stattdessen war sie zu der Party gegangen, wo sie Knut getroffen hatte.

Und bald lernte Knut auch Jan kennen, der jedes zweite Wochenende zu der Wohnung in St. Hanshaugen – in die Hanne und ihre Tochter zwei Wochen später eingezogen waren – kam, um Selma, dieses Kind der Liebe, abzuholen.

Mit seinem hageren Gesicht und den Ringen unter den Augen war Jan Knut eine Mahnung, nicht noch einmal Vater zu werden. Und als Knut eines Nachts, nur wenige Monate nach Beginn ihrer Beziehung, zufällig sah, wie Hanne Sperma vom Bettlaken kratzte und versuchte, es in sich hineinzustopfen, begriff er, dass Hannes Sehnsucht nach einem weiteren Kind – *ich will, dass Selma ein Geschwisterchen bekommt, bevor es zu spät ist* – stärker war als alles andere. Einige Tage zuvor hatte sie ihn festgehalten, als er gerade sein Glied herausziehen wollte. Sie waren betrunken gewesen, und Knut hatte es nicht mehr geschafft, ein Kondom überzustreifen, bevor sie zur Sache kamen, und hinterher schrieb er in sein Notizbuch: *In dieser Welt gibt es nichts Stärkeres als die Schenkel einer fast vierzigjährigen Frau, die schwanger werden will, und es gibt nichts Schwächeres als einen Mann, der gerade kommt und zwischen diesen Schenkeln gefangen ist. Es ist ein Beispiel für die Begegnung des Stärksten mit dem Schwächsten.*

Sperma vom Bettlaken kratzen, klingt das nicht ein bisschen zu sehr nach Groschenroman, wird sein Lektor hier einwenden. Ist das nicht ein bisschen *überzeichnet*?

Es ist nicht meine Schuld, dass die Wirklichkeit überzeichnet ist, wird Knut dann antworten.

Überzeichnet ist das Lieblingswort seines Lektors. Wäre Knut der Lektor seines Lektors, würde er ihn darauf ansprechen.

Gerade Hannes Vitalität hatte Knut angezogen. Sie war bei der Party zu ihm herübergekommen, da hatten wir es wieder, immer ergriffen die Frauen die Initiative, sodass er sich oft fragt, ob er überhaupt mit Frauen zusammen gewesen wäre, wenn er selbst hätte zu ihnen gehen und ein Gespräch beginnen müssen. Wahrscheinlich hätte er lernen müssen, mit Abweisung fertigzuwerden, wie fast alle seine Freunde, um nicht am Ende allein dazustehen. Was ihm im Übrigen trotzdem widerfahren war – allein dazustehen.

Jedes zweite Wochenende stand Jan in der Tür, der geschiedene Vater eines Kleinkinds, Ende fünfzig, alt und erschöpft. Aber im Laufe der Monate setzte eine Veränderung ein. In dem Maße, wie der geteilte Alltag Hannes Interesse an Knut offenbar langsam, aber sicher abflauen ließ, war es bei Jan das Gegenteil.

Knut nahm die Veränderung wahr, wusste aber nicht, was er dagegen tun konnte. Von Freitag zu Freitag, wenn Jan kam, um Selma abzuholen, wurde Hanne immer aufgekratzter. Sie schminkte sich und stand dann plaudernd und lachend in der Tür, und Knut entging nicht, dass Jan aufblühte und sein Lachen heiser war, so wie es der Fall ist, wenn man eine Weile nicht mehr gelacht hat.

Als Hanne wieder zu Jan zog – Knuts letzter Stand ist, dass sie noch eine Tochter bekommen haben, die genau zehn Monate, nachdem Hanne bei Knut ausgezogen war, zur Welt kam, also nicht sein Kind sein kann –, war die Wohnung wieder einmal so gut wie leer, weil Hanne im Laufe des Jahres, in dem sie es miteinander ausgehalten hatten, fast alle Möbel ausrangiert und durch neue ersetzt hatte, die sie dann bei ihrem Auszug mitnahm. Dasselbe galt für die Menschen, mit denen sie sich umgeben hatten. Es war vorgekommen, dass sich Knut bei einem Abendessen in seiner eigenen Wohnung umgeschaut und festgestellt hatte, dass alle Anwesenden Freunde von Hanne waren.

Als Folge davon war es nach Hannes Auszug absolut still, und wenn er mitunter die Zeit, die sie zusammengewohnt hatten, vermisst, dann vermisst er vor allem die Menschen, und in erster Linie vielleicht die kleine Selma.

Wenn man in einem Alter von fast sechzig, das Knut zu seiner täglichen Überraschung erreicht hat, eine Frau kennenlernt, lernt man zugleich ganze Trauben von Menschen kennen, entweder ist die Frau jünger als man selbst und hat kleine Kinder, oder sie ist im gleichen Alter und hat erwachsene Kinder, die bereits von zu Hause ausgezogen sind. Die Kinder, die ausgezogen sind, haben häufig schon eigene Kinder oder sogar Stiefkinder, zu denen man dann eine Beziehung aufbauen und in deren Kreis man aufgenommen werden muss und deren Geburtstage und Hochzeiten und Kindtaufen man feiert, um sie dann, wenn wieder einmal eine Beziehung in die Brüche gegangen ist, nie mehr zu Gesicht zu bekommen.

Oslo ist voll von geschiedenen Männern und Frauen, denen es davor graut, Weihnachten ohne die Kinder zu feiern. Am anderen Ende sitzen Stiefmütter oder Stiefväter, denen es davor graut, Weihnachten mit ebendiesen Kindern zu feiern. Und mit den Enkelkindern.

Dabei will Knut nicht länger mitmachen. Schluss jetzt, denkt er. Schluss jetzt.

Irgendwo zwischen Hamar und Brumunddal meldet sich Franks Smartphone, und Franks Gesicht hellt sich auf.

»Er hat geantwortet!«

»Was denn?«

Frank hält das Handy hoch.

»Dass er keinen Kontakt will.«

»Aber ist das denn gut?«

»Ja, natürlich, so fängt es immer an. Schon allein, dass er antwortet, ist gut, dass er zumindest die eine Blockierung aufgehoben hat.«

Und Frank beugt sich über sein Smartphone, sein Gesicht ist gerötet. Er schluckt und räuspert sich, während er drauflostippt, wie lange hat es diesmal gedauert, nur eine Woche, und jetzt wird Frank natürlich wieder die Finger vom Alkohol lassen. Andererseits wird Knut in Lillehammer dann alle Getränkegutscheine für sich allein haben, worüber er sich zu freuen versucht, aber stattdessen verschlechtert sich seine Laune bei jedem Pling, das Franks Smartphone von sich gibt, wohingegen genau dieses Pling Frank vor der besonderen Energie vibrieren lässt, die ihn immer erfüllt, wenn M wieder Kurs auf ihn nimmt.

»Vielleicht fährst du besser nach Hause, wenn die Funkstille jetzt vorbei ist«, deutet Knut vorsichtig an, aber Frank schüttelt bloß den Kopf.

»Nein, nein. So leicht mache ich es ihm nicht. Ich habe ihm gerade geschrieben, dass ich auf dem Weg nach Lillehammer bin. Entweder er kommt dorthin, oder er muss sich gedulden, bis ich wieder zurück bin.«

»Haha«, war Knuts Kommentar zu diesem Versuch, den Unnahbaren zu spielen. Frank hält ihm zum Beweis das Handy hin. Im selben Moment taucht eine neue Nachricht auf. »Er kommt nach Lillehammer!« Frank taucht wieder ab, und Knut schaut aus dem Fenster, wobei er spürt, dass ihm langsam alles entgleitet. Frank auf dem Weg in seine manifeste Psychose im Schlepptau zu haben, ist das eine, das andere ist das Unterfangen, auf das er sich selbst eingelassen hat. Früher hätte zumindest Erwartung in der Luft gelegen, denn er hat fast noch nie an einem Literaturfestival teilgenommen, ohne dass sich etwas ergeben hätte, ein bisschen enges Tanzen hier, ein paar anzügliche Beinberührungen dort, und meist war er am Ende in irgendjemandes Zimmer gelandet, oder irgendjemand war in seinem Zimmer gelandet, und es gab Gelächter und Gelage und frühmorgendliche Klettertouren aus Fenstern sowie Getorkel in Hotelfluren und auf Straßen in Odda, Tromsø, Haugesund, Bergen, Stavanger und Lillehammer, und fast alle, die da herumtorkelten, hatten Ehepartner oder Lebensgefährten, die in einer anderen Ecke des Landes warteten, auch Knut, denn bei Literaturfestivals gelten die üblichen Regeln nicht, das zumindest pflegte er sich selbst einzureden.

Jetzt ist er schon lange nicht mehr auf Festivals gewesen oder überhaupt in der Öffentlichkeit aufgetreten, und der Mann, der er früher war, erscheint ihm fremd, wie eine andere Person. Wenn er daran zurückdenkt, was er so alles angestellt hat, schüttelt er oft den Kopf über sich selbst. Aber nie hat er jemanden gezwungen.

Er mag sich Fehltritte auf dem sozialen Parkett geleistet haben, im Umgang mit dieser Verlagsassistentin in Kopenhagen und mit Thea, aber er hat nie eine Frau *belästigt*, das weiß er. Und er weiß es, weil er nie gemerkt hat, dass eine Frau ihn wollte, ehe sie es ihm nicht regelrecht ins Gesicht geschrien oder ihr Bein fest an seinem gerieben oder auf seinen Mund gestarrt hat, während er sprach, oder sich an ihn gelehnt und ihm über den Arm gestrichen hat. Er hat immer viele solcher Zeichen gebraucht. Die Ursache dafür ist vielleicht eine Neurose aus der Kindheit oder ein Virus, ein Bakterium oder etwas, das er gegessen hat – oder auch etwas ganz anderes, über das er nie Klarheit gewinnen wird. Woran auch immer es liegt, Knut muss sich stets ganz sicher sein, dass er *erwünscht* ist, weshalb er nie von sich aus auf eine Frau zugegangen ist, sie ist immer zu ihm gekommen. So war es auch schon, als er fast drei volle Jahre hindurch – ab dem Herbst, als er sechzehn war, bis zum Frühling, in dem er neunzehn wurde – immer in derselben Ecke des Schulhofs der Kathedralschule Oslo stand, zum Raucherhäuschen hinüberspähte, wo Lene war, und nach ihrem blonden Kopf Ausschau hielt, der alle anderen überragte. Aber er traute sich nicht, sie anzusprechen, bis sie plötzlich, kurz vor dem Abitur, zu ihm herüberkam.

»Woran denkst du?«, fragt Frank, der jetzt, wo M alle Blockierungen aufgehoben hat, gesprächig wird.

»Ich denke an all die Dummheiten, die ich angestellt habe. Und ich frage mich, warum Lene und ich uns haben scheiden lassen.«

Frank verdreht die Augen und taucht wieder in sein Handy ab.

Konfrontiert man eine beliebige Handlung oder Äußerung mit dem Wörtchen *warum*, geraten die Dinge schnell in Auflösung. Warum putzt sich Knut die Zähne – um saubere Zähne zu haben. Warum will er saubere Zähne haben – um keine Karies zu bekommen. Warum will er keine Karies haben, und so weiter, und dann, zum Schluss, die Trumpfkarte: Du wirst trotzdem sterben. Alles ist Zeitvertreib, alles ist Verdrängung der Tatsache, dass man eines Tages sterben wird.

Aber warum haben Lene und er sich scheiden lassen? Diese Frage kann er noch nicht einmal im Ansatz beantworten.

Nachdem Lene und er sich vor über zwanzig Jahren getrennt haben, hat er sich mit mehr Frauen eingelassen, als ihm jetzt auf Anhieb einfallen. Um sich einen Überblick über seine vielen Abenteuer zu verschaffen, müsste er sich mit Stift und Papier hinsetzen und in den alten Jahreskalendern nachforschen, die er aufbewahrt hat, einen für jedes der letzten zwanzig Jahre, und das müsste an einem Tag geschehen, an dem er sich ausgeruht fühlt.

Aber wozu sollte das gut sein?

Mit seinen *Frauengeschichten* geht es Knut so wie beim Weintrinken in Franks Wohnung: Wenn Knut glaubt, zwei Gläser getrunken zu haben, hat er tatsächlich mindestens sieben oder acht getrunken.

Aber nach Hanne ist es ruhig geworden. Es scheint, als würde das Blut in letzter Zeit etwas langsamer durch seine

Adern fließen, und wenn er darüber nachdenkt, ist er ein wenig traurig, aber vor allem erleichtert.

Als der Zug den Bahnhof Moelv verlässt, sagt Frank:

»Ich muss dich bitten, dir für heute Nacht eine andere Übernachtungsmöglichkeit zu suchen. Alle Hotels in Lillehammer sind ausgebucht.«

Frank ist in dieser rücksichtslosen, unausgeglichenen Stimmung, in die er gerät, sobald es um M geht, und in der die gängigen Regeln mit einem Mal aufgehoben sind. Wie frech ist das denn, Knut aus seinem eigenen Hotelzimmer zu werfen, aber Knut nickt nur, er glaubt sowieso nicht, dass M nach Lillehammer kommt. Die Beziehung zwischen Frank und M ist voll von gebrochenen Vereinbarungen und Versprechen, so ist es in all den Jahren ihres Bestehens gewesen. Und wenn Knut hört, wie Frank auf der anderen Seite der Wand »Slave to Love« von Brian Ferry in Endlosschleife spielt, dann bestätigt sich sein Verdacht, dass genau das Frank bei der Stange hält.

»Danke«, sagt Frank. »Dann hast du etwas bei mir gut.«

Und während Frank weiter auf seinem Handy herumtippt, lässt Knut sich von seiner eigenen Tastatur absorbieren und versucht, sich zu erinnern, wann er das letzte Mal auf einer Bühne gesessen hat.

Die wenigen Anfragen, die er in den letzten Jahren bekommen hat, bezogen sich alle auf sein Erfolgsbuch. Viele Norwegischlehrende behandeln es im Unterricht, sodass in den letzten Jahren vor allem weiterführende Schulen Kontakt zu ihm aufgenommen haben. So auch, als er im Winter die E-Mail einer Lehrerin erhielt, die eine Oberstufenklasse in einem der nördlichen Vororte Oslos unterrichtete. Aus alter Gewohnheit zögerte er die Antwort hinaus. Nicht nur, weil Aufträge an Schulen schlecht bezahlt sind, sondern auch, weil es um einen Besuch am Vormittag ging, und wenn er am Vormittag einen Termin hat, bei dem er sich mit anderen Menschen auseinandersetzen muss, dann kann er das Schreiben für den Rest des Tages vergessen.

Nächster Gedanke: Als wenn er das Schreiben nicht jeden Tag vergessen könnte. Als wenn er irgendetwas zustande brächte, Schulbesuch hin oder her. Und wie gewöhnlich brauchte er Geld, also sagte er zu und stieg an einem Februarvormittag in den Regionalzug Richtung Norden. Sie hatten Fragen vorbereitet, und die Lehrerin, eine Frau in seinem Alter, interviewte ihn im Klassenzimmer. Knut wurde gefragt, warum er Schriftsteller geworden sei, wie er arbeite und woher er seine Inspiration beziehe. Zwischendurch erkundigte sich die Lehrerin bei der Klasse, ob es Fragen gebe, und wenn niemand antwortete, sagte sie: Wollte nicht einer von euch wissen, wie unserem Gast die Idee zu dem Buch gekommen ist? So kam es, dass nur die Lehrerin und Knut redeten. Und wenn Knut versuchte, witzig zu sein, lachte auch nur die Lehrerin. Hier sitzen wir also, dachte Knut, zwei alte Menschen, die einander verstehen. Sie erfasste jede seiner Anspielungen, und jedes Mal, wenn sie über seine Witze lachte, empfand er große Dankbarkeit.

Ein paar Schüler tippten auf ihrem Laptop herum. Hin

und wieder lachten sie über etwas, stießen den Sitznachbarn an und zeigten auf den Bildschirm, woraufhin beide lachten. Mehrere Schüler starrten auf ihre Handys. Ein Junge hatte bereits zu Beginn der Stunde die Kapuze seines Hoodies hochgezogen, sich vornüber auf sein Pult gelegt und den Kopf auf die Arme gebettet. Nach und nach folgten andere diesem Beispiel, und bald hingen zehn oder zwölf auf diese Weise über ihren Pulten.

Keine Frage der Lehrerin war neu für Knut. Im Laufe der Jahre hatte er unzählige Male in Klassenzimmern und Bibliotheken, in Kultur- und Literaturhäusern überall in Norwegen gesessen und die gleichen Fragen beantwortet, und während die Antworten nur so flutschten oder er aus seinem Erfolgsbuch vorlas, schoss ihm der Gedanke durch den Kopf: *Und dafür werde ich bezahlt.*

Dann war es vorbei. Was Knut wie eine Viertelstunde vorgekommen war, hatte in Wirklichkeit eine ganze Stunde gedauert.

»Vielen Dank für Ihren Besuch«, sagte die Lehrerin.

»Danke für die Einladung«, erwiderte Knut. »Die Zeit vergeht wie im Flug, wenn man Spaß hat!«

Er meinte es ernst.

Die Schüler verließen das Klassenzimmer. Aber zwei von ihnen, zwei Mädchen, blieben stehen.

»Ach, ja«, sagte die Lehrerin. »Die zwei hier werden eine Hausarbeit über Ihr Buch schreiben. Und ich kann Ihnen sagen, dass die beiden im Leben was erreichen wollen! Nicht wahr, Mädchen? Habt ihr nicht beide große Pläne?«

Sie waren so jung und so stark geschminkt, dass sie aus der Nähe künstlich aussahen, wie kleine, perfekte Puppen.

Beide nickten, und die eine sagte:

»Ich möchte Medizin studieren. Wenn ich einen Platz bekomme.«

»Und ich möchte Tierärztin werden, wenn ich einen Platz bekomme«, sagte die andere.

Die Lehrerin lächelte mit schief gelegtem Kopf. Dann schaute sie Knut an.

»Und jetzt würden sie Ihnen gern ein paar Fragen stellen, die sie vorbereitet haben. Ich hoffe, das ist in Ordnung.«

»Natürlich«, antwortete Knut und nickte den jungen Mädchen zu, die beide ein Notizheft in der einen und einen Stift in der anderen Hand hielten. »Schießt los!«

Sie schauten einander an und kicherten. Im direkten Kontakt war ihr Verhalten ganz anders. Während der Schulstunde hatte Knut die eine mehrmals gähnen sehen, und die andere hatte ihn mit leerem Blick angestarrt, so wie man starrt, wenn man glaubt, derjenige, den man anstarrt, merke es nicht. Doch jetzt waren ihre Gesichter entgegenkommend und voller Leben.

»Tja, ich muss zugeben, dass ich das Buch nicht gelesen habe«, sagte die eine, und jetzt lachte sie so, dass man ihr gesamtes Zahnfleisch sehen konnte.

»Aber was ich fragen wollte … also … was ist das *Thema* des Buchs, Ihrer Meinung nach? Woran haben Sie gedacht, als Sie es geschrieben haben, was ist die *Botschaft*?«

Knut schaute sie an.

»Du hast das Buch nicht gelesen?«

Sie drehte sich zu ihrer Freundin und kicherte. Die Lehrerin räusperte sich ein paarmal und sagte:

»Ja, also die zwei hier, die wollen hinaus in die Welt, sie wollen im Leben was erreichen! Aber wissen Sie ... die armen jungen Leute ... sind so erschöpft. Es ist zu viel für sie, heutzutage wird auf die Jugendlichen ja ein enormer, für uns unvorstellbarer Druck ausgeübt.«

An die beiden Jugendlichen gewandt sagte sie:

»Aber ihr habt sehr über die Ausschnitte gelacht, die ich euch vorgelesen habe, stimmt's?«

Die Schülerinnen nickten synchron.

»Ja«, sagte die eine. »Das stimmt. Die waren *so* lustig.«

»Und auch *sehr* gut geschrieben«, ergänzte die andere.

»Ja, wirklich. *So* gut geschrieben«, bekräftigte die erste.

»Echt super«, sagte die zweite.

Knut war immer noch davon überzeugt, etwas missverstanden zu haben.

»Ihr habt das Buch also nicht gelesen? Ihr habt nur Ausschnitte gehört, die euch vorgelesen worden sind? Und jetzt wollt ihr, immer noch ohne das Buch gelesen zu haben, eine Hausarbeit darüber schreiben?«

Beide Mädchen schauten ihre Lehrerin an, die sich wieder räusperte. Dann sagte sie:

»Ich habe länger nachgedacht ... Ist es nicht so, dass Ihr Buch im Grunde von Begierde handelt und davon, wie hilflos wir Menschen dieser Begierde ausgeliefert sind? Ist nicht das das Thema?«

Die Mädchen zückten ihr jeweiliges Notizheft und fingen an zu schreiben.

»Und besteht die Botschaft nicht einfach darin«, fuhr die Lehrerin fort, »dass wir Menschen heutzutage zu viele Auswahlmöglichkeiten haben und uns das auf lange Sicht schaden kann?«

Die Mädchen machten sich in rasender Geschwindigkeit Notizen.

Die Lehrerin schaute Knut an und wartete auf eine Bestätigung. Als die Mädchen mit dem Schreiben fertig waren, hielten sie den Kugelschreiber abwartend in der Schwebe.

Für Knut sahen die beiden Schülerinnen aus, als wären sie in etwa zwölf Jahre alt. Aber sie mussten achtzehn sein, denn sie befanden sich in ihrem letzten Schuljahr, und da es bereits Spätwinter war, konnten sie sogar schon neunzehn sein. Knuts Mutter hatte ihn mit neunzehn zur Welt gebracht, und bei jeder Begegnung mit einer Neunzehnjährigen wuchs Knuts Bestürzung darüber. Dabei ist die Fruchtbarkeit gerade in diesem Alter am höchsten. Also unterstützt die Natur es selbst, dass Menschen, die nicht in der Lage sind, ein Buch zu lesen, trotzdem der Aufgabe gewachsen sind, *voll entwickelte neue Existenzen* aus sich herauszupressen.

Immer noch standen die beiden kleinen Mädchen da und sahen ihn abwartend an, als wäre er ihnen eine Antwort schuldig. Und nicht nur das, etwas sagte ihm, dass sie der Meinung waren, er müsse ihnen dankbar sein, wenn sie überhaupt etwas *von ihm wollten*, von so einem alten Mann. Sie ließen ihm den Segen ihres jugendlichen Interesses zuteilwerden und erwarteten, dass er sich geehrt fühlte.

Knut schaute von den Mädchen zur Lehrerin.

»Aber … ist das Lesen nicht Sinn und Zweck des ganzen Norwegischunterrichts? Und wenn man eine Hausarbeit über ein Buch schreiben will, ist es dann nicht eine grundlegende Voraussetzung, das Buch überhaupt erst einmal *ganz gelesen zu haben*?«

Die Lehrerin räusperte sich zwar erneut, wirkte ansonsten aber ruhig und gefasst, als wäre Knut derjenige, der sich danebenbenahm, dessen Verhalten Tadel verdiente. Aber er gab nicht klein bei.

»Es kann doch nicht richtig sein, dass die beiden hier stehen und versuchen, mir – und Ihnen – Informationen aus dem Kreuz zu leiern, anstatt das Buch selbst zu lesen. Und noch etwas: Auch wenn ich das Buch geschrieben habe, bedeutet das nicht, dass ich den Schlüssel dazu habe, wie es zu interpretieren ist. Das heißt, das habe ich natürlich, aber es ist *total uninteressant in diesem Zusammenhang*.«

Seine Stimme war lauter geworden und sein Puls hämmerte im gesamten Schädel. Die Lehrerin und die beiden Schülerinnen sagten kein Wort, sie starrten ihn bloß interessiert an, wie man ein exotisches Tier im Zoo anstarrt. Als wären sie in erster Linie neugierig darauf, was jetzt passieren würde. Und obwohl Knut wusste, dass er sich beruhigen und zusehen sollte, von dort wegzukommen, bevor er mehr Schaden anrichtete, war er außerstande aufzuhören.

»Ist es zu viel verlangt, dass ihr es nach dreizehn Jahren

Norwegischunterricht schafft, euch wenigstens durch *ein Scheiß-Buch* zu buchstabieren?«

Denn jetzt war sie da, die alte Raserei, und es erfüllte Knut mit einem Gefühl von Nostalgie, als er spürte, wie sie heranrollte, das letzte Mal war so lange her, er hatte nicht geglaubt, sie noch in sich zu haben, aber jetzt schlug er mit der flachen Hand auf das Buch, aus dem er der Klasse eben noch vorgelesen hatte – doch dann reichte auch das nicht mehr aus, und er packte das Buch und knallte es auf das Lehrerpult.

»Oder seid ihr Analphabetinnen? Ist das das Problem? DASS IHR SCHLICHT UND EINFACH NICHT LESEN KÖNNT?« Knuts Ausruf hallte zwischen den Wänden des kleinen Klassenzimmers wider. Er hatte recht, natürlich hatte er recht. Aber es nützte nichts, recht zu haben, und die Lehrerin und die Mädchen wechselten Blicke und versuchten zu verbergen, dass sie lächelten, wie man zu verbergen versucht, dass man über Kleinkinder im Trotzalter lächelt, wenn sie wegen Nichtigkeiten lustige Tobsuchtsanfälle bekommen.

Knut setzte sich schwerfällig auf einen Stuhl.

»Ich will es bloß verstehen. Ist es jetzt wirklich so weit gekommen, dass man ein Buch nicht mehr lesen muss, um eine Hausarbeit darüber zu schreiben?«

Die zwei Analphabetinnen, die vor ihm standen und sich jetzt alle Mühe gaben, ihr Kichern zu unterdrücken, das in ihren kleinen, dünnen Hälsen hochblubberte, waren die neue Generation. Sie waren sogar führende Repräsentantinnen der neuen Generation. Die eine wollte Ärztin werden, die andere Tierärztin.

»Na ja … natürlich müssen sie früher oder später das Buch lesen«, sagte die Lehrerin. »Aber sie stehen so unter Druck, sie haben so wenig Zeit, sie haben so unglaublich viel zu tun, und …«

Knut stand auf.

»UNGLAUBLICH VIEL ZU TUN? UNTER DRUCK?«, schrie er. Er zeigte auf die beiden Mädchen. »Ihr hängt täglich zwischen sechs und dreizehn Stunden am Handy. Das habe ich gerade gelesen. MINIMUM sechs Stunden, das heißt, selbst wenn ihr MODERATE HANDYNUTZERINNEN SEID, starrt ihr immer noch SECHS STUNDEN TÄGLICH aufs Handy. Also kommt mir nicht damit, dass ihr keine ZEIT habt.«

Die Lehrerin schlug die Hände zusammen.

»Ja, ich denke, wir beenden das Ganze hier.«

Es war so, als hätte Knut nichts gesagt. Als hätte er stattdessen gegrunzt oder gebellt oder gemuht. Als hätte er irgendwelche nonverbalen Laute ausgestoßen, auf die niemand reagieren oder antworten musste.

Zusammen verließen sie das Klassenzimmer. Auf dem Weg plauderte die Lehrerin mit den beiden Mädchen, und Knut hatte ein Gefühl von Unwirklichkeit, als würde er träumen.

5

Der Zug ist angekommen, und Knut und Frank treten hinaus auf die Straßen von Lillehammer. Die frische Luft hier oben ist Knut noch vom letzten Mal in Erinnerung, als man ihn hierher eingeladen hatte, wahrscheinlich damals schon vor allem wegen der alten Zeiten, da war er einer in einer langen Reihe von Autoren gewesen, die im Park lasen, jeweils fünf Minuten. Es war ihm auch gelungen, einiges an Profit aus diesem Besuch zu schlagen, er war allerdings nicht wieder eingeladen worden.

Er hätte sich selbst auch nicht eingeladen.

Sie gehen zum Festivalbüro, Knut vorweg, Frank hinter ihm, mit der Nase im Handy. Hin und wieder muss Knut ihn rufen, damit er mitkommt.

»Sie können leider noch nicht einchecken«, sagt die Dame an der Rezeption im Hotel Breiseth. »Aber Sie können sich solange in den Aufenthaltsraum setzen.«

Die beiden Reisegefährten begeben sich zu dem zum Parkplatz hin liegenden Raum. Er ist mit Sofagruppen möbliert, an den Wänden hängen Gemälde, und es gibt die Art von

Bücherregalen, die Knut jetzt überall sieht, voll mit Büchern, an denen man sich einfach bedienen kann.

Er will gerade näher herangehen, um nachzusehen, ob seine eigenen Bücher dabei sind, da bewegt sich etwas auf einem der Sofas, und dort sitzt ein Mensch, den Knut kennt, genauer gesagt, den er einmal kannte, nämlich ein Literaturagent, und Knut nickt, und der Agent nickt zurück, schaut dann aber wieder auf sein Smartphone. Vor nicht allzu vielen Jahren wäre der Agent aufgestanden und zu Knut herübergekommen, er hätte ein Gespräch über ein beliebiges Thema begonnen, über Gott und die Welt, das Wetter, die Getreidepreise, und sein Gesicht wäre angeregt und interessiert gewesen.

Auf der Fensterbank steht eine kleine Kaffeemaschine. Knut dreht sich zu Frank um.

»Ich nehme mir einen Kaffee. Willst du auch einen?«

Frank schüttelt den Kopf. Sein Smartphone brummt. Dann brummt es noch einmal, und Frank schluchzt auf, oder was auch immer er da macht, jedenfalls gibt er einen ungezügelten Laut von sich, und Knut betätigt einen Knopf an der Kaffeemaschine, schaut dabei hinaus zu den Autos auf dem Parkplatz und fühlt sich einsam.

Mit seiner Kaffeetasse setzt er sich in einen Sessel, möglichst weit weg von dem Agenten.

Im Festivalbüro hat er einen DIN-A4-Umschlag erhalten, darin befinden sich das Programm, das Festivalarmband, das einem überall Einlass verschafft, und nicht zu vergessen: die Gutscheine, kleine rosafarbene Papierzettel, die man in verschiedenen Lokalen der Stadt gegen Essen und Getränke eintauschen kann. Auf dem Umschlag ist der Name der Person, die er ersetzen soll, mit schwarzem Edding durchgestrichen, und daneben hat jemand, kaum lesbar, Knuts Namen gekritzelt. Sie haben sich noch nicht einmal die Mühe gemacht, einen neuen Umschlag zu nehmen.

Seine Laune steigt und sinkt. Steigt und sinkt. Was hatte er sich eigentlich davon versprochen, hierherzufahren? Hier bekommt er doch nichts anderes als Zeichen über Zeichen, Bestätigung über Bestätigung dafür, dass seine Zeit in diesem Milieu definitiv vorbei ist.

»Kommst du mit frühstücken?«

Frank antwortet nicht, und Knut geht zur Rezeption.

»Kann ich mir ein wenig Frühstück nehmen?«

»Ja, aber das Frühstück ist erst ab morgen im Preis inbegriffen«, sagt die Rezeptionistin, eine Frau in Knuts Alter. Sie lächelt entschuldigend, und Knut lächelt zurück.

»Könnten Sie es vielleicht auf die Rechnung setzen?«

Sie tippt und schaut auf ihren Monitor, dann sagt sie, das gehe in Ordnung, und Knuts Laune steigt wieder etwas.

Aber das hält nicht lange an, denn der Frühstücksraum ist voller Gespenster aus dem literarischen Dunstkreis, dem Knut angehört, seit er erwachsen ist. Überall erblickt er bekannte Gesichter. An einem der Tische, die an den großen, zur Straße hinausgehenden Fenstern stehen, sitzt ein Rezensent, der Knuts vorletztes Buch als *ungenießbaren Eintopf* bezeichnet hat.

Am selben Tisch sitzen noch andere Literaturkritiker,

deren Urteil, soweit sich Knut erinnern kann, positiv ausgefallen war, die Einzelheiten dieser Rezensionen sind ihm allerdings nicht mehr so präsent wie der ungenießbare Eintopf, der so bereitwillig in seinem Gedächtnis aufploppt.

Knut steht an der Theke, wo das Essen aufgebaut ist, und hält den Blick starr auf das Rührei gerichtet, an dem er sich gerade bedient.

Dann steuert er auf den Orangensaft zu. Vor dem stehen jedoch zwei Frauen, die ihn erneut in Alarmbereitschaft versetzen, wobei ihm zunächst nicht klar ist, weshalb. Um Zeit zu gewinnen, tut er so, als hätte er das Brot vergessen. Er bleibt bei den Körben mit Backwaren stehen, wo ihm einfällt, dass er mit beiden Frauen schon geschlafen hat. Nicht gleichzeitig, denn er hat nie mit mehr als einer Frau zugleich geschlafen, außer in seiner Fantasie, trotzdem bereitet es ihm Unbehagen, sie zusammen zu sehen.

Er verzichtet auf den Saft und sucht sich einen Tisch in einer Ecke möglichst weit von ihnen entfernt. Warum bereitet es ihm Unbehagen zu sehen, wie zwei Frauen, mit denen er geschlafen hat, zusammenstehen und sich miteinander unterhalten? Fürchtet er etwa, sie könnten über sein Geschlechtsorgan diskutieren? Knut versucht, sich mit dieser Frage auseinanderzusetzen, anstatt in der Zeit zurückzugehen und sich an diverse andere Umstände zu erinnern, wie die Tatsache, dass er noch mit Lene verheiratet war, als er mit der Frau geschlafen hat, die jetzt laut über etwas lacht, das die andere sagt. Die Lachende trägt ein geblümtes Kleid und Turnschuhe, und sie hat kurze blonde Haare. Einst waren diese Haare lang. Und jetzt fallen ihm die Einzelheiten doch wieder ein, nach dem Gartenfest des Aschehoug Verlags hatten sie im *Kunstnernes Hus* weitergefeiert, und Knut hatte inmitten einer großen, betrunkenen Menschenmenge gestanden und sich eins mit dem Universum und allen Lebewesen gefühlt, und die Frau dort drüben hatte neben ihm gestanden, und als das Haus schloss, gingen sie in den Schlosspark und suchten sich eine versteckte Bank.

Aber die Frau, mit der sie dort zusammensteht und lacht, ist mit einer viel schlimmeren Erinnerung verbunden, und Knut ist es unbegreiflich, wie er diese Episode und ihre Nachwirkungen hatte vergessen können. Wahrscheinlich lag es daran, dass die Wirklichkeitsbeschreiberin im letzten halben Jahr allen Platz in seinen Gedanken okkupiert hatte, sodass kein Raum mehr für diese andere Geschichte war, er merkt jetzt auch, dass sich die beiden seiner Anwesenheit durchaus bewusst sind, so deutlich, wie sie es vermeiden, in seine Richtung zu schauen. Außerdem haben sie ihm den Rücken zugekehrt, dazu reden sie etwas zu laut und gestikulieren etwas zu ausladend, weshalb Knut sie in Ruhe betrachten kann. Er kaut Rührei und Speck und mustert die zweite, nicht die aus dem Schlosspark, sondern die andere. Sie trägt Trainingskleidung, unter anderem eine dieser engen Leggins, die nichts der Fantasie überlassen. Ihre Pobacken zeichnen sich so deutlich ab, dass sie genauso gut hätte nackt sein können, und jede noch so kleine Beule oder Delle an den Oberschenkeln wird von dem eng sitzenden, wurstpellenartigen Stoff unterstrichen. In dem Fitnessstudio, in dem er bis zur Kündigung seiner Mitgliedschaft im letzten Sommer trainiert hat, trugen die meisten solche Leggins, und es ist mehrfach vorgekommen, dass er auf einer Trainingsbank saß, Bizepsübungen machte und Leuten in den Unterleib schaute, denn wenn man sich nach vorn beugt und der Stoff gedehnt wird, wird er so gut wie durchsichtig, und Knut ist jetzt in einem Alter, wo es nicht mehr erregend ist, den nackten Unterleib anderer Leute auf diese Weise in die Augäpfel gedrückt zu bekommen, wenn es das überhaupt jemals war, sondern wo es lediglich den gewaltigen Berg von Irritationsmomenten anwachsen lässt, der von Tag zu Tag größer wird. Es ist wie eine Verschwörung, als wollte jemand in Erfahrung bringen, wie lange es dauert, bis er reagiert, als würde jemand nur darauf warten, dass er die Fassung verliert.

Und jetzt betrachtet er die Frau dort drüben in der engen Hose, die Hose hat sie sogar zwischen die Pobacken gezogen, sodass sich wirklich keiner einbilden kann, er könne dem Anblick eines Hinterns beim Frühstück entgehen, und Knut erinnert sich zurück, es war beim Literatursymposium in Odda, es muss unmittelbar nach Erscheinen seines letzten Buchs gewesen sein, also ist es etwa sieben Jahre her, und wenigstens da war er Single, das weiß er. Sie hatten an derselben Veranstaltung teilgenommen, an einem Interview auf der Bühne zuerst mit ihr, dann mit ihm, wahrscheinlich weil ihre Bücher sich von der Thematik her ähnelten, und danach waren sie zusammen zurück zum Hotel gegangen, und als sie dort ankamen, willigte er in ihren Vorschlag ein, noch ein Bier in der Bar zu trinken, obwohl er müde war vom vielen Reden. Er wollte am liebsten allein sein. Er fühlte sich ausgetrocknet und uninspiriert, hatte aber nicht die Kraft, Nein zu sagen. Er würde einfach das Bier trinken und dann ins Bett gehen.

Daher überraschte es ihn, als er dank kleiner und großer Zeichen und Signale nach kurzer Zeit erkannte, dass die Frau, mindestens zwanzig Jahre jünger als er, ihn mit auf ihr Zimmer nehmen wollte. Er hatte das nicht in Erwägung gezogen. Das heißt, natürlich hatte er das, aber nicht als etwas, das wirklich geschehen könnte. Sofern er überhaupt darüber nachgedacht hatte, war er davon ausgegangen, dass, wenn sie nicht zu jung für ihn war, er auf jeden Fall zu alt für sie wäre. Außerdem war er nicht in der Stimmung, sich einem fremden Menschen zu präsentieren. Dort in der Hotelbar hatte er zu ihr gesagt, er fühle sich *asexuell*. Dabei handelte es sich um eine Fortsetzung ihrer Diskussion auf der Bühne, bei der es um Untreue, Ehe, Zusammenleben und dergleichen gegangen war, damit hatten sie die Einleitung quasi hinter sich, weshalb das Ganze, natürlich unterstützt durch den Umstand, dass sie tranken, schneller gegangen war als gewöhnlich.

In der Bar hatte er damit kokettiert, dass er vermutlich ein schlechter Vater gewesen sei, weil ihm das Schreiben immer wichtiger war als alles andere, und so hatte er vermitteln können, was für ein leidenschaftlicher und gnadenloser Künstler er war, denn irgendwo in seinem alternden Körper muss trotz allem noch eine Form von altem Automatismus existiert haben, irgendwelche verrosteten Reste eines Fortpflanzungsdrangs oder wie man es nennen will, eine kleine Hoffnung, dass doch etwas geschehen könnte, was dann tatsächlich auch geschah, insofern, als sie in ihrem Hotelzimmer landeten. Daran, wie sie dort hingekommen sind, kann er sich nicht mehr erinnern. Plötzlich waren sie einfach da, im Bett, in ihrem Zimmer.

Aber dann hat er keinen hochgekriegt. Weil er betrunken war, weil er alt war, und sie haben darüber gelacht, denn es war nur eine Bekräftigung all dessen, was er unten in der Bar gesagt hatte, aber in der Bar hatte er gelogen, das wusste er jetzt, er hatte gelogen, wie ein räudiges, altes Raubtier sich einen jämmerlichen Anschein gibt, damit die Beute, der es nachstellt, es für harmlos hält.

Jeder auf seiner Bettseite schliefen sie ein. In aller Herrgottsfrühe, bevor sie wach wurde, gelang es ihm, sich in sein eigenes Zimmer zu stehlen, wo er noch einmal einschlief, und als sie sich später am Vormittag an der Rezeption trafen und sich zeigte, dass die Frühstückszeit vorbei war, gingen sie zusammen in ein Café und frühstückten dort. Die Stimmung war gut, beide hatten noch Restalkohol, sodass sie viel lachten. Und das war's, glaubte er, woraufhin er die ganze Geschichte mehr oder weniger vergaß.

Aber dann, bereits im darauffolgenden Herbst, veröffentlichte diese Person einen Roman. Und darin konnte Knut etwas über sich lesen – allerdings anders als viel später im Buch der Wirklichkeitsbeschreiberin, denn hier war nicht das *erigierte Glied* das Problem, sondern das Gegenteil. In diesem Roman wurde nämlich der missglückte Versuch eines Geschlechtsakts mit einem impotenten älteren Schriftsteller unter anderem folgendermaßen beschrieben: ... *es war, als versuchte jemand, ein Seil in mich hineinzustopfen.*

Wie lebendig sie alles geschildert hatte, bis hin zu Details wie dem Muster des Teppichs und ihren Gesprächsthemen am nächsten Tag. Doch wie erklärte sie das Ausmaß an Einfühlung und Echtheit in dieser Passage ihrem Mann, dem laut Facebook fußballspielenden BW Ler, mit dem sie drei Kinder hatte und zu dem Knut sehr gern Kontakt aufnehmen würde.

Ihre Frau hat über mich geschrieben. Sie schreibt über graue Schamhaare, wabbelige Bauchhaut und dünne Oberschenkel. Sie schreibt über einen eingefallenen Po, schlaffe Hoden und runzlige Haut. Sie hat sich regelrecht daran gemästet. Mit seinen detaillierten Beschreibungen von allem und jedem ist das Buch zum größten Teil uninteressant, aber diese Nacht mit mir, ihre Schilderung, ja, die kann man durchaus als echtes Leseerlebnis bezeichnen, das muss ich widerwillig einräumen, auch wenn sie die Episode als Akt der Selbstbestrafung darstellt, als eine Art Selbstverletzung, und daher freut es mich, Ihnen mitteilen zu können, dass der Rest des Buchs wiederum absolut unlesbar ist und ich es sowieso nur über mich gebracht habe, es zu Ende zu lesen, weil ich wissen wollte, ob sie noch mehr über mich geschrieben hat. Das hat sie nicht.

Jetzt steht sie dort drüben mit ihren Pobacken und gestikuliert mit ihren schmalen Handgelenken auf eine Weise, die Knut als übertrieben, als gekünstelt empfindet und die ihm auch damals schon auf die Nerven gegangen war, wie er sich jetzt erinnert, und ihm kommt folgender Gedanke: Je älter die Leute werden – denn so viel jünger als er sieht sie nicht mehr aus –, desto schwieriger wird es, jung und zerstreut zu wirken, ohne dabei Gefahr zu laufen, dement zu erscheinen.

Nun sitzt Knut also hier und regt sich wieder auf, denn angenommen, es wäre umgekehrt gewesen. Angenommen, Knut, ein männlicher Autor in mittleren Jahren, hätte eine Erektion gehabt, während eine jüngere weibliche Autorin … nur mal angenommen, sie wäre trocken zwischen den Beinen geblieben, obwohl sie alle sonstigen Anzeichen von sexueller Erregung gezeigt hätte. Wie Knut damals alle sonstigen Anzeichen von Erregung gezeigt hatte und sein Penis trotzdem zu keinem Zeitpunkt mehr als halb steif geworden war, um dann, als er versuchte, in sie einzudringen, völlig leblos zu werden. In Wirklichkeit war sie feucht genug gewesen, das muss man ihr lassen, aber nehmen wir als Gedankenexperiment nur mal an, sie wäre es aus irgendeinem Grund nicht gewesen. Und nehmen wir des Weiteren an, Knut hätte danach in seinem nächsten Buch über die Episode geschrieben und sich nicht damit begnügt, ihre Frigidität zum Thema zu machen, sondern er wäre weitergegangen und hätte eine anschauliche Beschreibung von Hängetitten, Speckrollen und Kaiserschnittnarben geliefert, nehmen wir ferner an, er hätte sich über schlaffe Schenkel und schlechten Atem ausgelassen, ja, nehmen wir an, er hätte das in seinem nächsten Buch geschildert und als Sahnehäubchen darauf das Gefühl, *missbraucht* worden zu sein, zwischen den Zeilen mitschwingen lassen.

Knut stellte sich vor, er würde ihren Körper beschreiben, als stellten dessen ästhetische Mängel einen *Übergriff* dar, so wie sie seinen Körper geschildert hatte: als wäre es eine Gewalttat gewesen, sie auch nur dessen Anblick auszusetzen. Und so, wie sie in ihrem Buch angedeutet hatte, Knut hätte absichtlich so ausgesehen, nur um anschließend ihren Abscheu über seine faltigen Testikel und grauen Schamhaare zu genießen, würde er ihr in seinem imaginären Buch vorwerfen, sie versuche gezielt, ihn mit ihren Hängetitten und ihrem zundertrockenen Geschlechtsorgan zu belästigen.

Als Nächstes malte er sich die Proteste aus, die es auslösen würde, wenn das Buch, wider Erwarten, publiziert worden wäre. Dann würde sich Knut vor die geifernden Massen stellen und *ihr* Buch hochhalten, und dabei würde er aus voller Lunge brüllen:

ABER DAS HIER IST IN ORDNUNG?

Und während Knut Speck und Rührei isst, fährt er im Stillen fort, die Odda-Autorin anzuschreien: Mithilfe von kleinen und großen Kniffen hast du dich selbst stiller und passiver und damit unschuldiger gemacht, als du es in Wirklichkeit warst. Und damit bin ich nicht nur zu einem geileren Bock geworden – weil ich in deinem Buch derjenige bin, der unten in der Bar am meisten redet –, sondern auch noch zu einem lächerlichen geilen Bock, nämlich durch den Kontrast zwischen dem dominanten Verhalten und der fehlenden Potenz, als wir schließlich im Bett liegen.

Ausgehend von der Logik dieser Geschichte können wir schließen, dass mein dominantes Verhalten unten in der Bar, also dieses fiktive dominante Verhalten, völlig in Ordnung gewesen wäre, wenn ich bloß *einen hochbekommen* hätte.

All das teilt Knut unhörbar ihrem Nacken mit, als sie sich jetzt, zusammen mit dem Schlosspark, an einen Tisch drüben bei der Kaffeemaschine setzt.

Woher kommt dieser Drang, dieser enorme, ja, beinahe *unkontrollierte Hunger*, sich als Opfer darzustellen? Wie die Wirklichkeitsbeschreiberin hatte auch die Odda-Autorin mehr geredet und war aktiver gewesen, als sie es in ihrem Buch beschreibt, denn auch *sie hatte die Initiative ergriffen*, verdammt noch mal: Dort unter dem Tisch in der Hotelbar hatte sie ihr Bein an Knuts Bein gepresst, daran erinnert er sich jetzt, und er erinnert sich auch an die von diesem Bein ausgehende Wärme und an seine Überraschung, als ihm klar wurde, was da gerade passierte.

In Wirklichkeit hatte sich die Episode in Odda viel alltäglicher und nicht zuletzt *gleichberechtigter*, um dieses Wort einmal zu gebrauchen, abgespielt, als sie sie geschildert hat. Aber hätte sie sich mit dem begnügt, was wirklich geschehen war, wäre es keine lesenswerte Geschichte geworden.

Und in diesem Moment beginnt Knut zu zittern. Er merkt es zuerst, als er die Tasse auf die Untertasse stellen will und das Porzellan klirrt. Aber auch jetzt sehen die beiden Frauen nicht in seine Richtung, und damit steht für Knut fest, dass sie genau wissen, wer er ist und wo im Raum er sich befindet, denn mehrere andere haben hochgeschaut, als sie das Klirren hörten.

Früher hat er so stark unter Lampenfieber gelitten, dass er einen Kurs besuchen musste, um es in den Griff zu bekommen. In diesem Kurs hat er Atemübungen und andere Tricks gelernt, die, zusammen angewandt, ihn in die Lage versetzen, vor einem Publikum zu stehen. Aber die Angst ist immer noch latent vorhanden, und wenn die Umstände es begünstigen, kann sie sich Bahn brechen, und dass er jetzt im Frühstücksraum des Hotels Breiseth sitzt und sich zurückerinnert in Verbindung mit der Tatsache, dass er schon am nächsten Tag die Wirklichkeitsbeschreiberin treffen wird, lässt die Angst größer werden, es beginnt irgendwo in den Knochen und setzt sich in Arme und Beine fort. Aus Erfahrung weiß Knut, dass er bald die Kontrolle über sich verlieren wird. Wenn das erst einmal der Fall ist, wird er weder reden noch laufen können. Aber bevor es so weit kommt, ist er schon aufgestanden, innerhalb weniger Sekunden aus dem Frühstücksraum gestürzt und befindet sich kurz darauf im Keller, wo es eine Toilette gibt, wie er von früher weiß.

Ohne das Licht anzumachen, bleibt er dort drinnen stehen und lehnt den Kopf an die Wand, bis das Zittern aufgehört hat.

Nach einem Abstecher in den Aufenthaltsraum, wo Frank weiterhin sitzt, weil ihr Zimmer immer noch nicht fertig ist, verlässt Knut das Hotel. Satt ist er nicht, er hätte gern mehr gegessen, aber er kann keinen erneuten Anfall riskieren. Die Sonne ist herausgekommen, er atmet die frische Luft ein, und nach wenigen Metern fühlt er sich wieder richtig gut. Er brauchte lediglich ein bisschen Luft, das war alles, gleich wird er einen Vortrag mit dem Titel »Wie schreibt man einen

Roman?« besuchen, und was für ein zauberhaftes Städtchen Lillehammer doch ist. Und wie schön es an einem Berghang liegt. Was macht er eigentlich in Oslo? Für seine Zweizimmerwohnung in St. Hanshaugen könnte er hier ein Einfamilienhaus mit Blick auf den Mjøsa bekommen.

Aber zugleich lauern in diesem hübschen Städtchen hinter jeder Ecke und in jedem Hohlraum unangenehme Überraschungen, die nur darauf warten, sich auf ihn zu stürzen, hier kommt zum Beispiel eine Rezensentin, die wie ihr Kollege beim Frühstück schmerzhafte Assoziationen weckt, und bei seiner Suche nach Fluchtmöglichkeiten entdeckt Knut eine alte Telefonzelle, die in einen sogenannten Lesekiosk umgewandelt worden ist. Er stellt sich davor und tut so, als studiere er die Bücher, und als die Rezensentin vorbeigeht, widmet er seine volle Aufmerksamkeit der Auslage.

Dort drinnen sieht er die Rücken seiner eigenen Romane. Die würde er überall wiedererkennen, und Knut öffnet die Tür und quetscht sich in die kleine Zelle. Sie ist vom Boden bis zur Decke mit Büchern vollgestopft. Knut nimmt seine Bücher heraus und blättert in ihnen. In jedem Buch steht auf dem Titelblatt: *Viel Spaß beim Lesen!* Mit seiner eigenen Unterschrift. Er erkennt die nachlässige Schrift und erinnert sich an das Gefühl, nach einem Auftritt seine Bücher zu signieren.

Auf die Innenseite des Buchdeckels hat der Besitzer seinen Namen geschrieben, in allen steht derselbe Name. Knut kann sich nicht daran erinnern, dass jemals ein Leser zu ihm gekommen ist und sich alle Bücher hat signieren lassen. Außerdem ist jedes Autogramm mit einem anderen Stift geschrieben. Das heißt, wir haben es hier mit einem seiner wirklich ergebenen Leser zu tun, mit einem Leser, der nicht weniger als sechs verschiedene Veranstaltungen besucht hat, um ein Autogramm zu bekommen.

Knut ist gerührt. Aber warum sind die Bücher dann hier gelandet?

Dann begreift er es: Der ergebene Leser ist tot.

Bald werden alle seine Leser tot sein. Bald muss Knut die Leute dafür bezahlen, dass sie seine Bücher lesen.

Knut denkt an die beiden Oberstufenschülerinnen, die sich nicht geschämt haben zuzugeben, dass sie das Buch, über das sie eine Hausarbeit schreiben sollten, nicht gelesen hatten. Und warum sollten sie sich auch schämen? Knut ist derjenige, der alt ist, der in der Minderheit ist.

Also ist es nicht schlimm, dass er nichts mehr zustande bringt, denn Bücher werden ohnehin nicht mehr gelesen, sondern bloß in alte Telefonzellen gestopft und verschenkt.

Sein Smartphone brummt, aber er hat keine Lust, nachzusehen, wer es ist.

Er bleibt in dem Lesekiosk stehen, bis die Rezensentin weit weg ist. Sie hat einmal geschrieben, Knut sei ein vulgärer Schriftsteller. Wie ist sie darauf gekommen? Und dennoch hat Knut, nachdem er das über sich gelesen hat, versucht, poetischer und mit mehr Subtext zu schreiben. Er hat versucht, *vibrierend, feinfühlig, schmerzerfüllt* zu schreiben, versucht, mit diesen positiv aufgeladenen Adjektiven im Hinterkopf zu schreiben, die häufig in den Ankündigungen und Besprechungen der Bücher anderer Schriftsteller auftauchen, aber da verschwand das, was auch immer seinen Stil ausgemacht hatte, und zurück blieb etwas Lebloses und nicht zuletzt Prätentiöses, sodass er wieder zu seiner ursprünglichen Schreibweise zurückkehren musste, und trotzdem schwärt diese Rezension immer noch in ihm, wie der *ungenießbare Eintopf* und die Schilderung der Odda-Autorin nach wie vor in ihm schwären.

Jaja. An einem Tag wird ein Buch im *Aftenposten* verrissen, und am Tag darauf wird dasselbe Buch im *Dagbladet* bejubelt. Oder vielleicht auch umgekehrt. Und das ist aufmunternd wie auch erschreckend. Erschreckend, weil es bedeutet, dass es keinen objektiven Maßstab gibt und alles beliebig ist. Aufmunternd, weil es bedeutet, dass es keinen objektiven Maßstab gibt und alles beliebig ist. Oder vielleicht gibt es auch einen objektiven Maßstab, es hält sich bloß niemand daran.

Knut verlässt die Telefonzelle. Er hat sich sein ganzes Leben lang nur für ein einziges Thema interessiert, das geschriebene Wort. Jetzt hat es den Anschein, als würde Schrift in Form von Büchern bald der Vergangenheit angehören, wie das Festnetztelefon und die VHS-Kassette. Vielleicht sollte er anfangen, Fernsehserien zu schreiben. Aber die Leute ziehen sich an einem Abend ganze Staffeln von Serien rein. Er selbst auch. Soll er mühsam einen Plot ausarbeiten und an Spannungskurve und Figurenaufbau feilen, nur damit die Bevölkerung seine ganze Arbeit an einem Abend verschlingt, um danach zu rülpsen und nach mehr zu schreien, da doch alle zu reizüberfluteten Kindern mutiert sind? Und wenn eine neue Staffel kommt, mit Schweiß und Herzblut hervorgepresst, dann verschlingt die Bevölkerung diese Staffel ebenfalls, ohne zu kauen, sie verschlingt sie einfach am Stück und erinnert sich anschließend an nichts, wie auch Knut sich an nichts von dem erinnert, was er sich anschaut. Um sich überhaupt an irgendetwas aus einer Fernsehserie zu erinnern, muss er sie mindestens zweimal sehen.

Er kommt zu einem Fußgängerüberweg, und während er darauf wartet, dass die Ampel auf Grün springt, schaut er auf sein Smartphone und sieht, dass der Anruf vorhin von seinem Vater kam. Knut wird immer nervös, wenn sein Vater zu anderen Zeiten als Weihnachten oder seinem Geburtstag anruft, und jetzt ist sein erster Gedanke, dass die Frau seines Vaters ihn mit dem Handy seines Vaters angerufen hat, weil sein Vater tot ist.

Zuletzt hat Knut irgendwann vor Weihnachten mit seinem Vater gesprochen. Da hatte sein Vater angerufen, um ihm mitzuteilen, dass sie dieses Jahr zusammen mit dem Sohn und der Tochter seiner Frau sowie deren Familien nach Bali fliegen würden, um dem Weihnachtstrubel und all dem abscheulichen Konsum, den Weihnachten mit sich bringt, zu entgehen.

Ihr fliegt nach Bali, weil ihr den ganzen Trubel und Konsum nicht ertragt, hatte Knut wiederholt, denn er war sicher, sich verhört zu haben, und sein Vater hatte es bejaht, die ganze Weihnachtshysterie sei für sie das Schlimmste, und deswegen flögen sie weg und kämen erst nach Neujahr zurück.

Seitdem hat Knut kein Lebenszeichen mehr von seinem Vater erhalten, nur das, was er im Internet sehen kann. Die Frau seines Vaters postet ständig Fotos: sein Vater, wie er bei ihrer Hütte in Blefjell Ski läuft, wie er im *Theatercaféen* bei einem Teller Skrei der Fotografin zuprostet oder wie er, umgeben von den Enkelkindern seiner Frau, den Weihnachtsmann gibt. Die Balireise wurde in einem Ausmaß dokumentiert, dass Knut das Gefühl hat, selbst dabei gewesen zu sein. Sie wohnen in derselben Stadt, trotzdem haben sie so gut wie keinen Kontakt, genau wie es bei ihm und Lukas der Fall ist.

Die Ampel hat mehrmals zu Grün und wieder zu Rot gewechselt, und Knut steht immer noch da, starrt auf sein Handy und stellt sich die Beerdigung seines Vaters vor.

Dann fasst er sich ein Herz und ruft an. Er hat einen Kloß im Hals. Warum sehen sie sich nicht öfter? Und jetzt ist sein Vater tot. Die Frau seines Vaters hat das tote Gesicht des Vaters benutzt, um das Smartphone zu entsperren, Knut kann es vor sich sehen, und dann hat sie Knut angerufen, als Ersten …

Seine Gedanken werden von der Stimme seines Vaters unterbrochen.

»Hallo!«

Knut schluckt. Sein Vater ist nicht tot. Er lebt. Sie sind auf Mallorca. Zum Golfspielen. Jetzt fällt es ihm wieder ein. Jedes Jahr um diese Zeit mieten sie zusammen mit Freunden ein großes Haus auf Mallorca und spielen Golf, Knut hat vorhin im Zug noch Fotos von dort gesehen. Die Tochter der Frau seines Vaters war gerade mit ihrer Familie zu Besuch gewesen. Einer ihrer Söhne hatte sich einen Splitter in den Finger gerissen, der musste im Krankenhaus entfernt werden. Was man heutzutage nicht alles über die Leute weiß. Ein Klick genügt, und man kann sehen, wer mit wem zusammen ist, ob das Flugzeug Verspätung hat und was es zum Abendessen gab. Gestern hat

Knut sie in einem Restaurant sitzen und sich zuprosten sehen, die ganze Gruppe, einschließlich aller Golffreunde.

Knut sagt:

»Hallo! Ist alles in Ordnung?«

»Ja, uns geht es gut. Aber du hast angerufen …?«

»Du hast mich angerufen.«

»Ich habe dich nicht angerufen.«

»Dann war es ein Hosentaschenanruf.«

»Was?«

»Du hast mich unabsichtlich angerufen. Vielleicht hast du dich auf dein Handy gesetzt oder so.«

»Nein, habe ich nicht. Ich habe mich nicht auf mein Handy gesetzt, ich habe es hier in der Tasche, und wir bummeln durch die Stadt, keine Ahnung, was passiert ist. Bist du sicher, dass du mich nicht angerufen hast?«

»Ja, ganz sicher.«

»Wir sind gerade ziemlich beschäftigt, ich würde dich lieber später zurückrufen.«

Knut will gerade wiederholen, dass er seinen Vater nicht angerufen hat, stattdessen sagt er:

»Ich hätte Lust, euch dort zu besuchen.«

Was hat ihn denn da geritten?

Am anderen Ende der Leitung ist eine Art Schluckauf zu hören. Dann räuspert sich sein Vater mehrmals.

»Uns besuchen? Hier?«

»Ja. Was haltet ihr davon, wenn ich schon am Samstag komme? Ich kann bleiben, so lange ihr wollt. Schreiben kann ich ja überall.«

Knut weiß, dass sie ein Gästezimmer haben. Nicht nur das, auf dem Dach der Garage gibt es sogar eine komplette kleine Wohnung, von der die Tochter der Frau seines Vaters gerade Fotos gepostet hat, verbunden mit einem Dank *für ein paar herrliche Tage in diesem schönen Appartement, in dem wir wohnen durften.* Wie gesagt: Was man heutzutage nicht alles über die Leute weiß.

Knut kann seinen Vater von Mallorca bis hierher schlucken hören.

»Bei euch sieht es so hübsch aus«, sagt Knut. »Und ein bisschen Wärme würde jetzt guttun. Dieser Frühling war furchtbar kalt.«

»Hm … Das muss ich mit Else besprechen. Ich rufe dich zurück.«

Knut bleibt wartend an der Kreuzung stehen, und nach einer Minute geht eine Textnachricht ein.

Jetzt passt es nicht so gut lass uns lieber ein treffen vereinbaren wenn wir zurück sind

Wann seid ihr zurück?, schreibt Knut.

Nächste woche

Hast du Lust, Donnerstag zum Essen zu mir zu kommen?

Nein da fahren wir nach blefjell und im juli sind wir in mandal können wir uns nicht im august treffen

Okay, beendet Knut den Austausch, *noch einen schönen Urlaub!*

Warum drängeln, sein Vater ist über achtzig. Das passiert nun einmal mit geschiedenen Männern, sie lassen sich von der Familie ihrer neuen Frau vereinnahmen. Ihm selbst ist das auch passiert, zum Beispiel, als er mit Hanne zusammengelebt hat – die Frau trifft Verabredungen und füllt den Kalender weit im Voraus, mit dem Ergebnis, dass alle Ferien und Feiertage ihrer Familie und ihren Freunden vorbehalten sind.

Vor vielen Jahren hat Knut einmal Weihnachten mit den Kindern aus der vorherigen Ehe des Mannes der Tochter der Frau seines Vaters gefeiert. Es war eines dieser Weihnachtsfeste, an denen Lukas nicht bei ihm war und er auch keine Freundin oder Lebensgefährtin hatte, weshalb er bei seinem Vater gelandet war, wo er dann Krustenbraten aß, zusammen mit den Kindern aus der vorherigen Ehe des Mannes der Tochter seiner Stiefmutter, zwei fremden Teenagern, die gähnend am Tisch saßen und sich nicht darüber im Klaren zu sein schienen, wo sie waren, wie auch Knut nicht ganz begriff, wer diese Leute waren, und sich die ganze Zeit in Erinnerung rufen musste, in welcher Beziehung sie zueinander standen.

Die Frau seines Vaters schickt ihm regelmäßig kleine Filmchen, die seinen Vater zusammen mit seinen Bonusenkeln zeigen. In diesen Filmchen ist sein Vater ein lustiger und gut gelaunter Spielonkel, ganz anders, als er es im Umgang mit dem kleinen Lukas war, und vollkommen anders, als er es seinerzeit im Umgang mit Knut war. Möglicherweise liegt das daran, dass es einfacher ist, sich von seiner besten Seite zu zeigen, wenn man mit Menschen zu tun hat, mit denen man nicht verwandt ist, diese Erfahrung hat auch Knut gemacht.

Und Knut antwortet: *Vielen Dank! Schön, dass ihr es euch so gut gehen lasst! Ich freu mich auf weitere Filme! Es ist toll zu*

sehen, wie nett ihr es da in Mandal/in Blefjell/in Spanien habt!
Grüße aus der Großstadt/dem kalten Norden!

Vielleicht versendet er so übertrieben enthusiastische Nachrichten, um tolerant und menschenfreundlich zu erscheinen – ganz im Gegensatz zu seiner wahren Natur.

Jetzt, wo Knut schon mal mit diesen rätselhaften Kapriolen angefangen hat, schickt er gleich auch seinem Sohn eine SMS.

Hast du Lust, nächsten Donnerstag zum Essen zu mir zu kommen? Großvater kommt auch :-)

Das war nicht ohne Risiko. Aber seine Sorge war unbegründet, denn nicht anders als erwartet, kommt keine Antwort, wie immer, wenn Knut einen konkreten Vorschlag für ein Treffen macht. Hätte Lukas auf diese SMS mit einem »Daumen hoch« oder »Brathähnchen« geantwortet, hätte man davon ausgehen können, er habe vor, am nächsten Donnerstag bei Knut aufzutauchen. Doch das wird er nicht tun. Ebenso wenig wie sein Großvater. Daher braucht Knut, was dieses Essen betrifft, keinen Finger krumm zu machen. Aber jetzt hat er zumindest das Seine getan. Für den Fall, dass sein Vater, der über achtzig ist, wirklich auf diesem Golfplatz auf Mallorca tot umfallen sollte. Bei der Beerdigung könnte Knut sich damit trösten, dass er seinen Vater zumindest zum Essen eingeladen hat.

Die Ampel springt auf Grün, und er überquert endlich die Straße. Links von ihm liegt der Park mit dem Café. Anlässlich des Festivals ist neben dem Café eine Bühne aufgebaut worden, auf der jetzt Techniker herumwuseln, und vor der Bühne füllen sich die Stühle, die in Gruppen um kleine Tische gestellt sind, bereits mit Publikum.

Vor dem Café sitzt Lene mit einigen Leuten. Sie kehrt Knut den Rücken zu, aber er würde sie überall erkennen, so wie er eben in der Telefonzelle seine Bücher erkannt hat.

Wenn sie noch verheiratet wären, hätten sie schon vor Jahren ihre Silberhochzeit feiern können. Das heißt, wahrscheinlich hätte keiner von ihnen daran gedacht. Das Datum der Silberhochzeit wäre unbemerkt gekommen und gegangen, denn so waren sie nun einmal, keiner von ihnen hatte es geschafft, auch nur an einen einzigen Hochzeitstag zu denken, und vielleicht war das ein Grund für ihre Scheidung, dass sie beide Schussel sind. Jetzt dagegen, wo er nichts mehr zu bedeuten hat, jetzt denkt Knut jedes Jahr an ihren Hochzeitstag, den zehnten Juni.

Bald wird Lene aus ihrem neuen Buch lesen, in dem sie ganz bestimmt über Knut geschrieben hat. Wenn sie über einen neurotischen, leicht manisch-depressiven Mann schreibt, handelt es sich immer um ihn. Einmal hat sie über eine neurotische, leicht manisch-depressive Frau geschrieben, und auch da handelte es sich um ihn. Er ist nie die Hauptfigur, aber er erkennt sich oft in einer der Nebenfiguren wieder.

Andererseits, was weiß er schon.

Knut hat selbst über andere Leute geschrieben, natürlich hat er das, und ausnahmslos haben die, über die er geschrieben hat, sich nicht wiedererkannt, während die, über die er nicht geschrieben hat, sich in der einen oder anderen Figur wiederzuerkennen meinten.

Über Lene hat er jedoch nie geschrieben. Warum, weiß er nicht.

Beide waren sie mehrmals fremdgegangen, Knut mit Turid und der vom Schlosspark, Lene mit einem Dozenten für kreatives Schreiben und einem Ex-Freund, in dieser Hinsicht sind sie also quitt.

Das Einzige, woran er sich aus der Endphase ihrer Ehe erinnern kann, ist das unbestimmte Gefühl, es nicht länger auszuhalten. Aber was er nicht länger aushalten konnte, weiß er nicht mehr, und jetzt sitzt sie dort drüben, und Knut gibt vor, sie nicht zu sehen, und spricht ein stilles Gebet, dass sie ihn nicht entdeckt, nicht jetzt, seine Gedanken sind ihm jedoch nicht wohlgesonnen, denn nun sieht er vor sich, wie Lene, Lukas und er selbst immer noch am Esstisch in ihrer alten Wohnung in Sagene sitzen, in dem schönen goldenen Licht, in das die Vergangenheit immer eingehüllt ist und das sie so klar und selbstverständlich wirken lässt, von allen Ablagerungen und aller Verwirrung gereinigt.

Knut läuft weiter. Wichtig ist, sich nichts anmerken zu lassen, was auch geschieht, aber er muss jetzt aufpassen, denn all diese Erinnerungen haben den Kater geweckt, den die zwei bis drei Flaschen Wein, die er gestern mit Frank geleert hat, verursacht haben. Die Angst windet sich in ihm wie eine elektrische Leitung, und es wird noch schlimmer, als er sieht, neben wem Lene sitzt, denn dort taucht natürlich Terjes kahler Schädel auf. Knut hat wenigstens noch alle Haare auf dem Kopf, dazu ist er mindestens zehn Zentimeter größer als Terje, und an diesen Fakten hält er sich fest, während er an dem Park vorbeitrabt. Er läuft mit hinreichend entschlossenem Schritt und dreht den Kopf nicht weiter in Richtung des Cafés, als man den Kopf natürlicherweise in die Richtung von Lärm, Leuten und Farben drehen würde, also genau auf die Art, wie eine dem Landesdurchschnitt entsprechende Person sich umdrehen würde, eine dem Landesdurchschnitt entsprechende Person, die nicht existiert, deren Existenz man aber hypothetisch annehmen kann, um sich auf sie zu beziehen und sie als Richtschnur zu benutzen, und hier läuft er also, ganz natürlich, ganz entspannt.

Knut hasst Terje. Es ist ein reiner Hass, völlig frei von *einerseits, andererseits*. Knut hasst alles, was Terje ist, und alles, was Terje sagt, und alles, was Terje jemals gewesen ist, und alles, was er jemals gesagt hat und jemals sein, tun und sagen wird. Knut hasst jede Zelle und jedes Molekül, die Terjes irdischen Körper ausmachen.

Knut hasst Terje so, wie er im Kindergarten einen Jungen hassen konnte, der ihm gerade eine Handvoll nassen Sand ins Gesicht geworfen hatte. Hass erfüllte da seinen kleinen Körper und brachte ihn dazu, mit dem Kopf voran auf seinen Kontrahenten loszugehen, getrieben von dem durchdringenden Wunsch nach Vernichtung – dieses gute alte Gefühl löst Terje bei Knut aus, und hin und wieder holt Knut seinen Hass hervor, putzt und poliert ihn, und so hält er ihn schön sauber und frei von Schrammen.

Terje interessiert sich für Fußball und Angeln. Lukas interessiert sich ebenfalls für Fußball und Angeln, und Knut ist es nun schon seit Langem vergönnt, all die Ausflüge zu verfolgen, die Terje und Lukas gemeinsam unternehmen und die Knut immer das Gefühl geben, ein unerwünschter, überflüssiger und nicht zuletzt untauglicher Vater zu sein. Abgesehen von Fußballtrips nach England hat Knut auch Angeltouren vorgeschlagen. Allerdings handelt es sich dabei um Gebiete, von denen er ganz und gar keine Ahnung hat, was Lukas natürlich weiß, und das Einzige, was seit Lukas' Teenagerzeit jemals realisiert wurde, war eine Tour zu einer gemieteten Hütte, in deren Verlauf sich herausstellte, dass Lukas bereits weit mehr vom Angeln verstand als sein Vater. Knut saß in dem kleinen Ruderboot und hoffte, dass kein Fisch anbeißen würde, weil er ebendiesen Fisch dann würde töten müssen, was er noch nie gemacht hatte und wovon er auch nicht wusste, wie es geht, weswegen ihm unheimlich davor graute.

Dein Problem ist, dass du eine *Pussy* bist, pflegt Frank zu sagen.

Knut ist unbeschadet am Park vorbeigekommen. Er biegt nach rechts ab und überquert den Friedhof, der durch eine niedrige Steinmauer von der Straße getrennt ist.

Terjes letztes Buch ist total verrissen worden, und obwohl Knut es nicht gelesen hat, pflichtet er den Kritikern in allen Punkten bei. Die Kritiker versuchten, sich mit ihren Verrissen gegenseitig zu übertreffen, bis jemand zur Trillerpfeife griff und das böse Spiel beendete, und zwar in Form eines langen Zeitschriftenartikels. Mit derselben Art von Zeitschriftenartikel war seinerzeit Knuts gesamtes Leben und Wirken niedergemacht worden, weil es die vorrangige Aufgabe dieser Art von Zeitschriftenartikeln ist, der Mehrheitsmeinung zu widersprechen. Daher führte die vernichtende Kritik an Terje zu einem lobenden Zeitschriftenartikel, wohingegen die seinerzeit lobende Aufnahme von Knuts Erfolgsbuch in der Tagespresse einen Verriss in derselben Zeitschrift zur Folge gehabt hatte. All das dank unseres angeborenen Strebens nach Gleichgewicht, denkt Knut, der Terjes Buch schon lange auf dem Nachttisch liegen hat. Er und Terje veröffentlichen im selben Verlag, deshalb bekommt er Terjes Bücher umsonst; ansonsten wäre er – um die Ausleihstatistik nicht positiv zu beeinflussen – gezwungen gewesen, sich in eine Ecke der Deichmanske Bibliothek zu verkriechen und das Buch heimlich zu lesen. Er hat es nicht fertiggebracht, mehr als eine halbe Seite in diesem Buch zu lesen. Trotzdem erfüllt es ihn mit großer Freude, es zur Hand zu nehmen. Manchmal studiert er zum Beispiel lange Terjes Autorenporträt. Schaut sich an, wie Terje mit verschränkten Armen dasteht und seine Unterarmmuskeln in Szene setzt. Schaut sich an, wie er seine Biografie bereinigt und redigiert hat, in der es heißt, er habe *bei der Müllabfuhr, im Hafen, am Fließband, auf Baustellen und in Fabriken gearbeitet*; wie ein arrangiertes kleines Arbeitergedicht nimmt sich Terjes sogenannte Biografie aus, die geschickt unterschlägt, dass Terje mit Studienrat-Eltern – beide leben noch und sind sogar noch miteinander verheiratet – in einer Neubausiedlung aufgewachsen ist und, nicht zu vergessen, dass Terje selbst seinen Lebensunterhalt als freiberuflicher *Lektor* und *Gutachter* sowie als *Dozent für kreatives Schreiben* verdient und in seinem gesamten Erwachsenenleben auch nie eine andere Tätigkeit ausgeübt hat, weshalb seine Hände weiß und weich und völlig frei von den Schwielen sind, mit denen sie, angesichts seiner Biografie, übersät sein müssten.

Da Knut ein Kind mit Terjes Frau hat – *haha, ich war zuerst da* –, hat er diesen Menschen in den letzten zehn, fünfzehn Jahren regelmäßig getroffen, und bei allen möglichen Zusammenkünften pflegen die beiden Männer einen jovialen Umgang miteinander; sie sind Kollegen, sie veröffentlichen im selben Verlag, all das.

Aber wenn sie betrunken sind und keiner es sieht, besonders wenn Lene nicht in der Nähe ist, verzichten sie auf dieses Schauspiel und lassen sich gehen, und tief in seinem Innern sehnt Knut sich manchmal nach diesen Gelegenheiten, bei denen er Terje für sich allein hat, denn ihr Hass hat etwas Primitives und Intimes an sich, einen Zustand, den Knut häufig vermisst, besonders im Kulturbetrieb, und er weiß, dass es Terje genauso geht. Obwohl sie natürlich nicht offen darüber sprechen können, weiß Knut, dass sie beide diesen hundeartigen Hass genießen, und Knut fantasiert von einer *endgültigen Abrechnung*, vielleicht einer Schlägerei im Suff hier in Lillehammer, in irgendeiner dunklen Ecke. Er will spüren, wie Knochen und Knorpel brechen.

Knut spaziert an gepflegten alten Häusern mit Gärten vorbei, und wie üblich malt er sich aus, dass Lene und er in einem davon wohnen. Mit Lukas. Und dass sie noch ein Kind haben, oder sogar zwei. Hör jetzt auf, sagt er zu sich selbst. Du stellst dir das nur vor, weil du weißt, dass es unmöglich ist. Lene wohnt in einem gemütlichen, kleinen Haus in der Gartenstadt Tøyen zusammen mit ihrem *neuen Mann* Terje, mit dem Lene jetzt schon länger zusammen ist, als sie mit dir zusammen war.

6

Knut ist fast an der Nansenskolen angekommen. Er ist Teil einer Völkerwanderung, denn es wollen viele zu diesem Vortrag, also interessieren sich viele dafür, wie man einen Roman schreibt. Eben hat er eine begeisterte Nachricht von seinem nächsten Angehörigen bekommen – Knut und Frank haben vereinbart, sich gegenseitig als nächste Angehörige anzugeben, falls/wenn einer von ihnen im Krankenhaus landet –, und dieser nächste Angehörige hat jetzt Knuts Hotelzimmer gekapert, wo er auf seinen launischen Geliebten wartet, der gerade bestätigt hat, dass er unterwegs ist, womit auch bestätigt ist, dass Knut diese Nacht keinen Platz zum Schlafen hat.

An der Nansenskolen steht eine Schlange bis weit auf den Vorplatz, und während sich Knut hintenan stellt, denkt er darüber nach, wie es sich wohl anfühlt, einen Vortrag zu halten, für den die Leute Schlange stehen. Bis ihm einfällt, dass er das ja tatsächlich selbst erlebt hat, es ist bloß schon so lange her, dass es genauso gut jemand anderem hätte passiert sein können.

In der Schlange sind viele bekannte Gesichter, sowohl vor als auch hinter ihm, Knut nickt ihnen zu, woraufhin die meisten zurückknicken, und unglaublicherweise steht dort auch Turid, ein Mensch, an den er lange Zeit nicht mehr gedacht hat, aber jetzt gerade hatte er an sie gedacht, und da ist sie, zusammen mit ihrem Mann und einigen anderen. Knut lächelt in ihre Richtung, aber sie übersieht ihn, was sich als neue Blockade in seinem System bemerkbar macht, die er nur mit einer bestimmten Art zu atmen überwinden kann.

Schließlich sind sie im Veranstaltungssaal, und Knut sucht sich einen Platz ganz außen in einer Stuhlreihe, direkt am Ausgang, damit er schnell verschwinden kann. Erfahrungsgemäß sind solche Kulturveranstaltungen oft eine Enttäuschung, und trotzdem lässt er sich wieder und wieder ködern, der Titel dieses Vortrags, »Wie schreibt man einen Roman?«, war so unendlich verlockend, denn wer möchte nicht wissen, wie man einen Roman schreibt? Selbst ein Autor, der schon fünfzig Bücher geschrieben hat, würde seinen rechten Arm dafür geben, eine Antwort auf diese Frage zu erhalten, und sowohl Knut als auch das Publikum klatschen enthusiastisch, als der Schriftsteller, der den Vortrag halten wird, hinter das Rednerpult tritt.

Als sich der Applaus schließlich gelegt hat, sagt der Schriftsteller jedoch als Erstes, dass er nicht über das angekündigte Thema sprechen wird.

Stattdessen will er darüber sprechen, warum er aufgehört hat, Fleisch zu essen, und Vegetarier geworden ist.

Sein Gesicht ist ruhig und zufrieden, ein Raunen geht durchs Publikum, denn auch die Zuhörer kennen diese Liturgie und wissen sie zu schätzen: *das, was die Erwartung unter-*

läuft, was sie bricht, womit niemand gerechnet hat. Und man klatscht, zuerst noch zögernd, und man schaut sich um, um die Reaktion der anderen zu sehen, und Knut merkt, dass viele enttäuscht sind, genau wie er selbst, aber in Sekundenschnelle gelingt es ihnen, diese Enttäuschung zu verbergen, woraufhin sie sich ernst und anerkennend zunicken und weiterklatschen.

Der Mann am Rednerpult ist nicht nur Schriftsteller – und Vegetarier –, sondern auch Literaturkritiker, und zwar einer, dessen Besprechung von Knuts letztem Buch milde ausgedrückt lauwarm ausgefallen ist. Daher möchte Knut als enthusiastischer und positiv eingestellter Zuhörer rüberkommen, damit niemand ihn verdächtigt, verbittert zu sein. Wieder unterläuft Knut der Fehler, der so vielen unterläuft: Er glaubt, dass andere Menschen über ihn nachdenken und jederzeit seine Handlungen verfolgen. Aber sie denken genauso viel über ihn nach, wie er über sie nachdenkt, nämlich überhaupt nicht.

Als der Applaus sich legt, hebt eine Frau die Hand.

»Wollen Sie damit sagen, dass Sie nicht über das Schreiben von Romanen sprechen werden?«

»Das ist richtig«, antwortet der Vegetarier.

Er krümmt sich zusammen und hält sich schützend die Hände über den Kopf, woraufhin alle lachen. Alle außer der Frau.

»Ich bin heute mit dem Zug aus Oslo gekommen, nur um Sie über das Schreiben von Romanen reden zu hören. Ich bin bloß für diesen einen Vortrag hergekommen. Um pünktlich hier zu sein, bin ich um fünf Uhr aufgestanden.«

»Ich bin sicher, dass Sie Ihr Geld zurückbekommen können«, sagt der Vegetarier, und das Publikum lacht.

Die Frau steht auf und packt ihre Sachen zusammen. Im
Saal ist es ganz still geworden, und als die Tür hinter ihr zu-
fällt, sagt der Vegetarier:

»Will noch jemand sein Geld zurück? Oder eine *Ermäßi-
gung?* Oder *Rabatt?* Weil ich nicht über das sprechen werde,
was im Programm steht?«

Wieder wird gelacht, diesmal aber nur vereinzelt.

»Vielleicht möchten Sie ja auch das Geld für die Zugfahrt
zurückhaben, wo Sie *extra aus Oslo* angereist sind.«

Er redet mit affektierter Oslo-West-Stimme und spricht
auch *Oslo* entsprechend aus, sofort brandet Gelächter auf.
Einige klatschen sogar. Denn hier in diesem Saal ist man tolerant und aufgeschlossen und offen für Programmänderun-
gen.

Dann redet er weiter. Ohne Notizen vor sich zu haben,
erzählt er davon, wie er eines Tages im Supermarkt an der
Frischetheke stand, in die Auslage schaute und ihm plötzlich,
als habe er noch nie wirklich darüber nachgedacht, bewusst
wurde, dass wir *andere Geschöpfe essen.* Daraufhin hatte er
einen vorbeikommenden Mann gefragt, ob es denn stimmen
könne, dass dort ganze Existenzen lägen, *ganze Seelen* hübsch
verpackt, nach Körperteilen sortiert. Der Mann war einfach
weitergegangen, ohne ihn einer Antwort zu würdigen.

»Lämmer, Kälber, Kinder, die ihren Müttern entrissen werden, Folterkammern, Holocaust. Die Tiere erleben den Holocaust jeden Tag, jede Stunde.«

Er spricht darüber, welche gesundheitlichen Vorteile es habe, nicht nur auf Fleisch, sondern auch auf Molkereiprodukte zu verzichten, und berichtet weiter, dass er aufgrund dieser Änderung seines Lebensstils zehn Kilo abgenommen habe.

Und obwohl er sein Publikum hereingelegt hat, herrscht eine wohlwollende Atmosphäre, man lächelt und nickt und lacht über jeden noch so kleinen Witz. Es wirkt, als müssten sich die Zuhörer – da sie nun einmal dafür bezahlt haben – selbst beweisen, dass der Schriftsteller etwas richtig macht und dass es richtig von ihnen ist, sitzen zu bleiben.

Und vielleicht weil der Vegetarier Bergenser Dialekt spricht – oder zumindest etwas, das Knut, der in Oslo aufgewachsen ist, für Bergenser Dialekt hält –, wird Knut an seinen letzten Aufenthalt in Bergen erinnert. Es ist jetzt einige Jahre her, und er weiß nicht mehr, was er dort wollte, aber er erinnert sich daran, dass er beim Verlassen des Flughafens als Erstes gewaltige leuchtende Buchstaben wahrnahm, die an einer niedrigen Felswand befestigt waren. Zusammen bildeten sie das Wort »Bergen«, gefolgt von einem Fragezeichen: BERGEN?

Die Buchstaben hatten Knut bewogen, stehen zu bleiben. War das hier vielleicht gar nicht Bergen? Für einen Moment war er unsicher geworden.

Im nächsten Moment stellte er sich vor, dass der für die Installation verantwortliche Künstler, denn Knut erkannte schnell, dass es sich um eine solche handeln musste, Knuts Verwirrung vermutlich wertgeschätzt hätte, eine Verwirrung und Unsicherheit, die das Ziel dieses Objekts sein muss: die Leute dazu zu bringen, *stehen zu bleiben, nachzudenken, zu reflektieren. Nichts für selbstverständlich zu halten, sondern die Dinge zu hinterfragen.* Nicht zu schlafen, sondern vielmehr alles *wach zu verfolgen.*

Aber niemand muss Knut daran erinnern, alles zu hinterfragen, das tut er bereits, und er hat es schon immer getan, jetzt sitzt er hier in der Nansenskolen und fragt sich, woher dieser ständige – und nicht zuletzt mittlerweile ziemlich konventionelle – Drang nach Auflösung und Bruch kommt und ob der nicht bald überholt ist, wenn er in dem Maße zu einer Konvention geworden ist, dass man als Reisender aufgefordert wird, daran zu zweifeln, an welchem Ort man gelandet ist.

Wie gut muss es einem finanziell gehen, wenn man einzig und allein darauf aus ist, alles auseinanderzunehmen, querzuschießen, niemandem zu geben, was er erwartet, nicht über das zu reden, über das zu reden man angekündigt hat, oder wenn man mit voller Absicht Löcher in Hosen schneidet, wie viel Geld, wie viel Zeit und wie viel Kraft muss man da haben?

Der Vegetarier spricht über Seelenwanderung.

»Wie kann es sein, dass das, was mich ausmacht, einfach verschwindet? Also muss es eine Seele geben, die hier auf der Erde verschiedene Erscheinungsformen annimmt, oder es muss eine andere Welt oder Dimension existieren, in die man durch den Tod gelangt, und wenn das für Menschen gilt, gibt es keinen Grund, weshalb es nicht für alle Lebewesen gelten sollte, einschließlich Insekten und alle anderen Geschöpfe, die ein Bewusstsein und den Wunsch haben, zu überleben und sich fortzupflanzen, und dann ist der Gedanke, andere Geschöpfe zu töten und zu essen, undenkbar, unerträglich«, führt er aus, und Knut flüchtet wieder in seine eigenen Gedanken, denn wie üblich will er gegen das, was er hört, aufbegehren, und außerdem ist er immer noch enttäuscht darüber, dass der Vortrag von etwas anderem handelt als dem, *was im Programm steht, verdammt noch mal,* und er denkt an all die Naturfilme, die er nachts gesehen hat, wenn er gegen zwei aufgewacht ist und nicht wieder einschlafen konnte, woraufhin er sich aufs Sofa gelegt und den Fernseher eingeschaltet hat, wo er sich um diese Zeit – vielleicht um möglichst weit wegzukommen von Worten und Grübeleien – immer Naturdokus anschaut, die Löwenmännchen zeigen, die die Jungen von Löwenweibchen fressen, um sich anschließend mit ebendiesen Löwenweibchen zu paaren, oder Krokodile, bei denen Menschen auf dem *Speiseplan* stehen, und Schlangen, die Ziegen am Stück hinunterschlingen, wobei die Ziegen noch eine Weile weiterleben und sich in der Schlange bewegen.

Die Welt der Tiere ist gnadenlos und voller Gewalt. Der Mensch hat lediglich, denkt Knut, während der Vegetarier redet und das Publikum angefangen hat, unruhig hin- und herzurutschen, der Mensch hat lediglich Wege gefunden, dem Gefressenwerden zu entgehen, und danach hat er seine Nahrungsaufnahme systematisiert, im Großen und Ganzen haben die Nutztiere ein angenehmes Leben, jedenfalls im Vergleich zu dem Leben, das sie in der Natur hätten, wo jeder Tag ein Kampf ums Überleben wäre.

Knut beschleicht das Gefühl, das ihn so oft beschleicht, nämlich dass sich hinter den Ausführungen des Vegetariers – der überzieht, denn der Vortrag hätte schon vor einer Viertelstunde zu Ende sein sollen – der Wunsch und die Erwartung verbergen, es möge eine Welt geben, in der man sich nicht gegenseitig vertilgt – auch Tiere nicht.

Knut fragt sich, wann er endlich zum Schluss kommt und wie in aller Welt jemand Schriftsteller *und* Literaturkritiker sein kann, das ist, als würde eine Kuh im Schlachthof arbeiten, um beim Thema zu bleiben, aber der Vegetarier findet kein Ende, und jetzt erzählt er von seinem ersten Arztbesuch, nachdem er Vegetarier geworden war, und davon, was für fantastische Blutwerte er da hatte.

Aber dafür war Knut, *verdammt noch mal*, nicht hierhergekommen – er war nicht um fünf Uhr aufgestanden, um hier zu sitzen und sich Ernährungstipps anzuhören, es ist nichts falsch daran, Gemüse zu essen, aber Vegetarismus ist ein Thema, für das Knut sich noch nie interessiert hat, genauso wenig wie für andere Themen wie zum Beispiel Fußball, Korbflechten oder was auch immer, im Gegensatz zu dem Thema, für das er sich interessiert, nämlich *wie man einen Roman schreibt*.

Endlich ist der Vortrag zu Ende.

Knut folgt dem Strom nach draußen. In der Schlange sieht er Leute gähnen und muss selbst gähnen, weil er letzte Nacht wie üblich kaum geschlafen hat.

Auf dem Vorplatz der Nansenskolen bleibt er stehen, in

der Hoffnung, dass etwas passiert, das seinen Missmut vertreibt. Vielleicht wartet er darauf, jemanden zu treffen, einen alten Freund oder eine alte Flamme, vielleicht nimmt Turid seine Existenz ja doch noch zur Kenntnis, in der Öffentlichkeit waren sie immer Freunde, sie haben mehrfach zusammen auf der Bühne gesessen, was denkt sie sich dabei, ihn zu übersehen, soll er sich vielleicht mal mit ihrem Mann unterhalten?

Aber er sieht die beiden nicht, sie müssen sich aus dem Staub gemacht haben.

Dagegen sieht er den Vegetarier, der, umgeben von seiner *Entourage,* auf die Treppe tritt, wie auch Knut früher einmal stets von einer *Entourage* umgeben war, natürlich ohne sich damals darüber im Klaren gewesen zu sein, aber jetzt erkennt er es dafür umso deutlicher, jetzt, wo er sich nicht mehr mitten im Geschehen befindet, und er erinnert sich zurück an die Jahre nach dem Erscheinen des Erfolgsbuchs, an die Zeit, als er – in den Augen der Rezensenten ebenso wie der Leser – nichts mehr abgeliefert hatte, was das Niveau seines Erfolgsbuchs erreicht hätte, als man aber noch an ihn glaubte, an die Zeit, als er, wenn er beispielsweise bei einem Bier im *Kunstnernes Hus* saß, nicht den Blick heben konnte, ohne mehrere Personen, Männer wie Frauen, zu entdecken, die unverwandt in seine Richtung schauten. Hungrig, war Knut damals beim Anblick dieser Gesichter in den Sinn gekommen. Besonders ein Schriftsteller ist ihm im Gedächtnis, der ihn mit einem Ausdruck angestarrt hatte, den Knut folgendermaßen deutete – er hatte es sogar in sein Notizbuch geschrieben und später in einem Roman verwendet –, *als könnte er sich nicht entscheiden, ob er mich fressen, ficken oder umbringen will.*

Und wen erblickt Knut da in der Entourage des Vegetariers?

Den Lektor. Seinen eigenen Lektor. Sie stehen an der Eingangstür und lachen beide mit weit geöffnetem Mund. Jede einzelne Lachsalve ist ein Axthieb in Knuts Nervensystem.

Er hat nicht gewusst, dass der Lektor und der Vegetarier sich kennen.

Lachen sie vielleicht über ihn?

Knut glaubt bei allem, was geschieht, dass es um ihn geht – vermutlich eine Alterserscheinung, ein Zeichen dafür, dass die Zeit einen Bogen beschreibt und sich zur Kindheit hinabbeugt, sodass er sich bald auf Augenhöhe mit seinem dreijährigen Ich befindet.

Aber so alt ist Knut noch nicht, und er ist noch immer ein vollwertiges und aufrecht gehendes Mitglied der Zivilisation, und er hat die Eingebung, zu ihnen hinüberzugehen. Aber Säure und Galle stehen ihm bis zum Hals, und wenn er jetzt zu ihnen hinübergeht, werden sie an die Oberfläche sprudeln. Die beiden Männer werden aufhören zu lachen, und alle Leichtigkeit wird verschwinden. Er möchte die gute Stimmung nicht mit seiner Anwesenheit kaputtmachen. Außerdem möchte er seinen Lektor nicht an ihre letzte Begegnung erinnern und in diesem Zusammenhang an seinen letzten ernsthaften Schreibversuch, den über M.

Knut schaudert es bei dem Gedanken, und bevor der Lektor ihn entdeckt, läuft er rasch den kleinen Schotterweg entlang und dann weiter in die schmalen Straßen des Wohngebiets, weg von der vermaledeiten Nansenskolen.

Und seine Erregung, der steigende Puls, all das zusammen demonstriert ihm, dass er trotz seiner schlechten Erfahrungen Erwartungen an diesen Vortrag hatte. Die Hoffnung, Hilfe, Inspiration, Tipps, Tricks, was auch immer zu bekommen. War das zu viel verlangt? War es unverschämt zu erwarten, dass ein Vortrag von dem handelt, wovon er *laut Programm handeln soll?*

Knut läuft zügig die Straße entlang. Zur Linken liegt der Mjøsa, die den See umgebenden Hügel sind dunkel, bald ist Sommer, und vergiss nicht, dass wir für den Vortrag nichts bezahlen mussten, weil uns das Festivalarmband kostenlosen Zugang zu allen Veranstaltungen gewährt, versucht Knut, sich selbst zu sagen. Aber es hilft nichts. Stattdessen fallen ihm all die anderen Gelegenheiten ein, bei denen er sich von etwas hat täuschen lassen, das umsonst war, wie zum Beispiel die Theatervorstellung, die er letztes Jahr besucht hat, eine Premiere, für die Frank Karten bekommen hatte, als Teil seines Honorars dafür, dass er dem Theaterensemble die Website erstellt hatte, und die Freude, etwas gratis zu bekommen, hatte bei Knut wie gewöhnlich alles andere in den Hintergrund gedrängt, einschließlich seiner bangen Ahnungen, denn das Theater war *bekannt für seine furchtlosen und alternativen Inszenierungen von Klassikern,* wie es auf der von Frank erstellten Website hieß.

Das Stück, das sie sich ansahen, war eine Version von *Nora oder Ein Puppenheim*, in der alle Rollen von Kindern gespielt wurden. Das wusste Knut im Voraus. Was er nicht wusste und erst erkannte, als er und Frank sich mitten in eine Sitzreihe gesetzt hatten und alle Fluchtwege versperrt waren, war, dass die Kinder gefilmt worden waren, während man sie zu ihrem Mitwirken und ihren Gedanken dazu befragt hatte, und während das Publikum die Plätze einnahm, wurde der Film auf große Ballons projiziert, die an langen Seilen überall im Raum aufgehängt worden waren. Dann betraten die echten Kinder die Bühne. Sie waren in weißen, papierartigen Stoff eingewickelt, der mit Worten und Sätzen bedruckt war, bei denen es sich dem Programmheft zufolge um den Originaltext von *Nora oder Ein Puppenheim* handelte. Im Programmheft war ein Interview mit dem Regisseur, der ausführte, wie interessant und erfrischend es gewesen sei, mit Kindern zu arbeiten, und wie viel besser es funktioniert habe als mit erwachsenen Schauspielern, die so häufig in gewisser Weise erstarrt seien.

Die Kinder, die zwischen acht und zwölf Jahre alt zu sein schienen, standen kerzengerade auf der Bühne, eingewickelt in die Textstreifen. Jedes Kind las von dem Manuskript ab, das es vor sich hielt. Oft verhaspelten sich die Kinder, weil der Regisseur, der eine *möglichst unmittelbare Annäherung an den Text* hatte erreichen wollen, sie nicht vorher hatte üben lassen.

Darüber hinaus war die Bühne leer, abgesehen von ein paar alten Kulissen, die ganz hinten gestapelt waren, und dieses Fehlen eines Bühnenbilds sollte, ebenfalls laut Programmheft, das Publikum auf das *Künstliche und Manipulierende eines jeden Bühnenbilds* aufmerksam machen, und aus demselben Grund war das Licht überall im Raum gleich.

All das erschwerte es den Zuschauern mitzubekommen, was vor sich ging. Erst als das Stück bereits eine halbe Stunde gedauert hatte und man einen Film zeigte, wurde das Licht im Saal gelöscht. Der Film war abgehackt und undeutlich, es sah aus, als wäre es ein alter Super-8-Film. Er musste jedoch in der Gegenwart aufgenommen worden sein, denn nach einer Weile erkannte man, dass er Schlauchboote voller Menschen und danach orangefarbene Rettungswesten zeigte, die in einem Gewässer trieben, bei dem es sich vermutlich um das Mittelmeer handelte. Dann waren etliche Bettler zu sehen, die in einer Stadt saßen, die man nach und nach als Oslo identifizieren konnte. Zuletzt sah man Menschen in einer Schlange vor einem Gebäude, das eine Behörde sein konnte, und dann ging es wieder von vorne los mit den orangefarbenen Rettungswesten, den Bettlern usw., dabei wurde der Film ebenso auf die Kinder auf der Bühne wie auf die alten gestapelten Kulissen und die großen Ballons projiziert, und die ganze Zeit versuchte Knut, zum einen zu verstehen, was der Film zeigte, und zum anderen, was das Ganze mit *Nora oder Ein Puppenheim* zu tun hatte. Waren die Kinder Nora? Waren die Menschen in den Schlauchbooten Nora, die ihr Zuhause verlassen hatte? Doch sobald er glaubte, irgendeinen Zusammenhang gefunden zu haben, wurde dieser durch irgendetwas zerstört, und das brachte ihn dazu, sich vor sich selbst, in Gedanken, für dieses Streben nach Kohärenz zu schämen, woraufhin er, ebenfalls vor sich selbst, so tat, als wäre er gar nicht erst auf irgendeinen Zusammenhang oder roten Faden erpicht gewesen. Hier war es wieder, Knuts *konventionelles Streben nach*

Kohärenz, das man mit diesem Theaterstück ja *gerade heraus-fordern wollte*, damit es nicht, wie so vieles andere, als *Kul-turkonsum für die Mittelschicht* endete; dass er das vermei-den wollte, hatte der Regisseur des Stücks im Programmheft dargelegt, und Knuts Gedanken sprangen weiter zu etwas, das er irgendwo gelesen hatte, nämlich, dass *Kultur wehtun solle*. Es stammte von einem Kritiker, der geschrieben hatte, er *möge Theater, das nicht gemocht werden wolle*. Ferner hatte der Kritiker gemeint, man solle sich nach der Vorstellung an den Ausgang des Theatersaals stellen und die Zuschauer fra-gen: Hat es wehgetan? Und dann alle die aussortieren, die mit Nein antworteten. *Weg mit ihnen.*

Knut durchquert dasselbe Wohngebiet wie auf dem Hin-weg, sowohl vor als auch hinter ihm laufen Leute, und er denkt daran zurück, wie er in dem kalten, klammen Thea-tersaal, einer umgebauten Fabrikhalle, gesessen und in der Gewissheit Trost gefunden hatte, dass, wenn nach der Vor-stellung jemand am Ausgang des Theatersaals stehen und die Frage stellen würde, ob die Aufführung *wehgetan habe*, er mit einem lauten und glasklaren JA hätte antworten können.

Die Vorstellung hatte ihn stark und schmerzhaft und fun-damental gelangweilt. Und sollten die für die Inszenierung Verantwortlichen die Absicht verfolgt haben, existenzielle Angst und allgemeinen psychischen Schmerz hervorzuru-fen, dann war die Aufführung ein voller Erfolg gewesen, denn schon nach wenigen Minuten hatte es angefangen, in ihm zu kribbeln, zu kitzeln und zu stechen, seine Beine zitterten, und der kleine Schwips, nach den zwei Bier, die sie auf dem Weg zur Vorstellung in einem Pub getrunken hatten – *um zumin-dest die erste halbe Stunde durchzuhalten*, wie Frank gesagt hatte, der von Anfang an skeptisch gewesen war –, dieser Schwips war schon lange weg, und Knuts Gedanken begaben sich auf Wanderschaft. Vielleicht sollte er mit der Einnahme von Magnesium beginnen, das ja gegen unruhige Beine helfen soll, und nicht nur das, Magnesium wirkt angeblich auch gegen Schlaflosigkeit; Knut hatte nur mit Mühe dem Impuls widerstanden, zu seinem Smartphone zu greifen und Magnesium zu googeln, und so ging es munter weiter: Ihm fiel etwas ein, woraufhin er das Handy zücken wollte, um etwas zu notieren oder nachzusehen, wo man bestimmte Dinge kaufen konnte.

Knut denkt an die Theatervorstellung und an den Vortrag, bei dem er gerade gewesen ist, die beiden Veranstaltungen haben etwas gemeinsam, etwas, das für ihn nicht hundertprozentig greifbar ist, vielleicht eine Art Schlaffheit oder Faulheit, die sich die Maske des Neuen und Interessanten aufsetzt, eine Haltung, dass es in Ordnung ist, sich zu entziehen, sich zu drücken, nicht vereinbarungsgemäß zu liefern, sondern den Leuten die lange Nase zu zeigen, Leuten, die extra mit dem Zug angereist sind, Leuten, die sich nach besten Kräften bemühen, in allen möglichen unzusammenhängenden Narreteien und Drückebergereien einen Sinn zu erkennen, Leuten, die Geld bezahlen und sich pünktlich einfinden, die kerzengerade dasitzen, aufmerksam zuhören und versuchen zu verstehen, was gesagt wird, darin liegt eine Verhöhnung, eine Verhöhnung des Publikums, des …

Doch Knut verliert erneut den Faden, denn, wie er hier die Straßen entlang in Richtung des Stadtzentrums von Lillehammer läuft, merkt er, dass seine Wut sich langsam legt, ganz gleich, womit er sie füttert, denn mittlerweile ist er so alt und erschöpft, dass er nicht mehr die Kraft aufbringt, länger als ein paar Minuten am Stück wütend zu sein. Es ist, als würde sein Körper das Handtuch werfen, er hat keine Lust mehr mitzuspielen, jetzt musst du dich allein um deinen ganzen Unsinn kümmern, sagt er, und als Knut beim Friedhof ankommt, hat er bereits vergessen, worüber er sich eben noch so aufgeregt hat.

Nur die Ruhe, scheint jemand in ihm zu sagen. *Nur die Ruhe.*

Aber Knut gibt sich nicht geschlagen, er betritt den Friedhof, setzt sich auf eine Bank und kramt in seiner Erinnerung nach anderen Dingen, über die er sich aufregen kann, und er braucht nicht lange zu suchen, denn letzte Woche hat er im Radio ein Interview mit einem Typen gehört, der in irgendeiner Angelegenheit mit Ja oder Nein stimmen wollte. Welche Angelegenheit es war, hat Knut vergessen, aber er erinnert sich an das, was der Mann gesagt hat. Anfangs, sagte der Mann, habe er vorgehabt, in dieser Angelegenheit, die Knut wie gesagt vergessen hat, mit Ja zu stimmen, und der Mann wusste, dass bei der herrschenden Stimmung eine Mehrheit für Ja garantiert war. Trotzdem stimmte er mit Nein. Warum haben Sie mit Nein gestimmt, wenn Sie doch mit Ja stimmen wollten, fragte der Interviewer, woraufhin der Mann antwortete: Hätte ich es tatsächlich für möglich gehalten, dass es eine

Mehrheit für Nein geben könnte, hätte ich mit Ja gestimmt. Aber ich hasse es, dass alle mit der Herde laufen. Ich will nicht mit der Herde laufen.

Knut legt sich auf die Bank, um seinen Rücken zu entlasten, er ist steif vom langen Sitzen, erst im Zug und dann bei dem erbärmlichen Vortrag.

Die Bank ist warm. Vögel singen in den Bäumen. Um ihn herum murmeln und summen die Toten, er kann es deutlich hören, oder vielleicht sind es auch nur die Insekten in den Sträuchern.

Das Wunderliche an allem, was ihn immer gequält hat, was er früher aber zumeist mit einem Schulterzucken abtun konnte, kriecht an die Oberfläche seines Bewusstseins und verkündet lautstark, wie sonderbar es sich doch verhält mit Straßen, Häusern und all den Menschen, mit den Gesichtern, die sich an allen Tischen in Cafés, Restaurants und Parks miteinander unterhalten, und wiederum beschleicht ihn das Gefühl, dass alle außer ihm etwas verstanden haben, das er nie verstehen wird.

Wen kümmert's, murmeln die Toten. Du findest es sowieso nicht heraus, und bald liegst du hier.

Bald liegst du hier, vergiss das nicht.

Was denn herausfinden, will Knut wissen, aber da sind die Stimmen verschwunden, geblieben sind nur die Tierlaute.

7

Knut wird vom Brummen seines Handys geweckt.

Wo bist du abgeblieben? Hast du Zeit für einen Kaffee?, schreibt sein Lektor.

Nachdem er sich aufgesetzt und realisiert hat, wo er sich befindet, schreibt Knut:

Ja, habe ich!

Die Antwort kommt sofort:

In einer halben Stunde, im Café in der Bibliothek?

Okay. Bis dann!

In dieser Stadt gibt es keine langen Wege, und bis zur Bibliothek braucht man zu Fuß bloß fünf Minuten. Knut stellt seinen Wecker auf in zwanzig Minuten und legt sich wieder hin.

Er ist erwünscht. Gleich muss er irgendwohin. Er hat eine Verabredung. Mit seinem Lektor. Wann hat er seinen Lektor zuletzt getroffen? Das muss gewesen sein, als ... nein, daran darf er nicht denken.

Aber wie er da auf der Bank liegt und in den Himmel schaut, denkt er natürlich trotzdem daran.

Von den zwei Büchern, die Knut vor seinem Erfolgsbuch veröffentlicht hat, haben sich so viele Exemplare verkauft wie bei einem durchschnittlichen norwegischen Roman, also rund siebenhundert. Damals stellte Knut sich diese siebenhundert Leser gern vor, oder sechshundert, wenn man Familie und Freunde abzieht ebenso wie Schulkameraden und andere Bekannte, die das Buch vielleicht nur gelesen haben, um herauszufinden, ob er über sie geschrieben hat, das hätte er selbst jedenfalls getan, aber dann blieben immer noch sechshundert Menschen, die freiwillig sein Buch gekauft hatten, und diese versammelte er in Gedanken in einer Aula, wo sie ihm applaudierten und er sich vor ihnen verbeugte.

Dann erschien das Erfolgsbuch. Knut war da Mitte dreißig und hielt sich für alt. In Wirklichkeit war er jung und dumm, weshalb er glaubte, sein Leben würde immer so bleiben, wie es unmittelbar nach der Veröffentlichung seines Erfolgsbuchs gewesen war: Er würde einen Bestseller nach dem anderen schreiben, und er hätte stets freie Auswahl in Bezug auf Festivals, Talkshows, Radiosendungen, Interviews für Zeitungsporträts und den ganzen Zirkus, wie er es bald nannte.

In dieser Phase war er einmal zum Mittagessen im Verlag gewesen. Dort saß er an einem Tisch in der Mitte der großen Kantine des bedeutenden Verlagshauses, zusammen mit seinem Lektor, dem Verlagschef, dem Vertriebschef und einigen anderen Chefs. Sämtliche Führungskräfte des Verlags waren um diesen Tisch versammelt, zu dem man von den umstehenden Tischen herüberstarrte, die Gesichter waren Knut zugewandt, und auf diesem Karrierehöhepunkt hatte Knut sich über all die Angebote beklagt, die er bekam.

Dieser ganze Zirkus. Wie soll man da Zeit zum Schreiben finden?

Verständnisvolles Nicken am Tisch.

Noch lange nach Erscheinen seines Erfolgsbuchs waren die Gesichter Knut strahlend und erwartungsvoll zugewandt gewesen. Viele Jahre konnte er beim Gartenfest des Aschehoug Verlags Scharen von Leuten um sich versammeln, Trauben von Menschen, die dort sein wollten, wo die Musik spielte, und die Musik spielte dort, wo sich Knut aufhielt, und alle lachten, wenn er bloß den Mund aufmachte.

Das ist jetzt viele Jahre her, und in einigen verbitterten Schreibversuchen hat Knut diese Scharen, die sich einmal um ihn versammelt hatten, als Schwärme von Fliegen beschrieben, die zwischen Kuhfladen herumschwirrten und *mit ihren empfindlichen kleinen Fliegenrüsseln nach dem nächsten frischen, noch dampfenden Fladen schnupperten.*

In einem weiteren, noch verbitterteren Schreibversuch hat er eingehend geschildert, wie die Welt ihn gefressen, verdaut und ausgeschissen hatte, was in dem Fazit gipfelte: *Und jetzt zeigen sie voller Abscheu auf den stinkenden Exkrementenhaufen, der ich bin.*

Keine dieser Formulierungen hat es durch das Nadelöhr seines Lektors geschafft, und dafür ist Knut ihm bis in alle Ewigkeit dankbar, in diesem Universum wie in allen anderen denkbaren Universen.

In den letzten Jahren ist er in die Gewohnheit verfallen, sich selbst und seinen Lektor mit unzähligen Schreibprojekten zu strapazieren. Jedes Mal ist er gleichermaßen optimistisch, und jedes Mal kommt seine Geschichte nicht über zwanzig, dreißig Seiten hinaus, bis der Lektor den Daumen senkt und alles in Knuts Händen zerrinnt.

Der letzte in dieser Reihe von Versuchen ist ein Projekt, das er, wie er sich selbst einredet, aufgegeben hat, aber von dem er tief in seinem Inneren immer noch hofft, es zu realisieren, und bei diesem Projekt handelt es sich um den Versuch, Ms Geschichte niederzuschreiben. Denn ebenso wie Knut von seiner Ex-Frau besessen ist, ist er auch von M besessen. Nicht von M persönlich, so wie Frank, sondern von Ms Lebensgeschichte und seinem Hintergrund.

Die drei Bücher, die Knut in den über zwanzig Jahren, die seit seinem Erfolgsbuch vergangen sind, veröffentlicht hat, sind von den Lesern ebenso wie den Kritikern im Großen und Ganzen mit Unzufriedenheit aufgenommen worden, weil er jedes Mal versucht hat, etwas anderes als eine Fortsetzung seines Erfolgsbuchs zu schreiben, wobei viele Rezensenten im Übrigen betonen, dass sie es seinerzeit für überbewertet hielten, was sie nicht davon abhält, trotzdem alles, was er veröffentlicht, mit diesem Buch zu vergleichen.

Knuts letzter Roman handelte von einer Schriftstellerin in seinem Alter – bei Erscheinen des Buchs war er fast fünfzig – und fand allgemein wenig Anklang. Nachdem er alle Rezensionen gelesen hatte (die er nach eigenem Bekunden nie las), verfestigte sich in Knut der Eindruck: Man *mochte* den Autor Knut nicht mehr.

Dieser Eindruck verfestigte sich, weil die Rezensenten ihre negative Haltung sehr unterschiedlich begründeten.

Einer meinte, das Buch sei zu geschwätzig und oberflächlich und unternehme krampfhafte Versuche, unterhaltsam zu sein, eine andere war der Ansicht, das Buch sei zu depressiv und düster und unzugänglich. Mehrere Rezensenten fragten, warum das Buch das Klimaproblem nicht anspreche, das man heutzutage nicht umgehen könne, und warum es ausschließlich von weißen Menschen aus der Mittelschicht handele. Wo war der in der Fischveredelungsfabrik arbeitende Tamile, wo waren die Samen, wo war der homosexuelle Norweger pakistanischer Herkunft, wo waren die Flüchtlinge, wo waren die Bettler, wo waren die Behinderten, wo war die *Wirklichkeit?*

Ich habe die weiße Mittelschicht in mittleren Jahren so satt, dass ich mich übergeben könnte, schrieb ein weißer Mann mittleren Alters – dessen Frau Chirurgin war und dessen Vater Professor, was Knut mit ein paar Klicks herausfand, gesegnet sei das Internet –, er schrieb es in einem langen Artikel in einer Zeitschrift, glücklicherweise nicht in einer der großen Zeitungen, aber da negative Rezensionen dazu neigen, haften zu bleiben, ließen dennoch gerade diese Worte Knut mitten in der Nacht aus dem Schlaf schrecken und lange Verteidigungsreden in eigener Sache halten.

Gähn, schrieb der Rezensent. *Ich habe die weiße Mittelschicht in mittleren Jahren so satt, dass ich mich übergeben könnte. Rettet mich. Bevor ich mich zu Tode langweile.*

Knut spielte mit dem Gedanken, das Handtuch zu werfen und nur noch über sich selbst zu schreiben, ganz unverblümt, unter vollem Namen, wie es so viele taten. Seine Version zu schreiben. Wie es die Wirklichkeitsbeschreiberin mit solchem Erfolg praktizierte.

Wenn er mitten in der Nacht nicht schlafen konnte, stellte Knut sich vor, dass sie dann schreiben würden: *Brauchen wir noch einen weißen Mann in mittleren Jahren, der uns von seiner Angst, seiner Hurerei und seinem Alkoholmissbrauch erzählt?*

Wenn Sie etwas über verwöhnte Mittelschichtmenschen lesen wollen, die in ihrem Nabeldreck herumpopeln, dann ist das genau Ihr Buch.

Das Wort *Nabeldreck* tauchte in diesen Vorstellungen immer wieder auf.

In einem Versuch, sich abzuhärten, las Knut die schlechten Rezensionen wieder und wieder, und nach einiger Zeit schmerzten sie weniger, dafür waren sie aber auch unauslöschlich in seine Hirnrinde eingeprägt.

Eines Tages, als er an die Stelle mit dem in der Fischveredelung arbeitenden Tamilen und dem homosexuellen Norweger pakistanischer Herkunft kam, begann etwas in seinem Hinterkopf zu arbeiten, und er musste an Franks heimliches Verhältnis denken. Es war nicht das erste Mal, dass Frank etwas mit einem muslimischen Familienvater hatte, aber es war das erste Mal, dass daraus eine Art Beziehung erwachsen war. Die nun bereits seit mehreren Jahren bestand.

Also hatte Knut Zugriff auf einen echten homosexuellen Norweger pakistanischer Herkunft, es trennte sie lediglich eine Wand.

Knut war fasziniert von dieser Beziehung, die mit so viel Aufwand und Geheimniskrämerei verbunden war. M hatte

Frank zum Beispiel beigebracht, wie man über verschiedene Handyspiele Kontakt zueinander aufnehmen konnte, anstatt die üblichen Kanäle zu benutzen, wo man so leicht entdeckt werden konnte. Und wenn M Frank besuchen wollte, musste er sich zuerst in einer Toreinfahrt auf der anderen Straßenseite verstecken, während Frank am Fenster stand und nach Taxis Ausschau hielt – weil pakistanische Taxifahrer ein Klatschnetzwerk bilden, das sich über alle Unregelmäßigkeiten auf dem Laufenden hält –, und wenn die Luft rein war, hielt Frank den Daumen hoch, woraufhin M, mit Kapuzenpullover und Baseballkappe bekleidet, über die Straße sprintete.

Bei dieser Paranoia, wie Knut all diese Sperenzchen anfangs genannt hatte, handelte es sich M zufolge um nichts anderes als absolut notwendige Vorsichtsmaßnahmen im Umgang mit einer *homophoben Kultur.*

Ist das nicht eine Verallgemeinerung, wandte Knut ein, womit er bei Frank und M lautes Gelächter hervorrief. Bei den paar Gelegenheiten, bei denen Knut M zu Hause bei Frank getroffen hatte – nämlich dann, wenn Frank so tun wollte, als wären sie ein gewöhnliches Paar, und Knut die Rolle des Abendessensgastes zugewiesen bekam –, war M meist still, und es kam oft vor, dass er Frank und Knut, die redeten und lachten, eingehend betrachtete, wobei ein Ausdruck auf seinem Gesicht lag wie bei jemandem, der im Schatten sitzt und Leuten zusieht, die draußen im Sonnenschein tanzen und sich vergnügen.

Was soll das heißen, du willst über M schreiben, hatte Frank gefragt. Außerdem hatte er wissen wollen, warum Knut sich nicht selbst etwas ausdenken könne. Und ob Knut schon mal etwas von dem Begriff *kulturelle Aneignung* gehört habe. Knut hatte geantwortet, er sei zu alt, um sich um all die neuen Regeln zu kümmern, die von allen Seiten in die öffentliche Diskussion eingebracht würden und die sich außerdem widersprächen, zum Beispiel habe er in einem Zeitungsartikel gelesen, es sei wichtig, Freunde mit dunkler Hautfarbe zu haben, doch nur einige Absätze darunter im selben Artikel stand, man solle sich nicht wegen der Hautfarbe mit jemandem anfreunden. Und wie sollte Literatur künftig aussehen, wenn es Schriftstellern nur erlaubt wäre, über ihre eigene Herkunft und ihr eigenes Geschlecht zu schreiben? Oder ihre eigene sexuelle Orientierung?

Es ist außerdem nicht sicher, dass etwas daraus wird, hatte er gesagt. Zunächst möchte ich ihn bloß interviewen. Er hatte um Ms Telefonnummer gebeten, woraufhin Frank erwidert hatte, er habe Ms Nummer nicht einmal selbst. Aber, hatte Frank hinzugefügt, in erster Linie aus Spaß: M ist Hausarzt, du kannst ja sein Patient werden.

Das kam Knut gelegen, denn seine damalige Hausärztin hatte in letzter Zeit müde und desinteressiert gewirkt. Knut notierte für gewöhnlich all seine gesundheitlichen Beschwerden und Symptome, sobald sie auftraten. Es ist ja bekannt, dass ab fünfzig alles Mögliche passieren kann, und Knut war der Meinung, er erweise der Gesellschaft auf lange Sicht einen Dienst, wenn er auf diese Weise Buch führte, sodass eventuelle ernste und für die Gesellschaft sehr teure Erkrankungen in einem frühen Stadium entdeckt werden könnten.

Bei seinen annähernd monatlichen Besuchen in der Praxis-gemeinschaft am Solli Plass, in der seine Hausärztin prakti-zierte, pflegte er die Liste seiner Symptome dann vorzulesen. Dabei kam es vor, dass die Ärztin ein-, zweimal ein Gähnen unterdrückte, und bevor er ein Drittel seiner Liste abgearbei-tet hatte, sagte sie, er müsse einen neuen Termin vereinbaren, wenn er noch mehr zu besprechen habe.

Das Ärgerliche daran war, dass die meisten Symptome ver-schwunden waren, wenn Knut das nächste Mal in die Pra-xis kam. Wie ich immer sage, meinte die Ärztin: *Die meisten Schmerzzustände und Krankheiten gehen von selbst vorüber.*

Daher war Knut einfach nur froh, diese Person loszuwer-den. Er ging davon aus, dass M ihn ernster nehmen würde. Außerdem lag Ms Praxis in der Pilestredet, so war der Weg auch kürzer.

Knut ließ sich als Patient bei M aufnehmen – dessen Pati-entenliste noch nicht voll war, weil er zum einen noch nicht so lange als Hausarzt praktizierte und zum anderen viele zö-gerten, einen Arzt mit ausländischem Namen aufzusuchen, und nur wenige Tage später saß er in Ms Sprechzimmer, als letzter Patient des Tages.

Bis dahin hatte er M nur zu Hause bei Frank gesehen. Jetzt saß M hier mit Arztkittel und allem, und nachdem er von Knut die Zusicherung erhalten hatte, dass das Buch, wenn es denn ein Buch werden würde, in Trondheim oder Bergen spie-len sollte, dass Ms Familie aus einer anderen Region Pakistans stammen sollte als der, aus der sie wirklich stammte, und dass noch eine Reihe anderer Vorkehrungen getroffen würden, um seine Identität zu verbergen, begann M zu erzählen, wie er als Neunzehnjähriger mit seiner achtzehnjährigen Cousine verheiratet worden war. Seine Eltern hatten gemerkt, dass etwas mit ihm nicht stimmte, und während eines Aufenthalts in Pakistan, den M für normale Sommerferien hielt, wurde die Hochzeit gefeiert. Nach der Hochzeit, die schon seit Ms Geburt geplant und jetzt vorgezogen worden war, wurde er zusammen mit seiner Cousine in einem Haus im Dorf gefangen gehalten, und alle taten so, als wäre es die Hochzeitsreise. Sie bekamen Essen und wurden bedient, und die Cousine durfte kommen und gehen, wie sie wollte, doch M war es nicht erlaubt, das Dorf zu verlassen. Das wurde damit begründet, dass er sich in der Gegend nicht auskenne und alle sehen könnten, dass er nicht von hier war, weshalb es gefährlich für ihn wäre, allein unterwegs zu sein. Einmal war es ihm gelungen, in einen Bus zu steigen, in der Hoffnung, sich irgendwie zur Norwegischen Botschaft in Islamabad durchzuschlagen, aber nach nur zehn Minuten Fahrt war einer der Passagiere zum Busfahrer gegangen und hatte ihm etwas ins Ohr geflüstert, woraufhin der Bus umdrehte, zurück ins Dorf fuhr und direkt vor dem Haus hielt, wo Ms Onkel, der jetzt auch sein Schwiegervater war, ihn bereits erwartete.

Erst als seine Cousine im vierten Monat war, erhielt M die Erlaubnis, nach Norwegen zurückzukehren.

Knut hatte schon ähnliche Geschichten gelesen, trotzdem musste er mehrmals nachhaken. Hat sich das wirklich so zugetragen, wie konnte der Mann im Bus wissen, wer du warst, und M beantwortete geduldig jede Frage.

Ich weiß, dass das grotesk auf dich wirkt, sagte M, und das ist es ja auch. Aber meine Familie hätte es als Pflichtversäumnis betrachtet, wenn sie mich *nicht* daran gehindert hätte, mich zu outen. In ihren Augen ist *die Entscheidung für ein Leben als Homosexueller*, wie sie es nennen, genau das: eine Entscheidung, eine dekadente Entscheidung, eine egoistische und rücksichtslose Entscheidung für einen bestimmten Lebensstil, wie der Entschluss, sich die Nase piercen zu lassen oder seine Haare grün zu färben. Und auch wenn wir nie darüber gesprochen haben, weiß ich, dass sie davon überzeugt waren, ich wäre ihnen später dankbar dafür, dass sie die Verantwortung übernommen und mich daran gehindert hatten, mein Leben und das der restlichen Familie zu zerstören. Ich habe drei jüngere Schwestern, und wenn ich mich als homosexuell geoutet hätte, hätte keine von ihnen heiraten können.

M saß auf dem Bürostuhl am Schreibtisch und Knut auf dem Stuhl, der, wie er annahm, gewöhnlich den Patienten vorbehalten war. Zum ersten Mal hatte er die Gelegenheit, M eingehend aus der Nähe zu betrachten, und obwohl M auf die vierzig zuging, sah er eher aus wie Ende zwanzig. Vielleicht weil er keinen Alkohol trank. Oder vielleicht weil er und Frank das Fitnessstudio als Treffpunkt nutzten, also im Kraftraum der SATS-Niederlassung in Bislett standen und vorgaben, flüchtig bekannte Trainingskollegen zu sein. Frank hatte erzählt, dass die unschuldige Berührung, wenn M ihm beim Bankdrücken assistierte und ihre Hände und Ellbogen sich zufällig streiften, das Erotischste war, was er in seinem ganzen Leben erlebt hatte.

Anderthalb Monate lang trafen Knut und M sich zwei- bis dreimal die Woche. Knut ließ sich bei M immer den letzten Termin geben, wie M es ihm aufgetragen hatte, und zum Schein veranlasste M einige Blutuntersuchungen. Einmal wurde Knut zum Röntgen geschickt, weil er schon länger einen diffusen Schmerz am linken großen Zeh verspürte. *Diffuse Schmerzen*, lautete die Diagnose, auf die sie sich einigten, und M berichtete, er habe mit einem Kollegen über Knut gesprochen. Dem habe er erzählt, er sei mit einem echten Hypochonder gestraft, und dieser Hypochonder nehme immer den letzten Termin des Tages, damit er genug Zeit habe, alle seine Wehwehchen auszudiskutieren, worüber sie dann gelacht hätten.

Die ganze Planerei und wie M sich alle Eventualitäten ausmalte und immer viele Züge vorausdachte, imponierten Knut. Auch wenn ihm die feindliche Einstellung gegenüber Homosexualität im muslimischen Einwanderermilieu schon vorher bekannt gewesen war, war er doch automatisch davon ausgegangen, dass sie sich im Einklang mit der sie umgebenden Gesellschaft in gewissem Maße verändert hätte. Aber hier saß M und redete, als lebten sie immer noch im Jahr 1890.

Es reicht aus, von irgendeinem Taxifahrer zur falschen Zeit am falschen Ort gesehen zu werden, fuhr M fort. Und trotzdem hinterfragt es keiner, wenn ich beispielsweise bei Frank bin und zu meiner Familie sage, ich würde Überstunden machen, ich müsse die Arbeit vom Tisch bekommen und in der Praxis übernachten, weil es zurück nach Lørenskog doch ziemlich weit sei. Ganz im Gegenteil, sie helfen mir beim

Vertuschen. Oder ich behaupte, ich müsse zu einem *Seminar* oder *Kongress*. In unserem Haus sind das Zauberworte, und sie geben mir die Erlaubnis zu allem und jedem.

Aber woher weißt du, dass deine Angehörigen es wissen, fragte Knut, und M erklärte: In den Jahren vor der Hochzeit in Pakistan haben sich meine Eltern mehrfach wegen mir gestritten. Papa hat Mama vorgeworfen, mich verdorben zu haben, denn immer kriegen die Mütter die Schuld, wenn etwas nicht nach Plan läuft. Insofern wusste ich, als wir in jenem Sommer nach Pakistan reisten, was passieren würde, und ich wusste auch, dass meine Mutter es würde ausbaden müssen, wenn ich Probleme machte, daher war ich tief im Innern sogar erleichtert, als ich in diesem Bus entdeckt wurde.

Neulich habe ich in der Küche neben meiner Mutter gestanden, wir interessieren uns ja beide fürs Kochen, und während sie Chapati briet und ich mich um den Reis kümmerte, rutschte es mir einfach heraus. Ich habe einen neuen Freund, sagte ich. Frank heißt er. Er ist Grafikdesigner und wohnt in St. Hanshaugen. Ich glaube, du würdest ihn mögen. Aber Mama reagierte nicht, sie stand bloß da und briet weiter, so als hätte ich nichts gesagt, als hätte niemand etwas gesagt. Unmittelbar davor hatten wir über etwas gelacht, denn meine Mutter sieht in allen Situationen das Komische. Doch jetzt lachte sie nicht. Sie lächelte auch nicht. Sie drehte sich bloß zu mir um und fragte mit vollkommen normaler Stimme: Hast du was gesagt? Ich schaute sie an, um herauszufinden, ob sie vielleicht einen Code benutzte und mir zu verstehen geben wollte, dass sie ausführlicher darüber reden wollte, bloß nicht hier und jetzt, aber ihr Gesicht war völlig neutral, und dann redete sie einfach weiter über andere Dinge. Es war, als balancierten wir am Rand eines Vulkans, und wir standen da und plauderten.

Knut behielt sein Smartphone im Auge, um sicherzugehen, dass es alles aufnahm, was M sagte. Das hier war etwas anderes als die Belanglosigkeiten, über die weiße, ethnisch norwegische Autoren sonst meist schrieben. Er konnte es kaum erwarten anzufangen. Gern hätte er nach Einzelheiten gefragt, sich das eine oder andere bestätigen lassen. Aber zum einen wollte er nicht unterbrechen und zum anderen: Warum sollte M lügen? M saß dort in seinem Arztkittel, die Hände im Schoß gefaltet, und redete vollkommen ruhig darüber, dass er seine ganze Kindheit und Jugend hindurch regelmäßig von seinem Vater verprügelt worden war, während es die Aufgabe seiner Mutter gewesen sei, seine Schwestern zu »disziplinieren«. Gewöhnlich zog seine Mutter dazu einen Schuh aus, rannte hinter ihren Töchtern her und schlug dahin, wo sie gerade traf. Das Ganze hatte etwas Exotisches und Unwirkliches an sich, und während Knut versuchte, das Geschilderte vor sich zu sehen, verwandelte sich seine Umgebung, und bald wurde die Arztpraxis in der Pilestredet zu einem fremden, ausländischen und drittweltähnlichen Ort.

Dann musste M nach Hause. Auf dem Weg nach draußen sagte er: Meine Familie sieht nach außen modern und westlich aus. Meine Schwestern haben alle eine Ausbildung. Sie tragen nicht einmal einen Hidschab. Aber du musst nicht lange an der Oberfläche kratzen, bis etwas völlig anderes zum Vorschein kommt. Stell dir vor, du bist bei jemandem zum

Essen eingeladen, und einer von den Leuten, mit denen du am Tisch sitzt, sagt: *Hitler war ein völlig missverstandener Politiker, und der Holocaust ist zum großen Teil reine Erfindung.* Oder: *Pädophilie kann für Kinder gesund und förderlich sein, es kommt nur darauf an, wie man vorgeht.* Was würdest du über jemanden denken, der so etwas sagt?

Knut hatte geantwortet, er würde denken, der Betreffende leide unter Wahnvorstellungen. Sie standen vor der Praxis auf der Straße, und M sagte: Genau das Gleiche würden meine Angehörigen denken, wenn ich den Satz aussprache: *Ich bin homosexuell.* Sie würden es für einen Hilferuf halten und glauben, sie müssten mir helfen. So wie damals, als ich verheiratet wurde.

Knut begab sich direkt nach Hause und begann, die Aufnahme zu transkribieren. In der folgenden Woche traf er M erneut, und M erzählte weiter von seiner Kindheit und Jugend, von seinem Vater, der einen kleinen Gemischtwarenladen übernommen hatte, in dem er rund um die Uhr arbeitete und in dem M und alle seine Geschwister mithelfen mussten, und von seiner Mutter, die Hausfrau war und immer dafür sorgte, dass gutes, selbst gekochtes Essen auf den Tisch kam. Wenn M abends lange im Lesesaal gesessen hatte – zu diesem Zeitpunkt war er verheiratet und hatte zwei Kinder, wohnte aber noch mit seinen Eltern zusammen –, blieb seine Mutter auf und hielt ihm das Essen warm, bis er nach Hause kam. M sprach über alles, was seine Eltern aufgegeben hatten, als sie auf die andere Seite des Erdballs zogen, um ihren Kindern eine bessere Zukunft zu ermöglichen, und über seine eigenen Schuldgefühle gegenüber dem Vater, der im Laden Kisten geschleppt und sich den Rücken ruiniert hatte, und über das Heimweh seiner Mutter, das sich zwischenzeitlich zu einer Depression entwickelt hatte. Mama ist in Norwegen nie heimisch geworden, sagte M. Ganz einfach, weil Norwegen nicht Pakistan ist. Die Trauer darüber, nicht dort zu wohnen, wo die eigenen Wurzeln liegen, kann einem niemand nehmen, und manchmal frage ich mich, ob es nicht vielleicht besser gewesen wäre, zumindest für meine Eltern, in Pakistan zu bleiben. Ob dann nicht alles einfacher gewesen wäre. Auch für dich?, fragte Knut. Ja, in der Tat. Auch für mich, antwortete M. Da wäre es überhaupt nicht infrage gekommen, offen homosexuell zu leben. Es wäre keine Option gewesen. Hier baumelt mir die ganze Zeit ein anderes Leben vor der Nase, als Versuchung, als etwas, das mich quält, weil ich es nicht bekommen kann, als etwas, das für jemanden wie mich außer Reichweite ist. Und dann schaue ich meine Eltern an und sehe ihre Trauer, obwohl alle ihre Kinder eine Hochschulausbildung haben – eine meiner Schwestern ist Pharmazeutin, eine andere Juristin –, haben sie ständig das Gefühl, nicht dazuzugehören, und das beruht in erster Linie auf der Tatsache, dass Norwegen nicht Pakistan ist. Das ist die Trauer der Migranten, und gegen die kann ihr neues Land nichts ausrichten. Deshalb gibt man ihr alle möglichen anderen Namen, um etwas oder jemand anderem die Schuld geben zu können, vielleicht um die Illusion aufrechtzuerhalten, dass die Trauer irgendwie verschwinden könnte, wie bei meinen Patienten, die in die Praxis kommen und eine Diagnose haben wollen, denn wo es eine Diagnose gibt, gibt es meist auch Medikamente. Aber diese Diasporatrauer, wie ich sie nenne, die kann keiner heilen.

M berichtete, und Knut vergewisserte sich, dass sein Smartphone das Gesagte aufzeichnete, und während M redete, dachte er darüber nach, ob er die Geschichte in der Ich-Form schreiben sollte, wie M sie erzählte, oder ob er ganz einfach als er selbst schreiben sollte, als der Schriftsteller Knut, der eine Schreibblockade hat und eines Tages M trifft, vielleicht an einer Bushaltestelle, woraufhin sich die Blockade löst.

Jetzt ist Papa in Pakistan, fährt M fort. In dem Haus, von dem er all die Jahre geredet und für das er sich krummgelegt hat und das vor ein paar Jahren endlich fertig geworden ist. Denn davon hat er ja geträumt, heimzukehren als gemachter Mann. Aber das Dorf ist nicht mehr dasselbe wie vor vierzig Jahren, einige sind gestorben, und einige sind weggezogen, jetzt wohnen dort andere Leute, und Papa sitzt in seinem Palast, allein in den großen Räumen, außer ihm ist dort nur ein alter, buckeliger Diener, der in einem kleinen Zimmer ohne Fenster haust und von Papa herumkommandiert wird. Wenn wir mit ihm skypen, können wir sehen, wie der Diener hier und da ein bisschen fegt und Tee serviert. Papa hat ihn instruiert, damit wir sehen, wie gut wir es in Pakistan haben könnten, mit Dienern und mehr Platz als hier. Das Dorf ist voll von diesen leeren Palästen, die sich aus Norwegen zurückgekehrte pakistanische Taxifahrer und Ladenbesitzer haben erbauen lassen, wo der Herr des Hauses mit seinem Hausdiener sitzt und dem Rest der Familie in den Ohren liegt, sie solle doch endlich nachkommen. Erstaunlicherweise will aber nicht einmal Mama dorthin, wie sehr sie auch all die Jahre geklagt hat. Mein Leben spielt sich jetzt in Oslo ab, hier sind meine Kinder, sagt Mama. Oder sie sagt, sie werde kommen, bleibt aber untätig. Sie ist störrisch wie ein Esel. Eine Zeit lang habe ich gehofft, sie würde nachgeben und hinfliegen, denn mit beiden dort in Pakistan gäbe es vielleicht eine Chance, dass ... aber wie auch immer, vor Kurzem habe ich gerüchteweise gehört, dass Papa wieder geheiratet haben soll, also wird sie auf keinen Fall zu ihm ziehen. Abends möchte sie sich mit mir zusammen Bollywood-Filme ansehen. Für die ich mich überhaupt nicht interessiere. Sie glaubt wohl, dass ich mich dafür interessiere, weil ich schwul bin. Schau her, sagt sie, der hier ist schön, der wird dir gefallen, denn darin gibt es besonders viel Gesang und Tanz. Dabei hatte ich nie Sinn für Gesang oder Tanz, und das weiß sie genau. Mich haben immer Fußball und Cricket begeistert, Sport überhaupt, und trotzdem hält sie daran fest, und mit diesem Gespräch, das wir etwa zweimal im Monat führen, kommt sie einem Eingeständnis am nächsten.

Dann mussten sie ihr Gespräch wieder beenden, und als sie durch die leeren Praxisflure liefen, sagte M, es sei das erste Mal, dass er jemandem die ganze Geschichte erzähle. Ich bin mir nicht sicher, ob das wirklich eine gute Idee ist, setzte M hinzu, während sie auf den Aufzug warteten, und um ihn zu beruhigen, beschrieb Knut noch einmal, wie er M und seine ganze Familie anonymisieren würde, woraufhin M präzisierte: Es geht nicht darum, dass ich dir nicht vertraue. Die Verleugnung in meiner Familie ist ohnehin so total, dass meine Angehörigen die Ersten wären, die mir beim Vertuschen helfen würden, wenn jemand mich mit diesem Buch in Verbindung brächte. Das Problem ist, dass ich fast nicht mehr geschlafen habe, seit ich angefangen habe, mit dir zu reden. Alles kommt wieder hoch. Ich habe diese Jahre ja nur überstanden, indem ich alles verdrängt habe, und ich verdränge weiterhin, jeden Tag. Der Aufzug kam, und beim Hineingehen sagte M: Frank lebt in einer Illusion. Er glaubt, er muss nur lange genug warten. Er begreift nicht, wie abwegig es ist, dass wir einmal richtig zusammenleben, als offizielles Paar, mit gemeinsamer Adresse. Hin und wieder schickt er mir Links zu Wohnungen oder Reihenhäusern, die er gefunden hat, meist in Lørenskog, weil er sich ein normales Leben vorstellt, in dem ich ein normaler geschiedener Vater bin, der die Hälfte der Zeit die Kinder hat. Mehrmals habe ich versucht, ihm zu erklären, wie es sich tatsächlich verhält, aber es wirkt, als dringe ich nicht zu ihm durch. Oder als glaube er es nicht. Und deshalb lasse ich ihn weiterträumen. Erst neulich hat er die Möglichkeit einer Leihmutter ins Spiel gebracht und darüber sinniert, wer von uns das Sperma liefern solle und an wen, damit das Kind die richtige Haut- und Haarfarbe bekäme, sodass es so aussähe, als seien wir beide die Eltern des Kindes, und in solchen Momenten mache ich mir schon Sorgen um ihn und frage mich, ob er dabei ist, ein psychisches Leiden zu entwickeln. Würde er die Situation jedoch wirklich verstehen, würde er endgültig Schluss machen. So wie es jetzt ist, können wir uns wenigstens hin und wieder sehen, so habe ich wenigstens das. Mich selbst und mein persönliches Glück, Freude, Selbstverwirklichung oder wie auch immer man es nennen will, habe ich schon vor langer Zeit aufgegeben. All das habe ich schon lange begraben. Ansonsten könnte ich es nicht ertragen. Aber ohne Frank könnte ich es auch nicht ertragen. Und schon gar nicht ohne meine Kinder.

Knut döst auf der Bank auf dem Friedhof vor sich hin. Er hat noch eine Viertelstunde bis zum Treffen mit seinem Lektor, dem Mann, der von Anfang an dabei gewesen ist. Bei Knuts Büchern läuft es immer so, dass er seinem Lektor zwanzig, dreißig Seiten schickt, danach holpert es ruckweise weiter, bis Knut eines schönen Tages mit einem fertigen Manuskript von rund 250 Buchseiten dasitzt, ohne recht zu verstehen, wie es zugegangen ist. Er hatte nie das Gefühl, ganz fertig zu sein, und jedes Mal hatte sein Lektor ihn zur Abgabe des Manuskripts überreden müssen.

Er hat immer davon geträumt, seinem Lektor ein komplett fertiges Manuskript zu schicken. Stattdessen hat der Lektor Knuts chaotischen Schreibprozess vom ersten Tag an begleitet, und wenn Knut an den ganzen Schrott denkt, durch den sein Lektor sich hatte pflügen müssen, bis die Bücher schließlich in den Druck gegangen waren, fantasiert er oft davon, ihn umzubringen – mit einer sauberen und schmerzfreien Methode wohlgemerkt –, damit es keine Zeugen gibt.

Doch diesmal war es anders. Knut ging nach Hause und transkribierte die Aufnahmen, in der Woche darauf suchte er wieder die Praxis auf und unterhielt sich erneut mit M, und so machten sie weiter, nach ein paar Monaten gab er M circa hundert Seiten, als Papierausdruck, weil es zu riskant gewesen wäre, sie per E-Mail zu schicken, und M las und kommentierte sie oder stellte etwas richtig, das Knut falsch verstanden hatte, und bald konnte Knut sich daranmachen, die Geschichte zusammenzufügen. Er legte M die Erzählung in den Mund, und bald hatte er ein Manuskript von immerhin 280 Seiten. Daran war noch viel zu tun, es gab einige Unstimmigkeiten in der Chronologie, beim Tempusgebrauch und so weiter, aber all das war Kleinkram. Die Hauptsache war, dass Knut seinem Lektor zur Abwechslung mal ein vollständiges Manuskript abliefern konnte.

In den nächsten Tagen wunderte er sich darüber, dass der Lektor sich nicht bei ihm meldete. Er hatte eine SMS außerhalb der Arbeitszeit erwartet: *Das ist das Beste, was du je geschrieben hast, wie schön, endlich einmal nichts über die weiße norwegische Mittelschicht lesen zu müssen* usw. Knut war sicher, all das und noch mehr würde in sein Handy strömen, noch dazu mitten in der Nacht. Es verging jedoch eine Woche, ohne dass er etwas hörte.

Aber er ist ja nicht der Typ, der sich leicht begeistern lässt, beruhigte sich Knut. Er hat sicher für sich die Regel aufgestellt, Autoren keine überschwänglichen Nachrichten zu schicken, weil der Autor dann beim nächsten Mal denselben Enthusiasmus erwarten würde, vielleicht sogar noch größeren, und daher hat er beschlossen, Autoren nie außerhalb der Arbeitszeit zu kontaktieren …

Am zehnten Tag, um die Mittagszeit, schrieb Knut eine E-Mail: *Hast du es gelesen?*

Die Antwort kam erst am nächsten Morgen: *Ja, hab ich. Wann können wir uns treffen?*

Einige Tage später ging Knut zum Verlag, um seinen Lektor zu treffen.

Hallooo, sagte der Lektor, als er Knut in der Rezeption in Empfang nahm, ohne dass es Knut gelang, irgendetwas aus dieser Äußerung oder der Art, wie sie vorgebracht worden war, herauszulesen.

Auf dem Weg zum Büro studierte er den Gang seines Lektors, wie Passagiere mit Flugangst die Stewardessen studieren, aber er konnte nichts Ungewöhnliches feststellen, weder in die eine noch die andere Richtung.

Noch hoffte er. Knut hatte keine andere Wahl. Er hatte zwei Monate konzentrierter Arbeit hinter sich, er hatte sich stundenlang vom Internet abgekoppelt und sogar eine geheimnisvolle Statusaktualisierung bei Instagram gepostet, mit dem auf dem Schreibtisch liegenden Manuskript und den Bäumen im Hof als Hintergrund. Bevor er das Ganze postete, hatte er sich vergewissert, dass nichts vom Text lesbar war, ganz egal, wie weit man das Bild vergrößerte, und darunter schrieb er: *Neuer Roman unterwegs!*

Der Post hatte über dreihundert Kommentare bekommen, alle positiv.

Der Lektor hielt ihm die Tür auf, sie betraten das Büro und setzten sich in ihren jeweiligen Sessel. Auf dem kleinen Salontisch lag das Manuskript, das Knut per E-Mail geschickt und sein Lektor auf dem riesigen Verlagsdrucker drüben im Flur ausgedruckt hatte. In den zwei Wochen, die vergangen waren, hatte Knut sich ausgemalt, wie sein Lektor bei den anderen Lektoren in der Bürotür stand und ihnen Passagen daraus vorlas.

Der Lektor lehnte sich zurück und verschränkte die Arme. Du warst wirklich fleißig, sagte er, woraufhin Knut nickte. Von seinem Platz aus konnte er sehen, dass der Lektor etwas mit rotem Kugelschreiber auf das Deckblatt des Manuskripts geschrieben hatte. Nicht viel, nur ein paar Worte. Das konnte bedeuten, dass es sehr gut war und deshalb keine weiteren Kommentare brauchte, aber es konnte auch bedeuten, dass es so schlecht war, dass es nicht viel zu sagen gab.

Ich weiß nicht, wie ich es sagen soll …, meinte sein Lektor schließlich, und Knut konnte nicht mehr an sich halten: Jetzt komm schon. Ist es einfach nur Mist? Der Lektor griff nach dem Manuskript und legte es sich auf den Schoß. *Mist* würde ich es nicht nennen … aber, na ja … ich würde sagen, es ist ziemlich … zusammenhangslos.

Und dann sagte sein Lektor die Worte, die Knut sein Leben lang nicht vergessen wird:

Ich sage es geradeheraus, denn ich glaube, du hältst das aus. Er hielt das Manuskript mit der einen Hand hoch und klopfte mit der anderen dagegen. Das hier … das musst du aufgeben. Ein homosexueller norwegischer Anwalt pakistanischer Abstammung, das geht nicht. Die Sache mit dem Campingkocher auf dem Wohnzimmerfußboden und dass sie das ganze Haus in Brand setzen … und die ganze Gewalt … und dann diese Zwangsheirat. Nein, also das ist ganz einfach *überzeichnet* …

Aber es ist wirklich passiert, ich habe recherchiert und kann es beweisen, sagte Knut, und er konnte hören, wie seine Stimme schrill wurde, und mitten in einem Wort musste er schlucken. Der Lektor schüttelte den Kopf. Das nützt nichts, sagte er. Es muss irgendwo verankert sein, *verwurzelt.*

Knut sah im Geiste vor sich, wie der Lektor aus großer Höhe nach unten fiel und sein Kopf auf dem Asphalt wie eine überreife Melone zerplatzte.

Hör zu, fuhr sein Lektor fort, wir haben hier im Haus einen Mann eingestellt, der fast denselben Hintergrund hat wie deine Quelle, und als er das Manuskript gelesen hat … also er war gelinde gesagt erschüttert. Er ist vorgestern mit der Lektüre fertig geworden und hat gesagt, es sei das Furchtbarste, was er in seinem ganzen Leben gelesen hat. Im Moment ist er sogar krankgeschrieben.

Er ist krankgeschrieben, nachdem er mein Manuskript gelesen hat, vergewisserte sich Knut, dabei suchte er im Gesicht des Lektors nach Anzeichen dafür, dass das Ganze ein Witz sein sollte.

Aber voller Ernst erwiderte der Lektor seinen Blick.

Also das Projekt musst du auf jeden Fall aufgeben. So wie es jetzt ist, können wir es zumindest nicht herausgeben. Das heißt, auch in keiner anderen Form, um ehrlich zu sein. Um unseren neuen Gutachter zu zitieren: Der *Ausgangspunkt* an sich ist falsch. Also, dass du, ein weißer Mann, über einen Pakistaner schreibst. Das kann nichts werden, sagt er. *Ganz egal,* wie du es angehst.

Aber das kann doch nicht dein Ernst sein, sagte Knut. Dass

der Gutachter so denkt, ist ja das eine, aber stimmst *du* ihm da wirklich zu? Ganz ehrlich?

Etwas flackerte über das Gesicht seines Lektors, aber bevor Knut es zu fassen bekam, war es verschwunden.

Nun komm schon, insistierte Knut. Wir sind doch unter uns.

Der Lektor räusperte sich. Dann sagte er: Es tut mir leid, aber ich muss unserem neuen Gutachter wirklich recht geben.

Er wirkte peinlich berührt, Knuts wegen. Als hätte Knut sich angewöhnt, in aller Öffentlichkeit die Hosen herunterzulassen und sein Geschäft zu verrichten, und als wäre es jetzt Aufgabe des Lektors, ihm das wieder abzugewöhnen, ihn wieder in die richtige Spur zu bringen.

Knut eilte nach Hause, und während er seinen Fantasien, dass der Lektor ums Leben kam, in Rente ging oder einfach aufhörte zu existieren, freien Lauf ließ, rief er die Website des Verlags auf und informierte sich über diesen neuen Gutachter. Nach ein wenig Schnüffelei in den sozialen Medien wurde klar, dass die Person dreißig Jahre alt war und einen Bachelor in »Asien- und Nahoststudien« und einen weiteren in »Kultur und Kommunikation« besaß. Er war in Sri Lanka geboren, im Alter von drei Monaten von einer norwegischen Familie adoptiert worden und dann in Bærum aufgewachsen. Sein Profilbild bei Facebook zeigte ihn in einer exotischen dunkelroten Tracht mit riesigen, perlenverzierten Schulterpolstern. Auf dem Kopf trug er einen an eine Baskenmütze erinnernden Hut in derselben Farbe, auf dem oben etwas befestigt war, das wie ein kleiner Kerzenständer aussah. Nach weiteren Google-Recherchen stellte sich heraus, dass es sich bei der Kleidung um eine traditionelle Tracht aus Sri Lanka, dem Geburtsland des Gutachters, handelte.

Nachdem er das Bild lange Zeit angestarrt hatte, klappte Knut den Laptop wieder zu und begann, in dem Ausdruck des Manuskripts zu blättern, den sein Lektor ihm mitgegeben hatte. Die Seiten waren voll mit Unterstreichungen und roten Anführungszeichen am Rand, die der *Sri Lanker* – wie sich der Gutachter in den sozialen Medien nannte, obwohl er, seit er drei Monate alt war, nicht mehr in Sri Lanka gelebt hatte – dort platziert hatte, allerdings ohne weitere Erklärungen. Es blieb Knut selbst überlassen, zu erraten, was der Sri Lanker gemeint haben könnte.

Knut sah auf einer Karte nach und fand heraus, dass Sri Lanka und Pakistan etwa so weit auseinanderliegen wie Norwegen und Frankreich.

Hätte man einer Person, die in Frankreich geboren, aber in Pakistan aufgewachsen ist, die Aufgabe übertragen, ein Manuskript zu lesen, das von einem Norweger handelt, aber von einem Pakistaner geschrieben worden ist, um eventuelle kulturelle Fehler zu korrigieren?

Knut kam zu dem Schluss, dass die norwegische und französische Kultur von Pakistan aus gesehen vermutlich identisch erscheinen, aber zu diesem Zeitpunkt war ihm auch schon ziemlich schwindelig, und er fühlte sich noch älter und erschöpfter als gewöhnlich.

Sag deinem Lektor, er kann mich kontaktieren, sagte M, der

Knut noch am selben Nachmittag aus der Praxis anrief, um zu hören, wie das Gespräch gelaufen war. Das Gleiche gilt für den Typen, der angeblich aus Sri Lanka stammt. Sag ihnen, sie sollen mich anrufen, dann kann ich ihnen bestätigen, dass alles, was du schreibst, bis ins Detail stimmt und dass es *in Wirklichkeit noch viel schlimmer war*. Aber du wolltest es ja abmildern, damit es nicht zu *überzeichnet* erscheint, das war doch das Wort, das du benutzt hattest, oder?

Das nützt nichts, antwortete Knut. Sie werden das Buch nicht machen.

Wochenlang schrieb und las er nichts. Er geriet in eine Phase, in der er nur fernsah und Radio oder Podcasts hörte, Letztere meist aus der Sparte, die Tipps und Ratschläge für ein besseres Leben gibt. Eine Zeit lang trank er keinen Alkohol. Einige Wochen aß er nur Gemüse, danach nur Fleisch und Molkereiprodukte. Er trank zu jeder Mahlzeit einen halben Liter Wasser. Er aß kein Brot und keine Kartoffeln mehr, er verzichtete auf Kaffee. Er klebte sich den Mund zu, weil es angeblich gesund war, ausschließlich durch die Nase zu atmen. Aber nichts davon half gegen das Gefühl, dass alles zu Ende war und er nichts mehr beizutragen hatte.

Um die Dinge in Perspektive zu setzen, blieb er nachts auf und sah sich Dokumentationen über Stalin, Mao und andere Despoten an, die für Hungerkatastrophen und Millionen Tote verantwortlich waren.

Er tastete sich langsam an sein Bücherregal heran, nahm die Klassiker heraus und fing an, sie zu lesen, in der Hoffnung, neue Impulse zu bekommen, aber die Worte wirkten bedeutungslos und wollten sich nicht zu Sätzen und Absätzen zusammenfügen, sie schwirrten bloß als das herum, was sie waren: kurze und lange Aneinanderreihungen von Buchstaben.

Er tigerte durch die Wohnung und führte Selbstgespräche. *Ich glaube, ich bin kein Schriftsteller mehr, wenn ich denn jemals einer war. Ich glaube, es ist vorbei.*

Und als wäre das Universum wirklich darauf aus gewesen, Knut den Rest zu geben, erschien gerade zu dieser Zeit das letzte Buch der Wirklichkeitsbeschreiberin. Darin konnte Knut eine Schilderung von sich selbst unter vollem Namen lesen, als grinsendes, stinkendes und lüsternes altes Schwein.

Aber jetzt will sein Lektor mit ihm Kaffee trinken. Dann ist also doch noch etwas geblieben. Dann ist nicht alles aufgebraucht und weg. Genau wie ein Felsen am Strand, der im Laufe eines langen, sonnigen Sommertages aufgewärmt worden ist, erst lange nach Einbruch der Dunkelheit erkaltet, und nachdem Knut diesen poetischen Satz in sein Moleskine-Notizbuch geschrieben hat, erhebt er sich von der Friedhofsbank, einer Bank, die er bereits als sein Zuhause zu betrachten beginnt, und macht sich auf zur Bibliothek von Lillehammer.

Die Sonne scheint, Mensch und Tier flanieren die Straßen und Bürgersteige entlang, betreten und verlassen Geschäfte.

Infrastruktur. Alles ist in Bewegung, alles funktioniert.

Nur draußen vor dem Secondhandladen Fretex steht ein Schild.

Alle Bücher umsonst!

8

»Hast du schon mitbekommen, dass Bücher jetzt verschenkt werden?«

Knut und sein Lektor sitzen in Lillehammer im Café der Bibliothek, und eine junge Frau hat für Knut soeben einen Kaffee zubereitet, dabei gelächelt und gezwitschert wie ein glücklicher kleiner Vogel, sodass Knut sich beherrschen musste, seinerseits nicht zu breit zu lächeln und zu laut zu lachen und so als das zu erscheinen, was er, wenn man einem noch dazu preisgekrönten Buch glauben will, ist: ein altes Schwein. Stattdessen versuchte er, sich darüber zu freuen, dass sein Lektor die Kreditkarte des Verlags zückte und die Focaccia, das Schokocroissant und den frisch gepressten Orangensaft ebenso wie den doppelten Cortado bezahlte – das alles wird gerade von dem zwitschernden kleinen Vogel vor ihm auf den Tisch gestellt –, weil das die Bestätigung dafür ist, dass der Verlag immer noch an ihn glaubt.

Der Lektor mustert den Berg an Essen, der vor Knut hingestellt wird. Selbst hat er nur grünen Tee bestellt. In Oslo joggt er jeden Morgen zur Arbeit und duscht dann im Bad des Verlags. Das weiß Knut aus Interviews, denn es handelt sich um den berühmtesten Lektor Norwegens, und als er vor vielen Jahren von seinem alten Verlag zu dem Verlag, den Knut in Gedanken immer noch »seinen neuen Verlag« nennt, gewechselt ist, ist ihm sein ganzer Autorenstall gefolgt, Knut eingeschlossen, der damals erst ein Buch veröffentlicht hatte und sich mit seinem Lektor dennoch so verbunden fühlte wie ein Schildkrötenjunges mit der Schildkrötenmutter. Jetzt ist er sich da nicht mehr so sicher. Allerdings ist er sich bei überhaupt nichts mehr sicher.

»Wo verschenken sie Bücher?«

»Bei Fretex, in alten Telefonzellen, in Pubs. Überall gibt es Bücher, und niemand will sie haben.«

Der Lektor seufzt.

»Ja, das ist ein Problem. Gedruckte Bücher verkaufen sich nicht mehr so gut. Dafür haben Hörbücher gewaltig zugelegt. Aber wie ist es bei dir, wie läuft es mit dem Schreiben? Arbeitest du an was Neuem? Möchtest du, dass ich was lese?«

»Nein, leider nicht«, sagt Knut. »Seit letztem Sommer habe ich kein Wort mehr zu Papier gebracht.«

Der Lektor versteht die Andeutung nicht, obwohl er selbst Knuts Manuskript über M im letzten Sommer abgelehnt hatte.

Knut nimmt einen Schluck Kaffee und einen Bissen von der Focaccia.

»Seit letztem Sommer habe ich eine Schreibblockade«, fügt er mit dem Mund voller Focaccia hinzu. Aus irgendeinem Grund möchte er nicht erzählen, dass er angefangen hat, Tagebuch zu schreiben.

»›Schreibblockade‹, das ist bloß eine Ausrede. Du musst

einfach in Gang kommen. Setz dich hin, *und bleib sitzen.* Schöne Grüße von Ibsen. *Setz dich hin, und bleib sitzen.* Das soll er gesagt oder geschrieben haben.«

Der Lektor wirkt müde, er leiert die Worte herunter wie einen Spruch, den er schon viele Male aufgesagt hat, was wahrscheinlich auch der Fall ist, trotzdem ist nicht zu übersehen, dass er versucht, sich zusammenzunehmen. Vielleicht weil er wegen der Ablehnung von Knuts letztem Manuskript ein schlechtes Gewissen hat. So oder so ist es ein gutes Zeichen, beschließt Knut bei sich.

»Ibsen hatte kein Internet.«

Der Lektor weist ihn auf eine App hin, die den Zugang zum Internet blockiert, und Knut nickt und gibt vor, noch nichts von dieser App gehört zu haben, dabei hat er das natürlich, und nicht nur das, er hat sie vor vielen Jahren gekauft und heruntergeladen. Nicht dass es geholfen hätte, denn bald fand er Hintertürchen, durch die er trotzdem ins Netz gelangte, und dann saß er da und schwirrte wieder auf YouTube und Twitter herum, während die Stunden vergingen. Dieses Verhalten erinnert an eine Passage aus der Autobiografie eines alkoholabhängigen schwedischen Schriftstellers, wo dieser schreibt, er habe angefangen, das Medikament Antabus einzunehmen, um mit dem Trinken aufzuhören, nur um in null Komma nichts herauszufinden, wie er trotz Antabus trinken konnte, woraufhin er mit beidem weitermachte, mit dem Antabus wie dem Trinken.

Knut hat alles gelesen, was an Selbsthilfebüchern auf dem Markt ist zu den Themen Prokrastination, Schreibblockade, Widerstände oder wie auch immer man das nennt, was Knut plagt – in Bezug auf sich selbst nannte er es immer nur schiere *Faulheit*. Wie eine übergewichtige Person, die Bücher übers Abnehmen liest, während sie auf dem Sofa liegt und Donuts futtert, durchforstet Knut das Internet nach Büchern und Podcasts über Schreibprobleme, anstatt zu schreiben.

Knut trinkt einen Schluck von seinem Saft.

»Lange Zeit habe ich mich von der Menschheit abgekoppelt gefühlt wie ein Eisenbahnwaggon, der auf einem Nebengleis abgestellt wurde, und jetzt ist auch dieses Nebengleis abgekoppelt worden. Es kommt mir vor, als würde mein innerer Motor nicht richtig funktionieren, oder das Leitungssystem. Ich würde am liebsten in den Wald gehen und mich mit dem Gesicht nach unten ins Moos legen. Unter einer Fichte.«

Der Lektor antwortet nicht, und Knut bekämpft den Drang, sein Moleskine-Buch herauszuholen und all diese schönen Sätze hineinzuschreiben, die sich ganz bestimmt als Anfangssätze für einen oder mehrere Romane, oder wenigstens Novellen oder vielleicht kleine Kurzprosastücke, verwenden lassen. Wenn er in einem Café sitzt, schreibt er immer in sein Moleskine-Buch, nie ins Handy. Dabei schaut er träumerisch und gedankenverloren ins Leere und täuscht dann plötzlich einen Geistesblitz vor, woraufhin er, völlig absorbiert, zu schreiben beginnt. So eitel ist er.

Geht man einer Sache, ganz egal welcher, auf den Grund, liegt dort die Eitelkeit und paart sich mit der Langeweile und der Angst vor Schmerzen.

Geht man einer Sache, ganz egal welcher, auf den Grund, liegt dort die Eitelkeit und paart sich mit der Langeweile und der Angst vor Schmerzen, schreibt er in sein Moleskine-Buch, das er nun doch herausholt, denn eben ist der Lektor zur Toilette gegangen.

Der Lektor hatte so getan, als hätte er Knuts Ausführungen über abgekoppelte Eisenbahnwaggons und seinen Wunsch, in den Wald zu gehen und sich unter eine Fichte zu legen, nicht gehört, vermutlich weil sie ihn an die Ergüsse erinnern, die er bei jedem von Knuts Büchern aus dem ersten Entwurf streichen muss. *Sei konkret,* pflegt er zu sagen, und als er von der Toilette zurückkommt, empfiehlt er:

»Die Hauptsache ist, dass du schreibst. Schreib mindestens fünf Seiten pro Tag, egal worüber. Schreib Tagebuch. Deine Ex-Frau Lene schreibt ja auch Tagebuch, alle ihre Bücher haben darin ihren Ursprung. Zumindest behauptet sie das in Interviews.«

Knut nickt und verschweigt, dass er bereits mit dem Tagebuchschreiben angefangen hat, aber es schmerzt ihn, dass der Lektor sich herausnimmt, das Gespräch auf Lene zu bringen. Wäre er etwas mehr bei der Sache, hätte er merken müssen, dass es keine so gute Idee ist, hier und jetzt und in diesem Zusammenhang Lene zu erwähnen.

»Aber du«, sagt der Lektor, als fiele es ihm erst jetzt ein. »Du sollst ja mit …«, und dann nennt er den Namen der Wirklichkeitsbeschreiberin, »… sprechen. Ihr seid morgen im Zelt, stimmt's? Wann war das noch gleich?«

»Um eins.«

»Sie hat doch in ihrem letzten Buch über dich geschrieben, oder?«

»Ja, davon habe ich gehört.«

»Hast du es nicht gelesen?«

»Nein. Habe ich nicht. Aber apropos Tagebuchschreiben. Wenn man versucht, scheinbar einfache, alltägliche Begebenheiten zu beschreiben, stellt sich ziemlich schnell heraus, dass sie sich unendlich tief in Raum und Zeit verästeln, sodass man für eine einzige Stunde im Endeffekt mindestens einen Monat benötigt. Was all die Autoren betrifft, die behaupten, sie bedienten sich der ›Wirklichkeit‹: Sie dichten einfach drauflos, genau wie wir anderen. Sie fügen hinzu und lassen weg. Anders geht es nicht.«

Der Lektor grüßt jemanden, der hinter Knut vorbeigeht, sein Gesicht leuchtet auf und wird dann wieder ausdruckslos, als sich sein Blick zu Knut zurückbewegt.

»Jaja. Du weißt, du kannst mir schicken, was du willst, wann du willst. Ich bin bereit.«

Dann wird es still zwischen ihnen, denn der Lektor hat sein Smartphone hervorgeholt und starrt darauf. Knut nutzt die Gelegenheit, um sein Schokocroissant in eine Serviette einzuwickeln und weiter in seine Jackentasche zu schmuggeln, um es für später aufzuheben.

Der Lektor legt das Smartphone auf den Tisch und rutscht unruhig hin und her, sein Blick flackert, er will weg. Auch Knut will weg. All diese Menschen hier im Café können aufstehen und gehen, während Knut in dieser Hülle feststeckt, die er nun einmal ist.

Beinahe hätte er gesagt, er wolle *mit der Schriftstellerei aufhören, und dieses Mal im Ernst.*

Aber zum einen hat er das schon so oft gesagt und zum anderen: Na und? Dann gibt es einen egozentrischen Autor weniger, dem man gut zureden und für den man bezahlen muss. Wie unglaublich satt Leute, die mit Autoren arbeiten, diese doch haben müssen. Knut hat gehört, dass man im Verlag ein Fest, das nur für die Lektoren und Verlagsangestellten ausgerichtet wird, *Erwachsenenfest* nennt.

Ich habe dich auch satt, möchte Knut sagen, aber damit würde er sich in ein Dickicht begeben, aus dem es keinen Weg heraus gibt, außer man legt den Rückwärtsgang ein und bittet auf tausend verschiedene Arten um Entschuldigung.

Und dennoch – da sitzen die Lektoren in ihrem Büro mit ihrem festen Gehalt und nehmen entgegen und kritisieren, kritzeln mit Kugelschreiber auf die hart erkämpften Worte der Autoren. Sitzen da, lesen und machen Notizen am Rand, Seite für Seite. Während jeder Autor für sich in seiner einsamen kleinen Hülle gefangen ist und noch mehr hervorhusten soll, mehr, mehr, mehr.

Knuts Kaffeetasse ist leer. Sein Teller ist leer, abgesehen von ein paar Krümeln der Focaccia.

Die Tasse des Lektors mit dem grünen Tee ist ebenfalls leer, und jetzt hebt er die Hände und lässt sie schwer auf den Tisch fallen, das Signal zum Aufbruch.

Was macht der Lektor, wenn ihn niemand sieht? Passiert es ihm auch, dass er mitten in der Nacht aufwacht und an den Tod denkt?

»Zweihunderttausend Leser können nicht irren«, sagt sein Lektor, wie er es schon so oft gesagt hat, denn das Erfolgsbuch hat in mehr als zwanzig Jahren eine Auflage von über zweihunderttausend Exemplaren erreicht, alle Publikationsformen mitgerechnet, und sein Lektor würde es, ebenso wie alle anderen im Verlag und auch sonst in der norwegischen Buchbranche, gern sehen, wenn Knut eine Fortsetzung des Erfolgsbuchs schriebe, anstatt in allem möglichen anderen Zeugs herumzuwühlen.

»Wieso nicht?«, entgegnet Knut. »Viele der Leser sind außerdem mittlerweile tot. Sie waren damals schon alt. Und natürlich können sie irren. Millionen von Menschen können irren. Millionen von Menschen waren für Hitler.«

Der Lektor steht auf. Er ist an Knuts Versuche, Zeit zu schinden, gewöhnt.

»Schreib Tagebuch. Das scheint mir eine gute Idee zu sein. Wir sprechen uns! Und viel Erfolg!«

Er setzt sich in Bewegung, bleibt jedoch noch einmal stehen und dreht sich um.

»Ach ja, gehst du zu der Festveranstaltung heute Abend? Wir wollen vorher in dieses Restaurant, wie heißt es noch gleich, es ist ganz neu, kommst du mit? So gegen halb sechs? Ich schicke dir eine Nachricht.«

»Gern«, sagt Knut, dann ist der Lektor verschwunden.

Knut bleibt noch etwas sitzen, dann holt er sein Smartphone heraus und schickt Lene eine Nachricht.

Wo bist du? Hast du Zeit für einen Kaffee? Würde gern über Lukas reden.

Eigentlich hat Knut über Lukas nichts Neues zu sagen, aber er weiß, wenn er Lukas erwähnt, erhöht sich die Chance, Lene für sich allein zu haben.

Kann in einer halben Stunde im Café im Park sein. Treffen wir uns da?

Knut schickt eine Sonne zurück.

Er mag diese Hieroglyphen. Wie oft hat er nicht schon davon fantasiert, Tierlaute auszustoßen, anstatt zu reden. Wenn man zum Beispiel Leute trifft und nicht weiß, was man sagen soll, wie viel besser wäre es da, man könnte bellen oder knurren, muhen oder zwitschern, und jedes Mal, wenn Knut eine solche Hieroglyphe verschickt, ist es, als stieße er anstelle der ewigen Worte diverse Tierlaute aus.

Er geht direkt zum Café im Park, das jetzt fast leer ist, also muss gerade Veranstaltungspause sein. Dort bestellt er einen Caffè Americano und bezahlt ihn mit einem Gutschein. Von denen hat er nach wie vor ein dickes Bündel, zum einen, weil der Lektor ihm das Essen im Bibliothekscafé, wo die Gutscheine ohnehin nicht als Bezahlung akzeptiert werden, spendiert hat, zum anderen, weil er Frank keine Gutscheine abgegeben, sondern sie alle selbst behalten hat.

Nachdem er den Kaffee getrunken hat, holt er sich ein Bier. Er hält nach Lene Ausschau, und als sie schon eine Viertelstunde über der verabredeten Zeit ist und er ihr gerade eine SMS schreiben will, sitzt sie plötzlich vor ihm.

»Soso, du feierst schon.«

»Warum haben wir uns eigentlich scheiden lassen?«

»Wie viel hast du getrunken?«

»Man macht einen Fehler, und dann wächst dieser Fehler, und bald ist man nur noch ein winzig kleines Insekt, das versucht, sich im Pelz seines gigantischen Fehlers festzuklammern.«

Lene schaut ihn nur an. Es hat etwas Intimes, dass sie keine Lust hat, ihm zu antworten, ja, noch nicht einmal Lust hat zu sagen, dass sie keine Lust hat, sich seine philosophische Quengelei über die Vergangenheit anzuhören, sondern einfach sagt:

»Ich brauche einen Kaffee. Bestellt man hier am Tisch?«

Knut steht auf.

»Ich lade dich ein. Ich bin nämlich reich.«

Er holt das ganze Bündel Gutscheine aus der Tasche und zieht sie elegant zu einem kleinen Fächer auseinander, so wie ein Mafioso es mit seinen Geldscheinen macht. »Was möchtest du haben?«

Lene lächelt. »Du meine Güte. Dann hätte ich gern einen Cappuccino double shot.«

Knut kommt mit dem Cappuccino zurück und stellt ihn vor Lene ab, die ihn wieder anlächelt.

»Lillehammer, ja. Da wären wir wieder. Ist es nicht komisch, daran zu denken, wie wir uns damals abgemüht haben, und jetzt sitzen wir hier. Ich habe gerade aus meinem neuen Buch gelesen, und du sitzt morgen in der Gesprächsrunde mit …«

»Ihr, deren Name nicht genannt werden darf«, unterbricht Knut.

»Wie geht es dir dabei? Ist es nicht ein bisschen bizarr? Ist es wirklich Zufall, dass sie euch zusammen aufs Podium setzen?«

»Ja, das glaube ich tatsächlich. Ich habe die Einladung vor nicht einmal einer Woche erhalten. Hätte jemand eine Gemeinheit aushecken wollen, hätten sie mich früher eingeladen. Wahrscheinlich war da bloß irgendein Assistent nicht auf dem Laufenden.«

»Ich habe dich in diesem Schwachsinn, den sie geschrieben hat, überhaupt nicht wiedererkannt, und so sehr kannst du dich gar nicht verändert haben.«

Knut will das Thema wechseln. Er sagt:

»Hast du mal darüber nachgedacht, dass wir genauso gut hätten zusammenbleiben können?«

»Ja, schon«, erwidert Lene. Und dann sagt sie nichts mehr. Denn mehr gibt es nicht zu sagen.

Knut sagt:

»Weißt du noch, kurz vor dem Abi, als wir mit Kescher und Baseballschläger in den Frognerpark marschiert sind und eine Gans abgemurkst haben? Und anschließend haben wir alle zum Gansessen eingeladen?«

Lene schaut ihn an, als wolle sie sagen: O nein. Komm mir nicht mit den alten Zeiten. Aber dann scheint sie sich zusammenzureißen. Denn jetzt ist vor allem Knut zu bedauern, weil er morgen aufs Schafott geführt werden soll. Sie arbeiten immer noch mit den alten Waagschalen, auf denen sie stets aufs Neue abwiegen, wer ein größeres Recht darauf hat zu reden, ein offenes Ohr zu finden.

»Ja«, sagt sie schließlich. »Ja, doch, ich erinnere mich. Aber du warst nicht dabei.«

»Was? Natürlich war ich dabei!«

»Nein. Ich war da mit Steinar und denen, die die Gans ab- gemurkst haben. Hast du das vergessen? Du hast zu Hause in meiner Küche auf uns gewartet. Du warst noch nicht einmal imstande, den Vogel zu rupfen. Du hast sogar den Raum ver- lassen, als wir damit zugange waren.«

Knut blickt sich um, als wäre die Antwort um sie herum zu finden, hier im Café.

»Aber ich erinnere mich genau, dass wir mit diesem Base- ballschläger in den Frognerpark gegangen sind, ich sehe es vor mir! Ich sehe vor mir, wie ich den Baseballschläger halte. Das habe ich all die Jahre vor mir gesehen!«

»Ich kann stante pede mehrere Zeugen beibringen, die *mit hundertprozentiger Sicherheit sagen können*, dass du an dem Abend nicht einmal in der Nähe des Frognerparks warst. Stei- nar, Siri, Njål und ich waren da. Ich bin bei Facebook sowohl mit Siri als auch mit Njål befreundet, ich kann ...«

»Nein! Das ist nicht wahr. Ich erinnere mich ganz deutlich. Ich hatte den Baseballschläger in der Hand ...«

»Du dichtest dir was zusammen. Du warst nicht dabei. Du wolltest nicht. Du hast dich bereit erklärt, alles andere zu übernehmen, das Kochen, den Abwasch hinterher, absolut alles, aber du wolltest kein Federvieh töten, und du wolltest nicht riskieren, im Gefängnis zu landen. Hast du das wirk- lich vergessen?«

»Haben wir uns deswegen scheiden lassen?«

»Hä?«

»Weil ich nicht mitkommen und diesen Vogel niederknüp- peln wollte?«

»Was faselst du da? Damals waren wir ja noch nicht einmal zusammen!«

»Nein, aber möglicherweise ist bei dir ein kleines Samenkorn gesät worden, und dann ...«

»Jetzt hör auf. Dann wären wir doch gar nicht erst zusammengekommen ... also, wenn ich dich für einen Schwächling gehalten hätte ...«

»Hältst du mich für einen Schwächling?«

»Schluss jetzt.«

»Hast du was von Lukas gehört?«

»Nein.«

»Du musst auch ständig nachbohren, wenn du ihn treffen willst, oder?«

»Das weißt du doch. Aber wenn Terje und seine Söhne ihn zu irgendwas einladen, dann ist er sofort dabei. Ich habe es aufgegeben, muss ich gestehen. Das war eine Befreiung. Du solltest das auch tun. Die Hauptsache ist doch, dass es ihm gut geht. Es ist bestimmt nicht so leicht, geschiedene Eltern zu haben, die man abwechselnd treffen muss.«

Knut erspäht ein Schlupfloch.

»Vielleicht sollten wir ihn zusammen treffen? Wir könnten doch irgendwas unternehmen, nur wir drei?«

»Ich glaube nicht, dass das was nützt.«

Lene wirkt zerstreut, sie schaut sich im Park um. Um sie herum beginnt sich das Café zu füllen, und drüben an der Bühne sitzt schon wartendes Publikum. Bald wird etwas passieren.

»Er fühlt sich offenbar bei Theas Familie sehr wohl.«

Lene zuckt bloß mit den Schultern. »Ja, sie scheinen ihn adoptiert zu haben.«

Aber Knut gibt keine Ruhe.

»Ist es nicht ein bisschen traurig, dass wir ihn nie sehen?«

»Ich weiß nicht. Lukas ist bald dreißig. Wie viel hatten wir in dem Alter mit unseren Eltern zu tun?«

Knut unternimmt einen letzten Versuch.

»Was haben wir falsch gemacht? Warum haben wir nicht mehr Kinder bekommen?«

Lene sieht ihn mit schief gelegtem Kopf an.

»Hast du vergessen, wie wir die ganze Zeit darum gekämpft haben, allein zu sein? Erst warst *du* zum Schreiben in einer Hütte, danach war ich an der Reihe. Mehrere Wochen am Stück. Es ging nur darum, Geld reinzubekommen, zu schreiben, Geld reinzubekommen, zu schreiben. Hast du das vergessen? Wir hätten vermutlich überhaupt kein Kind bekommen dürfen. Wir haben einfach keinen Familiensinn, weder du noch ich.«

»Aber wenn nur die Leute Kinder bekommen würden, die sich dafür eignen, dann wäre die Menschheit schon nach fünf Minuten ausgestorben.«

»Schon möglich. Aber Terje ist ganz anders als du oder ich. Terje ist ein Familienmensch. Du weißt doch, was er alles unternommen hat. Manchmal hat er Zelt und Angel eingepackt, sich die drei Jungs geschnappt und ist tagelang mit ihnen durch die Nordmarka gestreift.«

»Das macht er doch immer noch. Sind sie nicht erst letztes Jahr alle zusammen nach Liverpool oder sonst wohin gereist?«

»Ja, sie sind eine eingeschworene Gemeinschaft. Ich fühle mich oft ausgeschlossen.«

»Was glaubst du, wie ich mich fühle?«

»Manchmal wünsche ich mir, ich hätte weitere Kinder bekommen. Eine Tochter.«

»Mit mir oder mit Terje?«

»Mit dir. Denn dann hätte Lukas Geschwister.«

»Hat er nicht seine zwei Brüder? Auf Instagram nennt er sie Brüder.«

»Das ist nicht dasselbe.«

»Ich bekomme keinen Kontakt zu ihm. Er ruft nie zurück, und er antwortet nicht auf die Mails, die ich ihm jede Woche schreibe.«

»Darauf stoßen wir an.«

Lene hebt ihre Kaffeetasse, und Knut trinkt einen Schluck von seinem Bier.

Ihre Hand liegt auf dem Tisch. Knut legt seine Hand darauf.

»Was soll das werden?«

»Ich belästige dich. Ich habe schon seit Stunden niemanden mehr belästigt, deshalb juckt es mich wieder in den Fingern.«

Lene zieht ihre Hand zurück.

»Bist du deprimiert?«

»Ich weiß nicht. Vielleicht. Entweder bin ich ständig deprimiert oder nie. Wie kann man das wissen, man hat ja keinen Vergleich. Ich befinde mich nur in diesem einen Körper. Ich weiß nicht, wie es anderen geht. Wie geht es dir und Terje?«

»Uns geht es gut.«

»Gut. Wie ist das Zusammenleben mit einem Schriftsteller?«

»Warum fragst du? Das weißt du doch.«

»Alle Schriftsteller sollten verheiratet sein, aber kein Mensch mit einem Schriftsteller.«

»Wo hast du das denn her?«

»Irgendwo gelesen. Keine Ahnung, wo. Willst du ein Bier?«

»Ja, gern.«

Als Knut mit den zwei Bier zurückkommt, hat sich ein Paar zu Lene an den Tisch gesetzt, es sind Schriftsteller aus Lenes Verlag, die mindestens eine Generation jünger sind als sie beide.

»Wir haben gerade von der Weihnachtsfeier gesprochen«, sagt Lene, und schon reden sie weiter, fallen sich gegenseitig ins Wort, Knut nickt und lächelt und gibt vor, das Gespräch zu verfolgen, aber die Stimmen und Gesichter sind bereits weit weg. Es ist eine Technik, die er im Laufe der Jahre entwickelt und perfektioniert hat und die er zudem in irgendeinem Buch beschrieben hat: Wenn etwas unerträglich ist, verkriecht er sich in eine Ecke seiner selbst und lässt seine äußerste Schale erledigen, was getan werden muss. In diesem Fall: ein freundlicher Zuhörer dieser sinnlosen, anstrengenden und nicht zuletzt langweiligen Unterhaltung zu sein, die an diesem Tisch geführt wird. Nicken, den Kopf schütteln, lachen, all das beherrscht seine Hülle nach all den Jahren perfekt. Es geht buchstäblich von selbst, ohne dass er dabei auch nur eine Kalorie verbrauchen müsste. Stattdessen kann er irgendwo in der Gegend seiner Leber vor sich hin dösen, und während er der

Unterhaltung mit den Ohren seiner äußersten Schale lauscht, fragt er sich, warum junge Leute so langweilig sind. Diese beiden, mit ihren strahlenden, aufgeregten Gesichtern, langweilige Bücher schreiben sie außerdem, wie halten sie sich bloß selbst aus, wie schaffen sie es, sich über nichts zu ereifern, so wie jetzt, wo sie mit ausladenden Gesten drauflosgackern. Schluss, will Knut ihnen zurufen, Schluss, Schluss, Schluss. Aber stattdessen nickt und lächelt er. Und er schüttelt den Kopf und sagt: Oh. Ach. Nein. Ja.

Knut trinkt Bier und sehnt sich nach dem Friedhof. Er sitzt so, dass er die Bühne im Blick hat, auf der jetzt drei Personen sitzen, zwei sind somalischer Abstammung, erfährt Knut aus dem Programm, das er in seinem Smartphone aufgerufen hat und jetzt mit entschuldigendem Gesichtsausdruck liest, wobei er durch Gestik und Mimik zu verstehen gibt, dass er einfach mitbekommen *muss*, was dort Spannendes passiert.

Bei der einen handelt es sich um die Redakteurin einer feministischen Zeitschrift, die andere ist Redakteurin bei einem Modemagazin, liest Knut im Programm. »Zwei unerschrockene, starke Frauen«, lautet die Überschrift. Wo er das Smartphone schon einmal in der Hand hat, nutzt er die Gelegenheit, auch ein paar andere Dinge zu checken, seine E-Mails, die Websites der Rundfunkanstalt NRK sowie von *Aftenposten* und *Dagbladet*.

Das Gespräch am Tisch endet, und alle vier richten ihre Aufmerksamkeit auf die Bühne. Das junge Paar – die beiden sind um die vierzig, also eigentlich gar nicht so jung, bloß Knut hält sie für jung, weil er selbst so alt ist – hat das Gesicht in ernste Falten gelegt. So sahen die Leute früher aus, wenn sie in der Kirche saßen, denkt Knut.

Die zwei Somalierinnen auf der Bühne tragen eng anliegende Hidschabs, die eine einen schwarzen, die andere einen mit buntem Blumenmuster. Ansonsten besteht ihre Kleidung aus Tunika und Hose, aus demselben Stoff wie der Hidschab, und jedes Fleckchen Haut außer Gesicht und Händen ist bedeckt.

Knut lehnt sich über den Tisch.

»Ich tippe mal, die Geblümte ist die Moderedakteurin.«

Lene grinst. Die beiden anderen ignorieren seine Bemerkung.

Als die Redakteurin der feministischen Zeitschrift das Wort erhält – und es ist, wie Knut vermutet hat, die Schwarzgekleidete –, sagt sie, sie trage einen Hidschab, um die Norweger zu provozieren.

Der Moderator ruft ins Mikrofon:

»Diese Damen lassen sich wirklich nicht auf der Nase herumtanzen! Ein Applaus für diese unerschrockenen, starken Frauen!«

Alle klatschen. Auch Knut und Lene.

In dem ganzen Trubel beugt Lene sich zu Knut hinüber und flüstert ihm ins Ohr:

»Es ist so seltsam hier.«

Sie ist so nah, dass Knut erkennen kann, dass sie noch genauso riecht wie früher. Er nickt und will etwas sagen, aber ehe er sich sammeln kann, hat sie sich wieder zurückgezogen, und der Beifall ist verstummt.

Als Knut wenig später Terje Kurs auf ihren Tisch nehmen sieht, steht er auf und sagt zu Lene, er habe eine Verabredung. Die Verabredung hat er mit der Bank auf dem Friedhof. Auf die legt er sich und lässt sich wieder in all die Geräusche hineinsinken. Um ihn herum ist Vogelgezwitscher und Insektengesumme. Im Gebüsch hinter der Bank scharrt etwas, vielleicht treibt sich dort eine Ratte herum, die ganz von ihrem geschäftigen Alltag in Anspruch genommen ist und keinen Gedanken an Knut und all seine Probleme verschwendet, und wieder einmal beruhigt es Knut, dass es auf der Welt Trillionen von Lebewesen gibt, die nichts von ihm wissen und denen er vollkommen egal ist. Und diesmal schläft er ein. Umgeben von Scharren, Fliegengesumme und Nachmittagslicht, schläft er ein und träumt, dass die Ratte zu seiner Bank kommt. Sie stellt sich auf die Hinterbeine und betrachtet ihn eingehend. Du hast es zu leicht, sagt die Ratte. Du bist dafür geschaffen, ums Überleben zu kämpfen, doch jetzt liegst du hier und faulenzt, und bald wirst du Essen zu dir nehmen, das andere zubereitet haben, und Bier trinken, das andere gebraut haben, und all das tust du, um dir die Zeit zu vertreiben, denn eigentlich langweilst du dich zu Tode. Das gilt für alle anderen auch, aber sie sind sich dessen wenigstens nicht bewusst. Du dagegen warst zu lange untätig, du beschäftigst dich mit dem Falten von Plastiktüten.

Dann fängt die Ratte an zu lachen. Sie lacht und krächzt, aber nicht auf Rattenart, und als Knut aufwacht, stellt er fest, dass das Geräusch von einer Elster kommt, die ein Stück entfernt zwischen den Gräbern herumhüpft. Sie zankt sich mit einer anderen Elster, die oben in einem Baum umherflattert.

Die Welt der Tiere, denkt Knut und legt sich wieder hin. Tiere und Pflanzen. Flora und Fauna. Er ist selbst ein Teil davon, wie er hier liegt mit seinem animalischen Körper.

In besagtem Kurs gegen Lampenfieber wurde geraten, an etwas Physisches, etwas sinnlich Erfahrbares zu denken, wenn die Angst sich meldet, um auf diese Weise der Grübelei und dem Gedankenkarussell vor dem Auftritt zu entkommen. Denken Sie an einen Ort, an den Sie gute körperliche Erinnerungen haben, oder stellen Sie sich vor, dass Sie essen und trinken, was Sie am liebsten mögen, oder alles auf einmal, sagte die Kursleiterin, und im Laufe der Jahre hatte Knut sich vorgestellt, wie er auf der Treppe des kleinen schwedischen Bauernhofs sitzt, den die Familie seiner Mutter einmal besessen hat und der direkt hinter der Grenze lag. Der Hof ist schon vor langer Zeit verkauft worden, aber Knut erinnert sich daran, dass er morgens, bevor seine Eltern aufgestanden waren, auf der Treppe saß und auf den See schaute, der zwischen den Bäumen glitzerte. Mehr war es nicht. Er saß da im Schlafanzug, das war alles, und wie er hier auf der Bank liegt, beschwört er diese Erinnerung herauf, er kann sowohl den weichen Flanellstoff des Schlafanzugs spüren als auch die warme Steintreppe unter sich.

9

Etwas später sitzt Knut mit einer Gruppe von Leuten aus seinem Verlag an einem runden Tisch im Restaurant. Das Restaurant ist neu eröffnet worden und befindet sich in einer umgebauten Fabrik am Ufer des Mjøsa. An den Wänden hängen Fotografien mit erotischen Motiven. Eins der Bilder zeigt eine nackte Japanerin, die mit dicken Seilen gefesselt ist. Die Seile sind kunstvoll geknotet. Auf einem anderen Bild ist dieselbe Frau in liegender Position mit gespreizten Beinen abgebildet. Das Foto ist so aufgenommen, dass ihr Geschlechtsorgan nicht nur sichtbar, sondern der höchste Punkt auf dem Bild ist, wobei genau dieser Teil unscharf ist, und Knut erinnert sich an einen Tag Anfang der Neunzigerjahre, als er die Karl Johans Gate entlangspazierte und meinte, einer Sinnestäuschung zu erliegen. Denn dort, in einem Schaufenster, waren Gegenstände ausgestellt, die er bis dahin ausschließlich in Pornoheften gesehen hatte. Aber nun standen in diesem Schaufenster auf der Karl Johans Gate – allerdings ganz unten auf der Karl Johans Gate, am zum Bahnhof hin liegenden Ende – am helllichten Tag Dildos in Reih und Glied, und Schaufensterpuppen waren mit Krankenschwesternuniformen oder Unterwäsche aus Lack und Leder ausstaffiert, darüber hinaus gab es Handschellen und Peitschen.

Damals glaubte Knut, er hätte Halluzinationen. Heute, dreißig Jahre später, würde er nicht einmal mehr stehen bleiben. Aber hier in Lillehammer, und nicht nur hier in Lillehammer, sondern überall, hat er in letzter Zeit das Gefühl, seine Mitwelt aus großer Entfernung zu sehen, und als er von der Toilette zurückkommt, stellt er sich vor die Bilder und starrt sie an wie ein Kind. Er bekommt zwar keinen *Schock*, wenn er nackte Frauen sieht, die mit Seilen gefesselt sind, aber er empfindet doch Unbehagen. Ebenso wie er Unbehagen empfindet, allerdings von anderer Art, wenn er Frauen mit Hidschab sieht. Zwei Extreme, und dennoch erscheinen sie Knut wie zwei Seiten derselben Medaille.

Schließlich begibt er sich wieder auf seinen Platz. Er betrachtet den Weißwein, den die Kellnerin in das schlanke Glas schenkt. Sie umfasst den Boden der Flasche und schenkt den Wein willkürlich und lässig ein, scheinbar ohne sehr genau auf die Menge zu achten, und als sie ihm beim Hochnehmen der Flasche *zuzwinkert*, lächelt Knut so breit zurück, wie er lange nicht mehr gelächelt hat, er meint fast zu spüren, wie seine Haut an den Ohren aufreißt.

Sie geht weiter zum nächsten Gast, und Knut stellt sich vor, dass er zur Schließzeit draußen vor dem Restaurant wartet und sie, ohne ein Wort zu sagen, mit zu sich nach Oslo nimmt. Er stellt es sich in allen Einzelheiten vor, und als ihm zudem noch auffällt, dass sie dem nächsten Gast am Tisch *nicht* zuzwinkert, obwohl es der Verlagschef ist, und dass sie, soweit er sehen kann, auch niemand anderem zuzwinkert, spinnt er das Ganze weiter aus, und bald wohnen sie zusammen in St. Hanshaugen, sie ist fröhlich und unbekümmert und lacht die ganze Zeit, kurzum, sie ist so, wie sie hier im Restaurant ist: nachsichtig, freundlich, lächelnd, auf natürliche Weise dominierend, wie eine gute Kellnerin es sein sollte, die die Gäste dominiert und manipuliert, ohne ihnen das Gefühl zu geben, dass sie manipuliert und dominiert werden; in diesem Punkt erinnern Kellnerinnen an Stewardessen, von denen Knut schon immer fasziniert war (und fantasiert hat) – souveräne, uniformierte Frauen, die schon alles gesehen haben und sich von nichts überraschen lassen.

Während die Vorspeise serviert wird, eine Gemüsepastete mit Steinpilzen und Granatapfel, denkt Knut darüber nach, warum er sich von uniformierten Frauen angezogen fühlt. Er kommt zu dem Schluss, dass es etwas mit Mama zu tun haben muss. Am Ende läuft immer alles auf Mama hinaus. Mamas warme, zuverlässige Hände, Mama, die weiß, was am besten für einen ist. Ja, so muss es sein, und Knut lächelt vor sich hin und kaut Pastete und trinkt Weißwein, zufrieden mit dieser Erkenntnis. Doch damit ist auch die schöne Fantasie verschwunden, denn so ist es nun einmal, wenn man allem um jeden Preis auf den Grund gehen will, dann gehen auf dem Weg dahin oft andere Dinge verloren. Man gewinnt vielleicht die eine oder andere Erkenntnis, aber man lebt allein und hat weder Kontakt zu seinem Vater noch zu seinem Sohn, und der Einzige, mit dem man regelmäßig spricht, ist der homosexuelle Nachbar, der in einer hoffnungslosen Beziehung zu einem mit seiner Cousine verheirateten pakistanischen Vater von drei Kindern gefangen ist.

Das Gespräch am Tisch ist angeregt. Der Lektor ist da, der Vertriebschef und noch einige Schriftstellerkollegen, darunter ein bekannter Krimiautor, mit dem sich Knut auf einer Weihnachtsfeier einmal im Armdrücken gemessen hat, sowie ein Lyriker, den er nur dem Namen nach kennt, mit dem er aber noch nie gesprochen hat.

Bei zwei Kolleginnen handelt es sich um Debütantinnen, die beiden jungen Frauen starren ins Leere und sehen aus, als langweilten sie sich. Sie erinnern an seltene Tiere, so schön und exotisch, dass ihre Anwesenheit mehr als genug ist. Sie brauchen kein Gespräch in Gang zu halten oder sich in irgendeiner Weise anzustrengen. Sie dürfen ihre Langeweile ganz offen zur Schau stellen, und wenn jemand versucht, sie in ein Gespräch zu verwickeln, ist es völlig in Ordnung, wenn sie nur einsilbige Antworten geben.

Knut schaut sie nicht an, damit sie nicht meinen, er, das alte Schwein, starre sie an. Knut hat Angst vor dem, was andere von ihm denken. Die hatte er früher nicht. Das heißt, früher hat er geglaubt, er hätte Angst vor dem, was andere denken, aber ihm ist nun klar, dass er keine Angst hatte. Doch jetzt, nach letztem Herbst, hat er sie, weshalb er sich die ganze Zeit von außen betrachtet.

»Norwegen ist *keine* Kulturnation«, ruft der Lyriker. Er ist zehn, fünfzehn Jahre älter als Knut und stammt aus einer reichen Familie irgendwo in Westnorwegen. Das weiß Knut aus einem Zeitschrifteninterview. »Mein Kampf für Freiheit«, lautete die Überschrift. Als ältester Sohn war er dazu ausersehen, den Familienbetrieb, eine Möbelfabrik, zu übernehmen, aber stattdessen zog er in die Hauptstadt, wo er in einem zerschlissenen Militärmantel herumlief und Gedichte schrieb. Ich habe mein Erbe ausgeschlagen, weil ich meiner Berufung folgen musste, hieß es in dem Interview, und Knut hatte versucht, sich vorzustellen, wie es für den Vater des Dichters gewesen sein musste, zu erleben, dass sein ältester Sohn zurückwies, was der Vater aufgebaut hatte, und lieber in die Stadt flüchtete, um Gedichte zu schreiben. Wie mag es sich anfühlen, wenn die Kinder *mit dem Zirkus durchbrennen*, wenn sie sich weigern, etwas zu akzeptieren, das ihnen *übergestülpt* wird, wie es der Dichter in dem Interview formuliert hat? *Ich bin nicht besonders gut darin, überlieferte »Wahrheiten« passiv zu übernehmen.*

Aber Stipendien hat er im Laufe der Jahre erhalten, das weiß Knut, weil Knut – der sich selbst bewirbt und immer häufiger abgelehnt wird – so etwas verfolgt. Also wurde der Dichter versorgt; doch anstatt vom väterlichen Erbe versorgt zu werden, wurde er vom Staat versorgt.

Knut kaut auf dem letzten Bissen seiner Pastete und tupft den Rest der Soße mit einem Stück Brot auf, denn die Pastete war winzig und hat ihn bloß noch hungriger werden lassen, er beobachtet den Dichter, der ihm schräg gegenübersitzt und mit dem Finger über sein Weinglas streicht, immer im Kreis, während er sich nah zu einer der beiden jungen Frauen hinüberbeugt, die jung genug ist, um seine Enkelin sein zu können. Sie lächelt ihn freundlich an, wie junge Frauen ältere Männer anlächeln. Wahrscheinlich sieht sie in ihm einen

Großvater oder Großonkel, denn der Altersunterschied zwischen ihnen beträgt mindestens vierzig Jahre. Der Dichter seinerseits scheint sich für gleich alt zu halten.

Ist es das Gleiche wie zwischen Knut und der Wirklichkeitsbeschreiberin? Hat er sich genauso aufgedrängt, ganz ohne sich dessen bewusst zu sein, hat er geifernd vor ihr gestanden? Das kann nicht sein. Er hätte sich lange vorher gebremst.

Es kommt darauf an, alles aus größtmöglicher Distanz zu betrachten, die Menschen als das zu sehen, was sie sind: Ameisen, die durch die Gegend krabbeln, kämpfen, herumpalavern und sich gegenseitig ein Bein stellen.

Knut versucht, in eine versöhnliche Stimmung zu kommen – wie um sich auf den morgigen Tag vorzubereiten, denn sein Plan besteht darin, ruhig zu bleiben, an der Großmut festzuhalten, von der er jetzt, während er hier sitzt, ein Fitzelchen erhaschen konnte, und er konzentriert sich auf die Tatsache, dass er unter Kronleuchtern sitzt und Pastete speist, zudem hat ihn niemand offiziell wegen irgendetwas angeklagt, und bald wird die Lammkeule aufgetragen, die auf die erlesenste Weise zubereitet sein wird, und der Wein plätschert in das große Glas vor ihm, professionell eingeschenkt von der strengen, aber gerechten Kellnerin, die ihm nachschenken wird, wann immer er will.

Nicht zu vergessen: Rein objektiv betrachtet ist Knut immer noch ein Teil der Kulturelite. Zu diesem Schluss würde jeder kommen, der ihn hier sitzen sähe, in einem Gourmetrestaurant, umgeben von den Topleuten eines der bedeutendsten Verlage Norwegens.

Weil sie nicht zu spät zur Festveranstaltung kommen wollen, bleibt zu Knuts Enttäuschung keine Zeit für ein Dessert. Zum Trost isst er stattdessen die Reste seines Schokocroissants, das er in der Tasche findet, als er dem Grüppchen von Verlagsleuten nach Maihaugen folgt. Während er so läuft, fühlt Knut sich als Teil eines Ganzen, als Teil von etwas Zusammenhängendem, etwas Zukunftsweisendem, etwas Produktivem, etwas Gutem, und während er auf seinem Schokocroissant kaut, versucht er, dieses bei ihm so seltene Gefühl festzuhalten.

Zusammen mit mehreren Hundert anderen Mitgliedern der norwegischen Kulturszene strömt er in den großen Saal. Sie finden Plätze mitten in einer Reihe, und obwohl Knut sonst lieber ganz außen sitzt, damit er sich aus dem Staub machen kann, wenn ihm danach ist, setzt er sich brav zu den anderen.

Der Saal wird verdunkelt, die Bühne angestrahlt, und die Festivalleiterin heißt das Publikum willkommen. Sie stellt die Kulturministerin vor, die die Eröffnungsrede halten wird, und während die Stimme der Ministerin sich in ein gleichmäßiges Rauschen verwandelt, sucht Knut nach einer Idee, wo er diese Nacht schlafen könnte. Aus irgendeinem Grund beunruhigt es ihn nicht, dass er keinen Schlafplatz hat. Was soll's, irgendwo findet sich immer ein Bett, hat er etwa nicht eben erst in Lillehammers teuerstem Restaurant gespeist, trägt er etwa kein Festivalarmband am Handgelenk, hat er etwa dafür bezahlt, hier hereinzukommen?

Knut erwacht mit einem Ruck, als die Kulturministerin mit der Faust aufs Rednerpult schlägt.

»*Und jetzt will ich provokante Literatur*«, ruft sie in kultiviertem Finnmarksdialekt. »*Ich will Literatur, die Grenzen sprengt! Literatur, die Mythen zertrümmert und Normen und Tabus bricht! Haben wir uns verstanden?*«

Im Saal bricht donnernder Applaus los, mehrere Zuschauer rufen und pfeifen. Einige stehen auf und klatschen besonders nachdrücklich. Nach und nach erheben sich alle im Saal, einschließlich Knut und seiner Begleiter vom Verlag, sie klatschen, johlen, schauen sich an, nicken, und während er so dasteht, versucht Knut, sich ganz konkret vorzustellen, was die Kulturministerin mit provokanter Literatur meint, dabei fällt ihm ein, dass er kürzlich noch einmal *Erinnerung an meine traurigen Huren* des kolumbianischen Schriftstellers Gabriel García Márquez gelesen hat.

Erst vor wenigen Tagen stand er wie üblich vor seinem Bücherregal und suchte nach etwas, das ihn daran erinnern würde, womit er sich beruflich beschäftigt, denn zuweilen verliert er aus den Augen, was Literatur ist, welchen *Sinn* sie hat. Kurz gesagt, kommt ihm seine Kompetenz abhanden, und um sie wiederzuerlangen, liest er Bücher, die ihm früher etwas gegeben haben. Leider kam es in den letzten Jahren öfter vor, dass die alten Bücher, die er einst mit so großer Freude und so viel Interesse gelesen hatte, ihm nicht mehr annähernd dasselbe Leseerlebnis bescherten. Und wie bei den meisten Büchern, die Knut gelesen hat, war ihm die Handlung von *Erinnerung an meine traurigen Huren* überhaupt nicht mehr präsent, er erinnerte sich nur noch an die Stimmung beim ersten Lesen: Da war etwas Melancholisches und Wehmütiges gewesen, irgendwie ging es ums Alter. Und genau darauf war er aus, als er das Buch aus dem Regal nahm.

Aber als er sich aufs Sofa legte und ein wenig in dem dünnen Büchlein blätterte, kam es ihm vor, als hätte er es noch nie zuvor gelesen. Schon zu Beginn des Buchs erzählt der mittlerweile neunzigjährige Protagonist, wie er seine Haushaltshilfe anal zu vergewaltigen pflegte, damit sie nicht schwanger wurde, und wie er das jahrelang fortsetzte, bis sie »zu alt« geworden war. Als Entschädigung erhöhte er den Lohn der Haushaltshilfe, die der Urbevölkerung angehörte und klein und dunkelhäutig war – weshalb, wie zwischen den Zeilen angedeutet wird, etwas anderes als analer Geschlechtsverkehr zwischen ihnen gar nicht infrage kam –, und so macht er sie zur Prostituierten, wie er es mit allen Frauen macht, denen er begegnet. Wenn sie keine Prostituierten sind, macht er sie dazu, indem er sie auf die eine oder andere Weise dazu bringt, hinterher Geld anzunehmen. Im Bordell der Stadt bestellt er sich zu seinem neunzigsten Geburtstag eine Jungfrau: eine Vierzehnjährige, die in der Fabrik arbeitet und die Verantwortung für kleine Geschwister und ihre kranke Mutter hat und die von der Puffmutter betäubt worden ist, sodass das Mädchen schläft, als der Neunzigjährige eintrifft und Sex mit ihr haben will, an seinem neunzigsten Geburtstag, als Geschenk für sich selbst. Was der Neunzigjährige dann allerdings doch nicht über sich bringt. Das muss man ihm lassen, dachte Knut, als er da auf seinem Sofa lag und sich von der eigenen Gegenwart und auch von allem anderen abgekoppelt fühlte. Aber das Buch ist vor fast zwanzig Jahren erschienen. Wurde es damals als provokant aufgefasst? Offenbar nicht, denn in einer Rezension, die er im Internet fand, hieß es: *… eine ungewöhnlich sinnliche Erzählung, zum Schönsten gehörend, was Gabriel García Márquez geschrieben hat. Wie seine Hauptfigur andere verführt und selbst verführt wird, so verführt der Nobelpreisträger wieder einmal seine Leser. In seiner Feder wohnt die Magie der lateinamerikanischen Dichtung.*

Also muss man annehmen, denkt Knut, dass man sich innerhalb der Grenzen des Kulturbetriebs bewegt, wenn man seine der Urbevölkerung angehörende Haushaltshilfe anal vergewaltigt, ganz anders sieht es dagegen aus, wenn man jemandem an den Po fasst, selbst wenn die betreffende Person sich einem vorher auf den Schoß gesetzt hat.

Bei seinem Besuch in der Oberstufenklasse im Winter hatte Knut aus dem allerderbsten Teil seines Erfolgsbuchs vorgelesen, der detaillierten Schilderung eines Geschlechtsakts, bei der er seinerzeit starke Zweifel hatte, ob er sie überhaupt ins Buch aufnehmen sollte, die er aber im Laufe der Zeit so oft vorgelesen hatte, dass er sie auswendig konnte. Da stand er nun, alt und grau, und neben ihm stand die Lehrerin, ebenso alt und grau, und vor der Schulstunde hatten sie darüber gesprochen, wie »mutig« sie doch waren, genau diese Stelle zum Vorlesen ausgewählt zu haben. Und nun würden die Schüler verstehen, dass sie, diese alten Menschen, so manches über das Leben wussten, und nicht zuletzt, dass sie auch einmal wild und verrückt gewesen waren und es in vielerlei Hinsicht immer noch waren.

Doch die Schüler waren genauso abgestumpft und desinteressiert gewesen, wie es die meisten Schüler fast immer sind. Und danach hatte Knut sich gefühlt, als hätte er in der Öffentlichkeit onaniert, als hätte er mit der Hose um die Knie schwitzend dagestanden und sich wirklich angestrengt, während alle, die an ihm vorbeigingen, bloß einen kurzen Blick auf ihn warfen und dann weiter auf ihr Handy starrten.

Die Kulturministerin hat ihre Rede beendet, und die Festivalleiterin kommt auf die Bühne und kündigt den nächsten Programmpunkt an. Sie lächelt listig.

»Wer weiß, ob der Wunsch der Kulturministerin nicht bald erfüllt wird. Denn hier kommen vier Autorinnen und Autoren, die nicht vorgestellt werden müssen, und es lässt sich wirklich nicht vorhersagen, was ihnen noch so einfällt!«

Die vier Autorinnen und Autoren betreten hintereinander die Bühne, und der Scheinwerfer schwenkt vom Rednerpult zu einem anderen Teil der Bühne, wo sich vier Sessel im Halbkreis um einen niedrigen, kleinen Tisch gruppieren. Auf dem Tisch stehen Flaschen und Gläser, und die Autoren setzen sich in die bereitstehenden Sessel, und dann nennt die Festivalleiterin trotzdem die Namen der vier, woraufhin im Saal wieder donnernder Applaus losbricht.

Die Autoren schenken sich Wein ein, und Knut versucht, sich zu erinnern, ob er mit einer der Kolleginnen je Sex hatte, aber nein. Mit einer hatte er einen kleinen Streit auf Facebook gehabt, das war alles.

Ein Krimiautor spricht ein paar einleitende Worte, wobei er der Kulturministerin zunächst voll und ganz zustimmt und dann erklärt, Schriftsteller sollten weniger über sich selbst und mehr über aktuelle Problemstellungen schreiben, und während er weiter darüber redet, worüber Schriftsteller schreiben sollten und wie sie schreiben sollten, um ihren gesellschaftlichen Auftrag zu erfüllen, verliert sich Knut wieder in seinen Grübeleien. Vielleicht sollte er, um der Forderung der Kulturministerin nach provokanter Literatur gerecht zu werden, über einen Pfarrer schreiben, der Scheidungen ablehnt. Allmählich entwickelt er sich ja selbst in diese Richtung. Darüber hinaus kann sich der Pfarrer auch gegen Einwanderung, Islam, Geschlechtsumwandlung, die gleichgeschlechtliche Ehe und weibliche Geistliche aussprechen. Knut lächelt in sich hinein. Ob ein solches Buch *Tabus brechen und Grenzen sprengen* würde, weiß er nicht, aber *provokant* wäre es auf jeden Fall. Wenn es denn überhaupt vom Verlag angenommen würde.

Die Kollegin des Krimiautors äußert die Meinung, Schriftsteller sollten über etwas anderes als die Mittelschicht schreiben. Der dritte Autor findet, im norwegischen Kulturleben gebe es zu viel Einigkeit. Er wünscht sich mehr Auseinandersetzung, mehr Diskussion. Bei diesem Autor handelt es sich um einen Mann in Frauenkleidung, und Knut stellt sich vor, dass sein Pfarrer auch das missbilligt. Außerdem soll sein Pfarrer Sex vor der Ehe und andere Stellungen als die Missionarsstellung verurteilen. Knut fühlt sich inspiriert. Er würde gern sein Notizbuch herausholen, aber hier ist es zu dunkel.

Die vier auf der Bühne nicken einander zu und trinken Wein. Über die Tonanlage kann man sie schlucken hören, und Knut sieht seinen Pfarrer vor sich. Einen mürrischen alten

Mann. Oder gar nicht mal so alt, eher Ende fünfzig. Zufällig genauso alt wie Knut selbst.

Der Mann in Frauenkleidung – es ist ein enges Kleid – hat einen Vollbart und ist stark geschminkt, und bei jeder Armbewegung klimpert Schmuck. Dieser Autor kämpft für das Recht, zwischen zwei oder mehr Zuständen hin- und herzuswitchen, je nach Tagesform. Er nennt sich Transvestit und möchte das Wort wiedereinführen, weil er sich von all den neuen Begriffen überfahren fühlt, die in jüngster Zeit aufgekommen sind, und auch weil nicht wenige versucht haben, ihm den Gebrauch des Wortes *Transvestit* zu verwehren. Man solle das Wort *Transperson* verwenden, argumentierten sie, weil das Wort *Transvestit* herablassend, veraltet und nicht zuletzt *transphobisch* sei.

»Aber ich benutze die Wörter, die ich will«, ruft der Mann im Falsett, und der Saal applaudiert.

»Und heute Abend bin ich *Frau*, das nur zur Information für diejenigen, die es unbedingt wissen wollen«, setzt er hinzu, und alle klatschen und johlen.

Unter anderem hat er sich den Kampf für das Recht auf zwei Pässe auf die Fahnen geschrieben: einen Pass für die Tage, an denen er sich als Mann durch die Welt bewegen möchte, und einen für die Tage, an denen er sich als Frau durch die Welt bewegt. Er sieht seiner Kollegin auf der Bühne zum Verwechseln ähnlich – sie haben sogar die gleiche Frisur und die gleiche Art von Stiefeletten –, aber der Mann hat in jeder Hinsicht übertrieben, es ist von allem zu viel, zu viel Schminke, Schmuck, Frisur, und Knut kommt zu dem Schluss, dass sich dieser Autor wie ein frisch Konvertierter verhält, denn während die Frau ruhig und mit leiser Stimme spricht, sitzt der Mann in Frauenkleidung wild gestikulierend auf der Sesselkante, spricht laut und durchdringend und unterbricht sich selbst ebenso wie die anderen. Er lacht laut über seine eigenen Witze, und der Saal lacht mit ihm. Alle lachen laut über seine Witze, die nicht komisch wären, wenn sie nicht von ebendieser charmanten und clownesken Gestalt vorgetragen würden. Aber provokant ist dieser Auftritt offensichtlich nicht. Das auffällige und dominante Benehmen des Mannes in Frauenkleidung ärgert Knut – der sich im Übrigen von allem Möglichen ärgern lässt –, aber es provoziert ihn nicht. Außerdem sitzt der Mann ja hier, bei einem mit öffentlichen Geldern finanzierten Literaturfestival. Vor einigen Jahrzehnten wäre das aufsehenerregend gewesen, und für einige der hier im Saal Anwesenden vielleicht auch eine Provokation, aber nicht heute. Dennoch haftet dem Konzept »Mann in Frauenkleidung« immer noch etwas an, das als im klassischen Sinne »provozierend« charakterisiert werden kann, nur, für wen? Für andere Leute als die hier im Saal versammelten. Und das ist der springende Punkt, vielleicht hat die Kulturministerin das gemeint, als sie *provokante Literatur* einforderte: etwas, das eine andere Art von Menschen provoziert als uns hier im Saal. Dann können wir in diesem Saal für das, was »provozierend« ist, klatschen, denkt Knut, und dann stellt er sich wieder seinen Pfarrer vor und lacht ein wenig in sich hinein. Er weiß, dass daraus nichts werden wird. Aber es ist amüsant, sich in Gedanken damit zu beschäftigen.

Während der Transvestit redet, muss Knut aus irgendeinem Grund an seine Zeit bei der Zeitung denken, für die er zwei Tage in der Woche als Korrekturleser gearbeitet hat. Erst versteht er die Verbindung nicht, versteht nicht, warum sein Gehirn zu dieser Erinnerung blättert. Aber dann fällt ihm ein, wie er sich beim Korrekturlesen oder Heraussuchen von Zitaten immer wieder über die langen Namen der Leute gewundert hat. Früher war es üblich, dass jemand, wenn er Per Kristian Lundestad Henriksen hieß, Per K. L. Henriksen schrieb. Knuts vollständiger Name lautet Knut Andreas Pettersen, trotzdem hat er sich immer Knut A. Pettersen genannt, sowohl schriftlich als auch mündlich. Doch heutzutage sollen alle Namen ausgeschrieben werden. Diese Praxis kam etwa zeitgleich damit auf, dass Frauen ihren Nachnamen behielten und zusätzlich den Namen ihres Mannes annahmen, wodurch die Kinder beide Nachnamen bekamen. Das hat dazu geführt, dass die meisten heute zwei Nachnamen haben, und weil viele auch zwei Vornamen haben, sind die Namen länger als je zuvor, wobei *zugleich* alle Namen ausgeschrieben werden sollen. Knut gelangt zu der Überzeugung, dass all das, der Mann auf der Bühne, der zwei Pässe haben und hin- und herswitchen will, ebenso wie die langen Namen und auch die Marotte, dass alle an ihrem ganz eigenen und für viele Leute unverständlichen Dialekt festhalten wollen, auch wenn sie sich in überregionalen Medien äußern, dass all das denselben Ursprung hat, nämlich das Bedürfnis nach Anerkennung, womit aber in erster Linie gemeint ist, dass die Umgebung sich dem Individuum anpassen soll, damit sich das Individuum nicht nur akzeptiert und verstanden, sondern auch *geliebt* fühlt. Und vielleicht ist es besonders wichtig, *trotz* seiner Handlungen geliebt zu werden, denkt Knut, während ein weiterer vom Podium herübergellender Lachanfall seine Ohren erreicht. Der Mann in Frauenkleidung hätte sich zum Beispiel rasieren können, denn etwas stimmt nicht mit diesem Bart, vor allem weil er mit der Schminke und allem anderen so sorgfältig war, aber da ist wieder dieses Geliebtwerden *trotz* …, und vielleicht spielt der Bart gerade dabei eine wichtige Rolle, als eine Art Test: *Bist du für mich, oder bist du gegen mich?*

Friktion, darum geht es hier.

Die Autoren verlassen die Bühne, woraufhin ein samisches Duo angekündigt wird. Der eine schlägt die Trommel, der andere beginnt zu joiken, und im Saal macht sich eine gewisse Lethargie breit. Knut grübelt weiter über die Forderung nach provokanter Literatur nach und darüber, was provokant und was »provozierend« ist, dabei denkt er an eine Begebenheit im Winter zurück, es war nach dem Besuch in der weiterführenden Schule, Frank hatte Knut überredet, ihn zu einer Ausstellungseröffnung im Henie Onstad Kunstsenter, einem von Franks festen Auftraggebern, zu begleiten. Die Künstlerin war jung und vielversprechend, das norwegische Nationalmuseum hatte schon Werke von ihr angekauft, und auch im Ausland war ihre Arbeit bereits auf Interesse gestoßen. Erst hatte Knut nicht mitkommen wollen. Ich habe nichts für Kunst übrig, hatte er gemeint, aber als Frank sagte, es werde Wein und Schnittchen geben, saßen sie flugs im Bus nach Høvikodden.

Den Eingang zur Ausstellung bildete eine riesige Vagina, aus Stoff geformt, und um hindurchzugelangen, musste man die »Schamlippen« zur Seite schlagen, woraufhin man in einen dunklen Raum kam, dessen Wände mit transparenten Bildern in Lichtkästen bestückt waren, wodurch die Bilder von hinten beleuchtet wurden. Auf einem von ihnen war die Künstlerin zu sehen, wie sie mit gespreizten Beinen dalag und onanierte. Andere zeigten eine erigierte Brustwarze, einen Anus, einen Finger in einer Scheide, einen blutbedeckten Dildo. Die Bilder waren scharf, hatten starke Farben und Kontraste. Im nächsten Raum hing ein Hintern, gegossen aus einem grünen Plastikmaterial. Zwischen den Pobacken quoll von Zeit zu Zeit eine Parfümwolke hervor. Danach gelangte man zu einem Gebilde, das laut dem erklärenden Schildchen ein »Wichsstuhl« war, dabei handelte es sich um einen hohen, breiten Sessel, auf dessen Sitzfläche ein pyramidenförmiger kleiner Plastikgegenstand angebracht war, an dem sich die Ausstellungsbesucherinnen reiben sollten. *Mit ihrem mutigen und sich selbst ausliefernden Kunstprojekt möchte sie ihr Publikum zum Onanieren inspirieren,* hieß es in einer Besprechung der Ausstellung über die Künstlerin, und weiter: *Sie zeigt uns eine freie, selbstständige, von Begierde getriebene Frau; ein aktives sexuelles Subjekt, das im Akt für niemand anderen da ist als für sich selbst. (…) Ein Tritt gegen unser ständiges Bedürfnis, einander mit bestimmten Labels zu versehen. (…) Wir werden uns unserer eigenen Hemmungen bewusst. So macht die Künstlerin sichtbar, dass es in unserer durchsexualisierten Wirklichkeit immer noch Tabuthemen gibt.*

Knut hat das schon viele Male gesehen, bereits in den Achtzigerjahren: junge Frauen, die sich auf eine aggressive Weise exponieren, zumindest empfindet er es als aggressiv, so, als ob sie der Welt ihr Geschlechtsteil entgegenstrecken wollten, mit Ausfluss und Menstruationsblut, mit hartem Licht und scharfen Kontrasten. Ihn beschleicht in diesen Fällen immer das Gefühl, lächerlich gemacht zu werden, als würde man seine Lust verspotten, dass man das, was er begehrt, in ein Zerrbild verkehrt und als abstoßend darstellt. Und trotzdem sind es fast nur *junge* Frauen, die sich auf diese Weise selbst zum Gegenstand ihrer Kunst machen, und ganz gleich, wie sehr sie sich auch zurichten, sich »hässlich« und »abstoßend« darstellen, so kommt das Junge und Frische an ihnen immer durch, sodass ihr Treiben im Endeffekt doch zu einer Feier der jungen, femininen Schönheit wird, die sich weder durch Menstruationsblut noch Pickel verbergen lässt, genau wie soeben auch das Maskuline bei dem Mann auf der Bühne durchkam, als er das Gespräch dominierte und sich selbstsicher und mit weit auseinanderstehenden Beinen zurücklehnte, wie es nur Männer tun.

Als er sich damals in Høvikodden zwischen den Objekten und Bildern bewegte, war Knut der Gedanke gekommen, dass es mit dem Alter das Gleiche ist, auch das dringt immer durch und entlarvt sich, wie sehr man auch versucht, jünger zu erscheinen, als man ist.

Abgefahren, hatte eine ältere Frau beim Betrachten der Geschlechtsöffnungen, Blutflecken und Dildos laut zu ihren zwei gleichaltrigen Freundinnen gesagt. Die drei Frauen waren gepflegt und gut gekleidet, und sie schienen auch gebildet zu sein, überhaupt ähnelten sie zum Verwechseln der Mehrheit des Publikums hier im Saal von Lillehammer – und alle hatten energisch genickt. *Abgefahren.*

Blaues Licht geht von den Handys aus, die einige jetzt herausgeholt haben und denen sie ihre Aufmerksamkeit widmen, und Knut betrachtet die Samen auf der Bühne und fühlt sich mit ihnen verbunden, wie sie dastehen und mit ausdruckslosem Gesicht joiken, in ihrer unverständlichen und vermutlich bald ausgestorbenen Sprache. Sie wiegen sich schamanenartig zu dem hypnotischen, melancholischen Rhythmus, aber niemand im Saal versteht, was sie da machen, wie niemand mehr versteht, was Schriftsteller wie Knut machen.

Ja, was, wenn die Zeit der Bücher wirklich vorbei ist? Was, wenn er deshalb die Schrift verlassen und sich stattdessen der bildenden Kunst zuwenden würde? Seine erste Ausstellung könnte eine Installation sein, da er weder eine Ausbildung noch Talent im Bereich der figurativen Kunst hat. Dafür hat er mehr als genug Ideen, oft in einem Ausmaß, das zuweilen anstrengend ist, aber auf diesem Feld könnte er vielleicht davon profitieren. Könnte er nicht zum Beispiel eine Ausstellung konzipieren, in der es unter anderem eine »Wichswand« für Männer gibt, in die sie ihren Penis stecken könnten? Nein, fällt ihm ein, denn so etwas gibt es ja bereits, Frank hat davon gesprochen, als er von seinen Aufenthalten in New York und Berlin erzählt hat. Knut muss sich etwas Neues ausdenken, er muss – buchstäblich – einen Schritt weiter gehen. Und während die Samen spielen und ein kenianischer Dichter – der schon mehrfach als Nobelpreis-Favorit gehandelt worden ist – die Bühne betreten hat und Gedichte in seiner vermutlich ebenfalls vom Aussterben bedrohten Stammessprache vorträgt, grübelt Knut weiter darüber nach, was seine Installation zu bieten haben sollte. Der kenianische Dichter wird Zeile für Zeile von einem weiteren Kenianer übersetzt, der auf der anderen Seite der Bühne steht, und Knut erinnert sich vage daran, dass es darum einige Diskussionen gegeben hatte, denn zuerst hatte man einen Norwegisch-Kenianer als Übersetzer vorgeschlagen, aber weil dieser nicht zum selben Stamm wie der Nobelpreis-Favorit gehörte, wurde das als weiterer Fall von kolonialer Arroganz aufgefasst, und schließlich war es gelungen, eine Person zu finden, die aus genau demselben Stamm kam wie der Dichter, und diese Person wurde aus den USA, wo sie lebte, eingeflogen, folglich übersetzt sie ins Englische, aber in ein Englisch mit so starkem Akzent, dass es schwierig ist, zu verstehen, was sie sagt, und Knut verliert sich in seinen Überlegungen, und bald sieht er seine nächste Ausstellung in Høvikodden vor sich, die lediglich aus einer hohen Toilette, einer Art Thron, bestehen soll, in der Toilette sind Kameras angebracht, die alle nach oben gerichtet sind, zur Öffnung, wo die Besucher sich hinsetzen und ihre Notdurft verrichten, was dann gefilmt würde, um den Film anschließend live auf einen großen Bildschirm außerhalb des Raumes zu übertragen.

So bekommen die Besucher, vielleicht zum ersten Mal, etwas äußerst Alltägliches und *in unserer Kultur zugleich so merkwürdig Verstecktes* zu sehen, und das Ganze wird von *trei-*

benden Technorhythmen begleitet werden. Wie eine Geburt wird es sein, nur dass kein Kind zur Welt kommt, sondern Exkremente, und was lässt sich im Katalogtext nicht alles daraus machen? Die Möglichkeiten sind grenzenlos. Die beiden Kenianer auf der Bühne deklamieren schon seit einer Viertelstunde. Und auch wenn einzelne Zuschauer auf ihr Smartphone schauen, sitzen die allermeisten aufmerksam da und wenden den Blick nicht von der Bühne, obgleich auch sie unmöglich etwas von dem Vortrag verstehen können. Trotzdem sitzen sie hier und tun so, als ob, benehmen sich anständig, obwohl sie sich wahrscheinlich zu Tode langweilen. Das ist *Zivilisation.*

Knut ist gerührt.

Schließlich verlassen die Samen, der Dichter und der Übersetzer die Bühne, und ein anderer Dichter, diesmal von den Färöern, wird vorgestellt und beginnt Gedichte auf Färöisch zu lesen, Knut dagegen plant weiter seine Installation, wobei die nächste Frage lautet: Wie bringt man die Leute dazu, bei so etwas mitzumachen? Denn besagten Wichsstuhl traute sich keiner auszuprobieren, soweit Knut mitbekommen hatte, und Knuts neues Exkrementeprojekt geht ja noch weiter – aber stimmt das wirklich? Knut fragt sich, welche Tätigkeit vor einem Publikum schwerer fällt, scheißen oder wichsen? Das lässt sich nicht so leicht beantworten. Eine Möglichkeit, den Prozess zu beschleunigen – da man beim Publikum mit einem gewissen Maß an Hemmungen, sowohl mentalen als auch körperlichen, rechnen muss, weil man hier mit einem ziemlich tief greifenden Tabu konfrontiert ist –, ist das Bereitstellen verschiedener Arten schnell wirkender Abführmittel am Eingang zu dieser einzigartigen Toilette. Die mutigen Besucher, die sich eventuell freiwillig melden, könnten die eine oder andere Form von Prämie erhalten, zusätzlich dazu, dass ihnen natürlich eine Kopie des Films von ihrem eigenen »Auftritt« ausgehändigt wird, wodurch sie etwas zu sehen bekommen werden, das sie garantiert noch nie zuvor gesehen haben, obwohl sie es jeden Tag tun, in manchen Fällen vielleicht sogar mehrmals am Tag.

Im Ausstellungskatalog soll stehen, dass wir Raumschiffe bauen, um andere Planeten zu erforschen, während zugleich *einfache menschliche Verrichtungen von undurchdringlicher Mystik umgeben sind.*

Dieser weiße Fleck auf der Karte, wann hat man sonst schon die Gelegenheit, etwas Derartiges zu betrachten, so alltäglich es auch ist? Dieses Erlebnis will Knut mit der *Schwierigkeit, sich selbst wirklich zu sehen,* in Verbindung bringen.

All das wird bestimmte Menschen schockieren, die dann ihren vorhersehbaren Protest äußern und so der Ausstellung, die selbstverständlich auf Tournee gehen wird, die nötige Friktion hinzufügen werden: *So was wollen wir in unserer Stadt nicht haben,* und dadurch wird das Interesse der Presse geweckt werden, was dann wiederum zu einem Teil des Kunstwerks wird. Und falls niemand protestiert, denkt Knut, kann er immer noch jemanden fürs Protestieren bezahlen. Oder er kann sich verkleiden und selbst protestieren.

10

Zwei Stunden später kommt eine junge Frau zu Knut und stellt sich sehr dicht neben ihn. Sie sind auf der Hotdogparty vom *Dagbladet*, im Frühstücksraum des Hotels Breiseth. Knut versucht, sich ihr zu entziehen, aber sie folgt ihm, und so bewegen sie sich durch den Raum. Bald steht Knut mit dem Rücken an einer Wand. Die Frau presst ihren Oberkörper an seinen Arm, als könne sie nicht ohne fremde Hilfe stehen. Sie schaut sich um. Beide haben sie einen Hotdog in der einen und ein Plastikglas mit Bier in der anderen Hand. Das Essen im Restaurant liegt lange zurück, und Knut hat sich vorgenommen, so viele Gratiswürstchen zu essen, wie er in sich hineinstopfen kann.

Die Frau knufft ihn.

»Ich will keine Schriftstellerin mehr sein.«

Knut hat vergessen, wie sie heißt, und traut sich nicht zu fragen. Er hat sich mit ihr schon oft auf Sommerfesten und Weihnachtsfeiern unterhalten, sodass er jetzt schlecht nach dem Namen fragen kann, und weil er beide Hände voll hat, kann er auch nicht sein Handy zücken, um sie zu suchen.

»Hallo«, sagt sie. »Hör mir doch zu. Ich will keine Schriftstellerin mehr sein!«

Knut hat den Mund voller Würstchen und gibt ihr durch Zeichen zu verstehen, dass er erst zu Ende kauen muss. Er schluckt so viel und so schnell hinunter, dass ihm der Hals wehtut.

»Aha. Und warum nicht?«

Sie lässt den Blick durch den rappelvollen Raum schweifen.

»Das hier? Eine Hotdogparty? Also echt jetzt.«

Es hatte einige Aufregung um sie gegeben, erinnert sich Knut, große Aufmacher im Kulturteil der Zeitungen. Ein Buch über eine sadomasochistische Beziehung zwischen einer jungen Frau und einem viel älteren Mann, in den Artikeln war sie mit verschleiertem Blick und halb offenem, feuchten Mund abgebildet worden, als ob sie gerade käme. All die Koketterie, all das Pornografische, was in die Öffentlichkeit eingedrungen ist, warum spricht das niemand an?

Die Wirklichkeitsbeschreiberin ist oft mit tiefem Ausschnitt abgebildet, daran erinnert Knut sich von seinen obsessiven Streifzügen durch das Internet, man kann ihre Brustspalte sehen, und genau dorthin werden die Augen aller – Männer wie Frauen – gelenkt, aber natürlich ohne dass das irgendwie zur Sprache gebracht werden könnte.

Dann bring es doch selbst zur Sprache, würde Frank sagen, und Knut würde antworten, nein, ich kann mich nicht auf Debatten einlassen, ich bin schließlich Schriftsteller, ich muss schreiben, ich muss mich konzentrieren. Stehst du deshalb hier und regst dich auf, würde Frank daraufhin sagen.

Aber gerade ist kein halb offener, feuchter Mund zu sehen, und Knut dämmert, dass die Fotos retuschiert sein müssen, denn hier in der Realität sieht die Frau völlig anders aus, und er würde sich gern rühren, hat jedoch Angst, sie zu reizen, sie hat eine aggressive Ausstrahlung, befindet sich in einem Stadium der Trunkenheit, in dem man nur auf der Suche nach einem möglichen auslösenden Reiz ist. Er spürt ihre Brüste an seinem Arm. Man stelle sich vor, Knut würde sich so an eine Frau klammern. Und auch wenn sie neben ihm steht und schreit, sie beide sollten von hier verschwinden, er solle *mit zu Haakons kommen, weg von all diesen Idioten* – als ob Haakons Pub nicht voll von genau den gleichen Idioten wäre und als ob sie beide da eine Ausnahme bilden würden –, und auch wenn sie sich an ihn drückt und auf seinen Mund starrt, sobald er etwas sagt, muss das nichts anderes heißen, als dass sie betrunken ist, und er sollte tunlichst aufpassen, damit er nicht auf die Idee verfällt, der Altersunterschied zwischen ihnen sei geringer, als er es tatsächlich ist. Und last, but not least: Knut hat gerüchtehalber gehört, dass ihr Buch auf der inzwischen so *berühmten* Wirklichkeit basiert, und das Letzte, was er will, ist, dass sein unberechenbarer Penis in einem weiteren Buch vorkommt.

Sie starrt nach wie vor auf seinen Mund und drückt sich an ihn, aber eher schlaff und lustlos, so als wäre alles bloß Zeitvertreib, auf einer Linie mit Hotdogs essen oder Bier trinken oder zum Friseur, zum Zahnarzt oder auf die Toilette gehen; etwas muss getan werden, etwas muss an seinen Platz. So, es ist immer gut, etwas erledigt zu haben.

Trotzdem versucht Knut eine Weile, sich selbst zu überreden, so wie er es in dem einen oder anderen Buch beschrieben hat, denn jetzt sucht ihn alles gleichzeitig heim. Alles, was er geschrieben hat, liegt wie Schrott auf der Fahrbahn und taucht auf, wenn er am wenigsten damit rechnet: *Wenn du noch etwas erleben willst, solange deine Knochen mit Haut überzogen sind, dann musst du jede Gelegenheit nutzen, die sich dir bietet.*

Etwas ist verschwunden, was auch immer es war, das früher Dinge geglättet, seine Umgebung zum Leuchten gebracht und dafür gesorgt hat, dass er alles andere vergisst. Jetzt hingegen kann er, obwohl er betrunken ist, nur allzu deutlich sehen, dass sie Würstchenreste zwischen den Zähnen hat, ihre Augen sind rot, sie riecht streng, sie ist viel zu betrunken, und ihre Arme sind mit Tätowierungen übersät. Insgeheim ist Knut der Meinung, dass Tätowierungen am besten zu Männern passen, die häufig von vornherein schon hässlich sind. Wenn Frauen sich tätowieren lassen, hat es etwas von Verunstaltung und Verwüstung.

Doch trotz dieser Gegenargumente stellt er sich zwischendurch vor, wie sie beide in ihrem Bett liegen, in ihrem Hotelzimmer, denn dann hätte er wenigstens eine Bleibe für die Nacht.

Eine Bleibe – das hatte er vergessen, er hatte ja keine Bleibe.

Bestimmt hast du auch vergessen, dass du in dieser Hinsicht nicht mehr funktionierst, wispert es in Knuts leicht beschwipstem Kopf. Da war doch die Sache mit dem Sadomasochismus, und er ist ein älterer Mann, vielleicht kommt er damit davon, dass er sie übers Knie legt und ihr ein paar Klapse versetzt. Vielleicht reicht das, um die Nacht in ihrem

Zimmer verbringen zu dürfen, dann hat er wenigstens ein Bett. Morgen soll er an einem Podiumsgespräch teilnehmen, er soll vor einem Publikum sitzen. Und hier steht er und hat keine Bleibe. Er ist mit anderen Worten nicht nur ein Säufer, sondern auch ein Obdachloser. Wie konnte es so weit kommen? Er hat schlechte Erfahrungen damit gemacht, am Tag vor einem Auftritt zu trinken. Der Kater neigt dazu, das alte Lampenfieber zu befeuern. *Ganz zu schweigen davon*, dass er morgen seine beiden Hauptfeinde treffen soll, und er kann nicht mit noch zittrigeren Händen als sonst auf der Bühne sitzen.

Sie drückt sich immer noch an ihn und schaut sich im Raum um, als wären sie bereits ein Paar. Aber Knut weiß, wenn er erst einmal neben jemandem im Bett liegt, bringt ihn das dazu, sich Dinge einzubilden und ihnen über Gebühr Platz und Aufmerksamkeit einzuräumen. Leere, wertlose Chemie, und doch können diese Stoffe den Organismus dazu verleiten, Prozesse in Gang zu setzen, die ihn in den Leerlauf schalten lassen, wodurch er sich selbst verzehrt. Und dann liegt der Organismus Knut abermals als hilfloser Unrat in einem Bett, nicht mehr und nicht weniger als Unrat, der tunlichst den Gedanken vermeidet, dass er in nicht allzu langer Zeit in einen Verbrennungsofen geschoben wird, und gerade als es Knut endlich gelingt, sich zurück in die Wirklichkeit zu holen, und er sich räuspert und etwas sagen will, ohne zu wissen, was, geht sie weg.

Sie ist so betrunken, dass sie sich einfach umdreht und geht. Von einem Moment auf den anderen. Eben hat sie noch hier gestanden und sich an ihn gedrückt, und jetzt geht sie einfach. So kann man sich nur benehmen, wenn man eine junge Frau ist, und Knut kann sich bei niemandem beschweren. Denn was sollte er sagen? *Erst hat sie sich an mich geklammert, und dann ist sie einfach gegangen.* Er selbst war auf nichts anderes aus gewesen, als einen Schlafplatz für die Nacht zu finden, und obwohl er schon von zwei Hotdogs satt war, holt er sich noch einen weiteren, und mit Ketchup und gebratenen Zwiebeln kriegt er auch diesen runter, allerdings mit Tränen in den Augen vor Anstrengung.

Er schwitzt, und sein Puls ist hoch. Er muss hier weg.

Vielleicht passiert es jetzt – vielleicht bekommt er jetzt eine Herzattacke. Glücklicherweise ist sein Hausarzt hier, nur ein Stockwerk entfernt.

In Haakons Pub hält er nach Lene Ausschau. Aber anstelle von Lene trifft er ihren Mann, denn auf einmal steht Terje vor ihm.

»Hallo, Terje. Wir sollen ja morgen zusammen auf die Bühne, was sagst du dazu?«

»Bin nicht in der Stimmung für Small Talk.«

»Wo kommt denn diese Fixierung auf Small Talk her, es ist doch niemand jemals in der Stimmung für Small Talk«, erwidert Knut, aber Terje steht einfach nur da und starrt ihn an, ohne zu antworten oder noch mehr zu sagen. So benimmt er sich immer, wenn Lene nicht in der Nähe ist. Das ist eine seiner Spezialitäten, Knut hat ihn diesen Kniff schon bei anderen Leuten anwenden sehen, diese Ehre wird also nicht bloß ihm zuteil. Aber er ist zu müde, als dass es irgendeine Wirkung auf ihn hätte, daher glotzt er einfach nur zurück. So stehen sie da und starren sich an, und Knut macht sich bereit zu gehen, doch da packt Terje ihn am Arm, und diese unerwartete Berührung ruft etwas in ihm wach, und Knut dreht sich um, denn vielleicht passiert es jetzt, aber dann lässt Terje zu seiner großen Enttäuschung los und verschwindet.

Als sie zur Hotdogparty kamen, hatte ihm der Lektor, bevor Knut im Gewühl verschwinden konnte, zugerufen: Wir treffen uns hinterher noch zu einem Absacker, ich schick dir eine Nachricht! Jetzt ist es schon halb zwölf, und noch hat er keine SMS bekommen, daher hängt er eine Weile in Haakons Pub herum, setzt sich mal hierhin, mal dahin. Die Stimmung ist wie immer, alle sind betrunken, und man lässt alte Feindschaften ruhen oder bläht sie überproportional auf. Auf dem Weg zur Toilette sieht er, wie ein Rezensent des *Morgenbladet* von einem jungen Debütanten, an dessen Namen sich Knut nicht erinnern kann, heruntergeputzt wird. Sie sind beide betrunken und verschwitzt, und der Autor brüllt dem Rezensenten ins Gesicht, der wiederum die Autorenspucke mit einer übertriebenen Handbewegung wegwischt.

Etwas später trifft Knut das Großgesicht. Eigentlich ist es ungerecht, dass es Klatsch*weib* heißt, denkt Knut, als er vor dem Mann steht und einige phrasenhafte Sätze mit ihm wechselt – geht's gut, ja, danke, schreibst du grad an was, nein, hm, ja, und bei dir, hm, nein, ja –, denn die schlimmsten Klatschweiber, denen Knut je begegnet ist, waren Männer, und dieser Mann toppt alle; will man, dass etwas die Runde macht, ist es effektiver, es ihm zu erzählen, als es ins Internet zu stellen. Seit ihrer letzten Begegnung hat er sich einen Bart zugelegt, der zu lang geraten ist, und jetzt mustert er Knut, so wie er alles Lebendige mustert, und Knut kann die Überlegungen und Berechnungen sehen, die im Kopf des Großgesichts vor sich gehen, der bald entscheiden muss, ob er Zeit auf Knut verwenden soll, und wenn ja, wie viel, und Knut hört sich selbst sagen:

»Kannst du ein Geheimnis für dich behalten?«

Das Großgesicht kommt so nah, dass Knut seine Nasenflügel vibrieren sieht. Der schüttere Bart ist ungepflegt.

Knut schüttelt den Kopf.

»Nein, verdammt, das kann ich nicht.«

Er lallt und gibt vor, sturzbetrunken zu sein, was er zu diesem Zeitpunkt auch sein sollte, aber er fühlt sich vollkommen nüchtern. Möglicherweise hat er den Zustand erreicht, in dem Alkohol nicht mehr berauschend wirkt, sondern nur noch dabei hilft, das Level auf null zu halten.

Das Großgesicht beugt sich mit offenem Mund vor. Seine Unterlippe glänzt und ist voller Speichel, was ihn wie einen Schwachsinnigen aussehen lässt. Die glänzenden, vollen Lippen in einem Kranz aus Gesichtshaar wecken bei Knut zudem Assoziationen an etwas völlig anderes, was er sofort verdrängt.

»Komm schon!«

»Nein, nein. Vergiss, dass ich was gesagt habe. Vergiss es einfach. Es ist zu krass.«

Knut lacht und tut so, als müsse er sich an der Wand abstützen. Das Großgesicht kommt näher. Er erinnert Knut an ein Tier, Knut kommt nur nicht darauf, an welches.

»Wer A sagt, muss auch B sagen.«

Vielleicht eine Hyäne. Eine träge, fette Hyäne.

»Nix da«, sagt Knut.

Das Großgesicht schwebt über ihm wie ein Planet im Kosmos, seine Visage ist viel zu nah und viel zu groß, und Knut genießt den Abscheu, der ihn erfüllt und der ihn an seinen Hass auf Terje erinnert. Wie gut so etwas Reines und Konzentriertes doch tut, das ganz ohne Risse, Fragen oder Zweifel ist.

Das Großgesicht zischt:

»Spuck's aus.«

Knut schluckt und schaut zu Boden. Er hat noch keine Idee, was er sagen soll. Er hatte einfach nur Lust, sich mit dem Kerl einen Spaß zu erlauben. Ein paar Knöpfe zu drücken. Damit etwas passiert.

Um sich eine Denkpause zu verschaffen, sagt er:

»Okay. Scheiß drauf. Du kennst ja …«

Und Knut nennt den Namen der Wirklichkeitsbeschreiberin, weil es der erste Name ist, der ihm einfällt.

»Ja und? Was ist mit ihr?«

»Tja, also … sieunich, wir hatten ein Verhältnis. Aber *darüber* schreibtse nix. Und das macht mich so verdammt wütend, verstehse, dass se angeblich über die Wirklichkeit schreibt, dann aber doch nich, sie will ja den Mann und das Reihenhaus und ihr ganzes gesittetes Leben behalten, und darum unterschlägse, dass wir mal *mehrere Monate* zusammwarn.«

»Echt«, sagt das Großgesicht, er wirkt enttäuscht, und Knut versteht, weshalb, denn was ist heutzutage schon ein lumpiges außereheliches Verhältnis, und ihm wird klar, dass er sich mehr einfallen lassen muss.

Er holt tief Luft.

»Aber das ist noch nich des Schlimmse. Des Schlimmse …«

Knut schließt die Augen und lehnt sich an die Wand. Das Großgesicht rückt nach und beugt sich über Knut.

»Ja?«

»Des Schlimmse is, dass ich vermutlich der Vatter ihrer mittleren Tochter bin.«

»Nein.«

In dem Moment ist sich Knut ganz sicher, dass das Großgesicht eine Erektion bekommen hat. Er braucht nicht einmal nachzusehen, er hat die Bewegung aus den Augenwinkeln wahrgenommen, da unten hat sich etwas getan.

»Ja, ich bin mir ziemlich sicher. Se sieht mir auch ähnlich, und die Daten stimmen. Das habich noch nie laut zu jemandem gesagt. Ich hab bisher kaum gewagt, es überhaupt ze denken. Und jetzt steh ich hier und erzähl es dir. Ich weiß wirklich nich, was in mich gefahrn is. Mein Gott, binichbesoffen.«

Das Großgesicht spendiert Knut ein Bier und drängt ihn in eine Ecke, denn er hat gerade den Fang des Tages an Land gezogen und hat daher kein Auge mehr für andere. Und Knut genießt es, der Fang des Tages zu sein. Es fühlt sich fast so an wie früher, als alle mit ihm reden wollten, und sie plaudern noch ein bisschen, aber nicht sehr lange, denn das Großgesicht erkennt schnell, dass hier nicht noch mehr zu holen ist, allerdings hat er ja auch schon mehr als genug, und er wird unruhig, denn er hat jetzt einen Job zu erledigen, und bald ist er im Gewühl verschwunden. Knut bleibt sitzen und kichert in sich hinein. Dann wird er ernst und fragt sich, was er da bloß angerichtet hat. Aber er ist zu betrunken und zu müde, um sich allzu viele Sorgen zu machen.

Eine Weile läuft er etwas halbherzig herum und versucht, in Erfahrung zu bringen, ob jemand ein Hotelzimmer übrig hat. Erfahrungsgemäß bilden sich im Laufe des Abends in Haakons Pub Pärchen, zumindest war das früher so, was bedeutet, dass einige Hotelzimmer leer stehen werden. Knut sieht mehrere solcher Paare, sie drücken sich hier und da in eine Ecke oder sitzen an diversen Tischen allzu dicht beieinander. Aber er bringt es nicht über sich, jemanden zu fragen, und die Zeit vergeht.

Um zwanzig vor eins erhält er eine Nachricht.

Zimmer 12 im Breiseth

Die Party muss schon eine Weile im Gange sein, warum hat der Lektor nicht eher Bescheid gegeben?

Knut schreibt zurück, er sei bereits im Bett.

Wohnst du nicht hier?

Knut antwortet nicht, und auf dem Weg ins Hotel Breiseth sieht er die Odda-Autorin zusammen mit dem Vegetarier in einem der Straßencafés am Fluss. Ihre Köpfe sind nah beieinander, und sie lachen. Die Hand der Odda-Autorin liegt auf dem Oberschenkel des Vegetariers. Sie sind beide verheiratet, aber ihre Ehen sind wohl von der widerstandsfähigen Sorte.

Unmittelbar danach sieht er Lene und Terje Händchen haltend durch die Straßen spazieren. Als hätte es jemand geplant. Jemand, der es darauf abgesehen hat, Knut den Rest zu geben. Es ist eine laue Frühlingsnacht in Lillehammer, selbst der Asphalt scheint Promille zu haben, und Knut kann deutlich hören, wie die Häuser, an denen er vorbeigeht, über ihn lachen.

Im Hotel Breiseth geht Knut durch die Eingangstür, vorbei an der Rezeption, nickt der dort sitzenden Frau zu, die lächelt und zurücknickt, und als sei es das Selbstverständlichste der Welt, begibt er sich ins Untergeschoss und betritt das Kaminzimmer. Niemand hält ihn auf. Warum auch? Er ist Gast des Hotels, auch wenn er sein Zimmer zu wohltätigen Zwecken weggegeben hat.

Leider ist keins der beiden Sofas im Kaminzimmer zum Schlafen geeignet. Jedenfalls nicht für jemanden von fast zwei Metern Länge. Knut rollt seinen langen Körper, so gut er kann, zusammen und versucht, nicht an den nächsten Tag zu denken, was dazu führt, dass seine Gedanken ausschließlich um den nächsten Tag und das, was dann auf ihn zukommt, kreisen.

Knut hat mehr als zwei Jahrzehnte mit Auftritten als Autor hinter sich. Im Laufe dieser Zeit hat er sowohl Triumphe als auch Niederlagen erlebt. Was die Triumphe betrifft, hat er nur vage Erinnerungen an volle Säle, in denen alle gelacht haben, wenn er versucht hat, witzig zu sein, oder spontan geklatscht wurde, wenn er etwas gesagt hat, das den Leuten gefiel. Aber er entsinnt sich nicht an einzelne Episoden, sondern hat nur eine große, allgemeine Erinnerung an etwas *Angenehmes*. Die Reinfälle dagegen stehen ihm kristallklar vor Augen. Besonders einer ganz zu Anfang, als er noch Debütant war und anlässlich eines Festivals im Park Studenterlunden in Oslo auftreten sollte.

Knut hatte mit dem Mann, der ihn interviewen sollte, in einer Sofagruppe hinter der Bühne gesessen und versucht, das Lampenfieber, unter dem er damals noch litt, unter Kontrolle zu bekommen. Der Interviewer war ebenfalls nervös gewesen, aber aus anderen Gründen, denn obwohl die Veranstaltung schon vor drei Minuten hätte beginnen sollen, war noch kein einziger Zuschauer aufgetaucht, dabei standen mindestens hundert Stühle in Reih und Glied bereit. Der Mann lief ständig zum Bühnenvorhang und spähte hinaus, dann kam er zurück und erstattete Bericht. Knut war das vollkommen egal. Er hatte mehr als genug damit zu tun, seine Angst in Schach zu halten, und hätte nichts dagegen gehabt, wenn die ganze Geschichte abgeblasen worden wäre.

Ich verstehe das nicht, sagte der Mann. Es muss sich um ein Missverständnis handeln, haben die denn überhaupt keine Anzeigen geschaltet? Vielleicht liegt es auch daran, dass es den ganzen Tag geregnet hat. Aber jetzt ist es doch trocken! Hallo, gerade ist einer gekommen. Nun sitzt wenigstens ein Mann da. Und wir haben fünf nach. Dann sollten wir vielleicht anfangen.

Sie gingen auf die Bühne, und ganz hinten saß tatsächlich ein Mann von unbestimmbarem Alter, er saß einfach da, starrte in die Luft und lächelte breit. Er sah aus wie jemand, der sich durch die Straßen treiben lässt und bei allem haltmacht, was ihm auffällt, weshalb Knut ihn im Stillen Dorftrottel taufte, und der offensichtliche Enthusiasmus des Dorftrottels bildete einen scharfen Kontrast zu den Reihen mit leeren Stühlen. Das einzige andere Wesen, das sich am Horizont zeigte und das Knut zunächst für einen weiteren Zuschauer hielt – was eine Zunahme des Publikums um hundert Prozent bedeutet hätte –, erwies sich als Roma-Frau, die in einer Reihe grüner Mülltonnen am Rand des Areals herumwühlte. In einen langen Rock gekleidet und mit einem langen Zopf auf dem Rücken steckte sie mit dem gesamten Oberkörper in der Mülltonne und suchte nach leeren Flaschen. Jede Flasche, die sie fand, warf sie in einen Einkaufstrolley mit Schottenkaro.

Warum erinnert er sich so deutlich daran? Er kann heute noch den Lärm der Mülltonnendeckel hören, denn sobald sie mit der einen Tonne fertig war, ließ sie den Deckel einfach fallen und ging auf die nächste los. Sie befand sich ganz und gar in ihrer eigenen Welt und schien sich nicht um die Geräusche zu kümmern, die sie verursachte, und in diesem Krach begann das Gespräch. Doch als wollte er im Geist der Frau fortfahren, denn das Volk der Roma entstammt ja einer Kultur fast ohne schriftliche Quellen, eröffnete der Interviewer das Gespräch mit der Bemerkung, er habe Knuts Buch nicht gelesen, sondern lediglich *von einem Kollegen eine Zusammenfassung bekommen.*

Das schiefe Grinsen, mit dem er diesen Kommentar zum

Besten gab, deutete darauf hin, dass er für das Gesagte eine Form von Anerkennung erwartete. Er blickte sich schelmisch um, als hätte er die Bemerkung schon öfter gemacht, und wartete darauf, das übliche gedämpfte Lachen des Publikums einzuheimsen, doch da saß nur der Dorftrottel, der wie zuvor ins Leere lächelte, während die Roma-Frau mit den Mülltonnen klapperte.

Wer hingegen lachte, war Knut. Knut schmunzelte und kicherte leise, als wollte er dem Mistkerl aus der beschämenden Situation helfen, einer Situation, die der Mistkerl selbst nicht einmal als beschämend erkannte, sodass er Knuts Hilfe auch nicht brauchte, um aus ihr herauszukommen.

Damals war das alles neu für Knut gewesen. Aber in den vergangenen Jahren hat er mehrere solcher Leute getroffen. Nicht nur in Norwegen, sondern auch in anderen Ländern, die er in Verbindung mit dem Erfolgsbuch besucht hat. Und auch wenn die *allermeisten* getan hatten, wofür sie da waren, nämlich ihren Job, der in diesem Fall darin bestand, Knuts Buch vorher gelesen und sich ein paar Fragen überlegt zu haben, gab es trotzdem ungefähr ein Zehntel unter ihnen – und natürlich ist diese Minderheit in Knuts Erinnerung sehr präsent, ob es nun Journalisten waren, die ihn interviewen wollten, oder Moderatoren, die bei einem Literaturfestival Gespräche führen sollten –, und dieses Zehntel unterschied sich dadurch, dass die Betreffenden nicht auf E-Mails antworteten oder erst nach drei Tagen oder dass sie vergaßen, den Auftritt bekannt zu machen, oder anschließend vergaßen, die Rechnung zu bezahlen, oder dass sie das Buch nicht lasen, obwohl sie ihn im Zusammenhang mit diesem Buch interviewen sollten, und wenn sie es gelesen *hatten*, dann betonten sie gern, dass sie es nur gelesen hatten, weil sie mussten, und sie hatten es überflogen, sie hatten es in der Mittagspause gelesen, auf dem Klo oder in aller Eile am Abend zuvor, wobei sie es nicht mehr geschafft hatten, den letzten Teil zu lesen, haha, und bei alledem konnte man einen roten Faden erkennen: Diese Menschen, also die, die ihren Job nicht machten – wie gesagt, waren es nicht viele, vielleicht zehn Prozent, vielleicht auch nur fünf, aber noch einmal, das sind leider die, an die Knut sich erinnert –, sie arbeiteten im Kulturbetrieb, weil sie sich als Künstler sahen. Möglicherweise hatten sie Talent auf einem oder mehreren Gebieten, eventuell hatten sie einen Schreib- oder Malkurs besucht, wo man ihnen vielleicht gesagt hatte, sie hätten Talent. Was vermutlich stimmte. Das Problem war, dass sie weder die Leidenschaft noch die erforderliche Disziplin besaßen, um lange genug bei der Stange zu bleiben und etwas von Wert hervorzubringen, weshalb sie nie ernsthaft auf ihr Talent gesetzt, sondern stattdessen als Kulturarbeiter angefangen hatten, um sich dort aufzuhalten, wo sie trotz allem hingehörten. Aber gerade weil sie kein Interesse daran hatten, die nötige Disziplin aufzubringen, um sich an den Schreibtisch – oder die Staffelei oder den Notenständer – zu setzen und *sitzen zu bleiben*, machten sie alles andere drum herum, und in diesem Alltag präsentierten sie sich mit einer arroganten (Männer) oder zerstreuten (Frauen) Haltung, um auf diese Weise sich und die Welt daran zu erinnern, dass sie eigentlich Künstler waren, wobei dieses Verhalten zugleich auch ein Ergebnis der Faulheit war, die sie seinerzeit davon abgehalten hatte, mit ganzem Herzen auf ihre Berufung zu setzen, und so vergaßen sie, E-Mails zu beantworten, vergaßen, dafür zu sorgen, dass Knut kein Handmikrofon benutzen musste – aufgrund seines Lampenfiebers konnte er nichts in der Hand halten, sondern brauchte immer einen Mikrofonbügel oder Mikrofonständer –, vergaßen, das Honorar zu bezahlen, oder vermieden es so lange wie möglich, die Höhe des Honorars für einen Auftrag anzugeben, vielleicht weil es ihnen widerstrebte, über etwas so Vulgäres wie Geld zu sprechen. Selbst mussten sie sich nicht die Finger damit dreckig machen, Rechnungen zu schreiben, den Saldo im Blick zu behalten und ums Honorar zu feilschen, sondern konnten ihre Zerstreutheit und Faulheit und Arroganz in ihrer Festanstellung im Kultursektor ausleben, und dort konnten sie Wein trinken, über Kunst sprechen und die ein oder andere Vorstellung von einem Künstlerleben realisieren, eine Vorstellung, die so fern vom Alltag der Produzenten, das heißt der Künstler, war, dass sie wie zwei verschiedene Sonnensysteme anmuteten.

Vergeblich versucht Knut, eine Position zu finden, in der er einschlafen kann. Er schiebt den kleinen Salontisch zur Seite und legt sich auf den Fußboden, die langen Beine ruhen auf dem Sofa, und so findet er zu einer gewissen Ruhe, aber er schläft nicht ein.

Einmal ist er von Oslo aus ans andere Ende des Landes geflogen, wo ihn am Flughafen eine Bibliothekarin abgeholt hat. Anschließend wurde er zu einer Bibliothek im ersten Stock eines Einkaufszentrums kutschiert. Die Fahrt dauerte drei Stunden.

In der Bibliothek hatten sie mehrere Stuhlreihen aufgestellt. Zwei Gläser und ein Krug mit Wasser sowie Mikrofonbügel warteten einsatzbereit auf einem Tisch auf der erhöhten Bühne, wo auch zwei Sessel standen. So weit, so gut. Doch als es schon fünf Minuten über der Zeit war und sich trotz all dieser Vorbereitungen nur drei Zuhörerinnen eingefunden hatten, verlegte man die gesamte Veranstaltung in eines der Besprechungszimmer der Bibliothek.

Knut war erleichtert, denn damals litt er noch sehr unter Lampenfieber. Es hatte ihm schon wochenlang vor der Veranstaltung gegraut, aber in einem Besprechungszimmer mit drei Frauen im Alter seiner Mutter an einem Tisch zu sitzen und zu plaudern, löste bei ihm keinerlei Angst aus. Es war eine angeregte Unterhaltung, sie fragten, und er antwortete, und anschließend fuhr die Bibliothekarin ihn zu einem Hotel in der nächstgelegenen Stadt, eine halbe Stunde entfernt. Am nächsten Morgen holte sie ihn nach dem Frühstück ab, dann folgte wieder eine dreistündige Autofahrt zum Flughafen, wo er einen Hamburger aß und ihn mit zwei Tassen schwarzem Kaffee hinunterspülte, und schließlich flog er nach Hause.

Zwei volle Arbeitstage waren dafür draufgegangen.

Zwei der drei Zuhörerinnen hatten das Buch nicht gelesen, sie wollten bloß *etwas unternehmen*, in diesem Dorf, wo *nichts los ist*. Die Bibliothekarin hatte mit kaum verhohlenem Stolz eingeräumt, *Marketing und dieser ganze Werbekram* seien nicht so ihr Ding.

Knut steht auf und läuft ein bisschen herum. Er sieht im restlichen Untergeschoss nach, ob es vielleicht einen Raum mit einem besser geeigneten Sofa gibt, das ist jedoch nicht der Fall. Er weiß, dass er vor den frühen Morgenstunden keinen Schlaf finden wird, aber zugleich ist er zu betrunken, um sich allzu große Sorgen zu machen. Um die Zeit totzuschlagen, legt er sich auf das kurze Sofa und lässt die Beine über die Armlehne baumeln. Er surft durch Onlinezeitungen und loggt sich schließlich bei *Dagbladet Pluss* ein, wo er sich mithilfe verschiedener E-Mail-Adressen, mit denen er zu diesem Zweck herumjongliert, ein Gratisabo erschlichen hat, und dort tippt Knut auf das Bild eines glatten, marzipanartigen Frauenpos, der sich unter einem kurzen Rock einladend der Kamera entgegenschiebt, und das tut er, weil ihm einfällt, dass er sich genauso gut in den Schlaf wichsen könnte. Mit anderen Worten, sein Sexleben wurde zu einem Schlafmittel reduziert. Ach ja, denkt Knut und fängt an, den Hosenschlitz seiner 501-Jeans aufzuknöpfen. Er versucht, das Bild zu fixieren, doch bald gleiten seine Augen von ihm weg, und ehe er auch nur dazu kommt, sein Geschlechtsteil zu umfassen, beginnt er den dazugehörigen Artikel zu lesen, weil er sein Vorhaben schlicht und einfach vergisst.

Bei Analsex denken die meisten an Penetration, aber Analsex kann auch Petting und Lecken im und um den Anus beinhalten. Spitzen Sie die Zunge und führen Sie sie vorsichtig in die Analöffnung ein. Es wäre im Übrigen eine gute Idee, sich vorher zu waschen, um sicherzugehen, dass sich im Anus keine Darmbakterien befinden.

Bevor man diese Praktiken ablehnt, sollte man sie zumindest ausprobiert haben, meint die Autorin des Artikels resolut, eine Sexualwissenschaftlerin, die einige Jahre älter ist als Knut.

Wenn man während des Orgasmus etwas im Anus hat, zum Beispiel einen Buttplug oder einen Finger, hat der Schließmuskel etwas, das er umfassen kann, was ein stärkeres Orgasmusgefühl auslösen könnte.

Der tiefrote Lippenstift auf den dünnen Lippen lässt den Mund der Sexualwissenschaftlerin wie eine Wunde aussehen. Sie lächelt breit, wobei lange gelbe Zähne sichtbar werden, als wollte sie mit ihrem Erscheinungsbild deutlich machen, dass sie nicht vorhat, sich aufhalten zu lassen, und dass auch Knut und alle anderen sich nicht aufhalten lassen sollten.

Der Artikel enthält Links zu ähnlichen Artikeln, und Knut liest weiter. *Begeben Sie sich in eine Welt mit allen erdenklichen Lüsten, sei es Gummi, Latex, Leder, Unterwerfung, Dominanz, Nadeln oder Würgen.*

Knut gerät in einen ihm vertrauten Trancezustand und hüpft von einem Artikel zum nächsten. *Ihr umfassender Guide zur Planung und Durchführung von Dreiecks- oder Gruppensex.* Hier hat sich ein anderer Sexualwissenschaftler geäußert, männlich diesmal und sehr übergewichtig. *Der Mann kann sich von einer Frau reiten lassen, während eine andere auf seinem Gesicht sitzt.*

Knut weiß, dass er nicht der Einzige ist, der sich den Sexualwissenschaftler automatisch in einer Gruppensexsituation vorstellt, wie er sich zuvor auch vorgestellt hat, dass die

Sexualwissenschaftlerin aus dem anderen Artikel anal penetriert wird. Ist es nicht natürlich, dass man sich Menschen, die bestimmte Aktivitäten empfehlen, bei ebendiesen Aktivitäten vorstellt? *Vergessen Sie nicht das Gleitmittel. Drei Männer: Hier fahren Sie Zug. Ein Mann kann von hinten penetriert werden, während er zugleich einen geblasen kriegt.* Knut sieht vor sich, wie der enorme Bauch des Sexualwissenschaftlers im Weg ist, er sieht vor sich, wie jemand den Bauch anhebt, um den Penis des Sexualwissenschaftlers zu finden, und dann zeichnet sich vor seinem geistigen Auge ein weiteres Bild ab: nämlich, wie der Mann dasteht und in jemanden, Mann oder Frau, hineinpumpt, während ein anderer wiederum in ihn hineinpumpt und der Schweiß rinnt, und der Bauch wird hin- und hergeworfen.

Genau wie Knut hungrig wird, wenn er Artikel über Diäten und Abnehmen liest, erfüllen ihn diese Artikel mit dem starken und innigen Wunsch, sich für alle Ewigkeit ins Zölibat zu begeben. Es ist wie mit den Fotos von den gefesselten Japanerinnen oder der Ausstellung in Høvikodden, all das tötet in Knut jegliche Lust ab und weckt in ihm den Drang, sich nie mehr sexuell zu betätigen. Wenn in einer der größten Zeitungen Norwegens behauptet wird, alle sollten anfangen, sich gegenseitig die Mastdarmöffnung zu lecken – *Sie sollten es wenigstens ausprobiert haben* –, dann keimt in Knut der Verdacht, dass irgendwo im Zentrum der Macht sich jemand das Ziel gesetzt hat, die Erde zu entvölkern. Warum auch nicht? Vielleicht liegt ja genau hierin die Lösung der Klimaprobleme.

Knut knöpft den Hosenschlitz wieder zu und beschließt,

nie mehr sein Geschlechtsorgan zu berühren, außer zum Urinieren und zur nötigen Säuberung, und damit ist er nicht allein, denn als er weiterliest, heißt es in einem anderen Artikel, in derselben Zeitung, dass das *Interesse an Sex bei jungen Leuten stark nachgelassen hat.*

»Was Sie nicht sagen«, sagt Knut laut vor sich hin, während er auf dem harten Sofa liegt. Aber nochmals, er selbst ist um keinen Deut besser, und was die alten Sexualwissenschaftler betrifft, die der Meinung sind, in diesem Land werde zu wenig Anal- und Gruppensex praktiziert: Knut selbst hat im Winter in besagter Oberstufenklasse gestanden und aus seinem Buch vorgelesen, Passagen mit Wörtern wie *Schwanz* und *Fotze.* Aber danach hat er sich zumindest geschämt.

Schließlich ist Knut so erschöpft, dass er einschläft. Er hat seinen langen Körper auf dem harten Sofa zusammengerollt und träumt von Bibliothekarinnen, die mit Dildos und Buttplugs hinter ihm herlaufen. Es ist gut, in Gang zu kommen, rufen sie, und Knut beginnt zu rennen, aber die Bibliothekarinnen rennen hinter ihm her, und sie laufen erstaunlich schnell und geschmeidig, und Knut wird klar, dass es keine Bibliothekarinnen sind, es sind männliche Sportler, die sich als Bibliothekarinnen verkleidet haben, und erst als sie ihn einholen und ihn mit riesigen Dildos, die sie an sich befestigt haben, vergewaltigen wollen, denn jetzt haben sie sich wieder in Frauen verwandelt, erst da erwacht er von seinem eigenen unterdrückten Gebrüll.

11

Am Freitagmorgen erwacht Knut steif und mit Muskelkater. Er hat die ganze Nacht nicht mehr als eine halbe Stunde am Stück geschlafen. Er schleicht sich in den Frühstücksraum und holt sich Brötchen, Kaffee und Saft. Glücklicherweise ist sonst niemand dort. Er stellt das Essen auf ein Tablett und geht wieder hinunter in sein Zimmer. In seinem Zimmer hängen Porträts an der Wand, die ihm in der Nacht nicht aufgefallen waren, und nun sitzt er auf dem Sofa und betrachtet sie eingehend, während er isst.

Heute soll es passieren.

Wie fühlst du dich jetzt, fragt Knut sich selbst. Aber jenseits der Steifigkeit nach dieser schlaflosen Nacht auf dem harten Sofa verspürt er keine Angst oder Unruhe, nur eine leichte Übelkeit nach dem vielen Alkohol.

Von Frank hat er noch nichts gehört. Er hätte wenigstens eine Nachricht schicken können, doch er hat für den obdachlosen Knut keinen Gedanken übrig, denn wenn M die Arena betritt, werden alle Gesetze und Regeln außer Kraft gesetzt.

Knut versteht nicht, wie M von einem Augenblick auf den anderen Familie und Praxis zurücklassen konnte. Wahrscheinlich ist er bereits auf dem Weg zurück nach Oslo, um den ersten Patienten des Tages pünktlich zu empfangen, also bekommt Knut vielleicht bald sein Zimmer zurück und kann sich ein wenig ausruhen, bevor er auf die Bühne muss. Er sehnt sich nach einem richtigen Bett. Schlafmangel hat einen eigenen Geruch. Man schwitzt auf eine besondere Art, wenn man nicht geschlafen hat, und jetzt freut er sich auf eine Dusche.

Alles okay?, simst er Frank, und als nach zehn Minuten noch keine Antwort gekommen ist, ruft er ihn an, aber niemand geht ans Telefon. Mittlerweile ist es neun Uhr, und Knut schraubt sich wieder vom Sofa. Auf dem Weg die Treppe hinauf fällt ihm ein, dass er seine Zimmernummer nicht weiß. Er erklärt dem Rezeptionisten, diesmal ist es ein junger Mann, die Situation. Er zeigt sogar seinen Ausweis, trotzdem bekommt er keinen eigenen Schlüssel. Die Zimmernummer kann er bekommen, sodass er hochgehen und anklopfen kann.

»Aber es dürfen sich nur zwei Personen im Zimmer aufhalten«, fügt der Junge mit misstrauischer Miene hinzu. »Wenn Sie mehr sind, müssen Sie einen Zuschlag bezahlen.«

Auf dem Weg über den Flur muss Knut all seine Kräfte aufbieten, um den Film wegzuschieben, der sich in sein für Eindrücke so empfängliches Katergehirn drängt, einen Film über sich selbst sowie Frank und M. *Drei Männer: Hier können Sie Zug fahren.*

Knut klopft an. Niemand öffnet. Also klopft er etwas lauter, und endlich geht die Tür auf, vor ihm steht Frank, nur mit einem Handtuch um die Hüfte.

»Was ist los?«, flüstert er.

»Was *los* ist? Das hier ist mein Zimmer. Ich habe heute Nacht auf einem verdammt winzigen Minisofa *unten im Keller* geschlafen.«

»M ist noch hier«, flüstert Frank aufgeregt. »Er bleibt bis morgen!«

»Bleibt bis morgen? Und was ist mit mir? Ich brauche eine Dusche!«

Knut versucht, die Tür aufzudrücken, aber Frank ist stärker.

»*Hast du nicht gehört, was ich gesagt habe?* M ist noch hier! Er hat in der Praxis Bescheid gesagt, dass er heute nicht kommt. *Er bleibt bis morgen!*« Frank flüstert so, dass eine Spuckewolke entsteht, und Knut zwängt sein Gesicht in den Türspalt.

»DAS HIER IST MEIN ZIMMER!«

»Pst, sei still. So etwas wie jetzt ist noch nie passiert. Ich glaube, wir stehen vor einem Durchbruch.«

»Ich kann gar nicht mehr zählen, wie oft ich das schon von dir gehört habe, mit exakt denselben Worten. Hör dir selbst mal zu!«

»Wir haben heute vor, ins Restaurant zu gehen! Das ist noch nie vorgekommen!«

»Hast du vergessen, was ich heute vorhabe? Ich muss schlafen, ich brauche eine Dusche, ich muss in ein paar Stunden auf die Bühne, ich habe keine Zeit für dies...«

»Zehntausend Kronen.«

»Hä?«

»Du kriegst zehntausend Kronen.«

Knut schluckt.

»Und eine Dusche gibt es im Keller«, fährt Frank fort. »Die kannst du benutzen.«

»Woher weißt du das?«

»Ich habe gestern an der Rezeption gefragt. Das war Ms Idee. Ich gebe dir ein Handtuch.«

Zwanzig Minuten später steht Knut im Untergeschoss unter der Dusche und seift sich ein. Aus der Gepäckaufbewahrung drüben im Gang hat er seinen kleinen Koffer mit den Toilettenartikeln geholt. Der graue Hugo-Boss-Anzug, den er sich zu seinen Glanzzeiten gekauft hat, ist etwas zerknittert. Er wird glatter, nachdem Knut etwas Wasser daraufgespritzt hat – ein alter Trick aus den Jahren, als er viel gereist ist.

Kurz darauf steht er vor dem Spiegel und rasiert sich. Seine Augen sind leicht blutunterlaufen, aber ansonsten sieht er ganz normal aus.

Heute Abend, vorausgesetzt, er überlebt das Podiumsgespräch, muss er sich etwas einfallen lassen. Er kann nicht noch eine Nacht auf diesem kleinen Sofa verbringen. Er könnte nach Hause fahren, kommt es ihm in den Sinn. Direkt nach dem Podiumsgespräch könnte er in den Zug nach Hause steigen. Andererseits ist heute Abend die große Party im Kulturhaus Banken. Und er hat noch Gutscheine, die darf er nicht vergessen. Die muss er aufbrauchen, bevor er abreist.

Er konzentriert seine Gedanken auf diese Gutscheine und auf die zehntausend Kronen von Frank.

Knut geht hinaus in die warmen, vormittagsstillen Straßen. Mittlerweile ist es halb elf geworden, noch zweieinhalb Stunden, bis er auf die Bühne muss. Trotz seines Katers und der Schlaflosigkeit ist er gut gelaunt, vielleicht wegen der zehntausend Kronen von Frank, die sowohl die Stromrechnung als auch die Gemeinschaftskosten für diesen Monat decken werden, und mit den fünftausend, die er für das heutige Gespräch bekommt, wird er sogar seine Kreditkartenschulden tilgen können.

Ein paar freiwillige Festivalmitarbeiter in gelben T-Shirts laden Kisten in ein Auto, und auf dem Bürgersteig neben ihnen kämpfen zwei Tauben um ein halb aufgegessenes Hefebrötchen. Knut bleibt stehen und sieht ihnen zu, wie sie dort herumhüpfen, nach dem Brötchen picken und versuchen, sich gegenseitig wegzudrängen.

Und während er so dasteht und die beiden Vögel betrachtet, setzt es ein. Anfangs bloß als schwaches Zittern im Skelett. Doch dann beginnt sein Herz zu hämmern, und als Knut es ignoriert und seine Schritte für eine kleine Erkundung zu dem Platz mit dem Zelt lenken will, wie es ihn all die Jahre mit Lampenfieber gelehrt haben, wonach es hilfreich ist, den Ort des Geschehens vorher aufzusuchen, um so das Nervensystem vorzubereiten, da werden seine Beine unter ihm zu Pudding.

Er setzt sich auf eine Bank vor einer Kaffeebar. Wenigstens bis zum Zelt sollte er es schaffen. Es sind nur noch ein paar Meter bis dorthin. In zweieinhalb Stunden muss er imstande sein, in ganzen Sätzen zu sprechen.

Subjekt, Prädikat, Objekt.

Fett, Proteine, Kohlenhydrate.

Sätze zusammenbauen. Logische und rationale Sätze in seiner Muttersprache Norwegisch. Dafür will ihn jemand bezahlen, zusätzlich dazu, dass derjenige Kosten für Hotel, Essen und Alkohol übernimmt.

Hotel, Essen und Alkohol. Fünftausend. Zehntausend.

Knut versucht, die Angst abzuschwächen, indem er alles in seine Bestandteile auflöst, sich an die wahrnehmbaren, physischen Tatsachen hält, so wie er es gelernt hat.

Trotzdem schafft er es nicht einmal bis zum Zelt, obwohl es gleich da drüben steht. Er spürt den Zitteranfall schon kommen, wenn er nur daran denkt, sich von der Bank zu erheben.

Mein Hausarzt ist noch hier, schießt es Knut durch den Kopf. M könnte ihm ein Rezept für ein Beruhigungsmittel ausstellen, das er dann bloß in einer Apotheke abzuholen bräuchte, vorausgesetzt, Knut kommt so weit.

Andererseits: Er hat mit so etwas keine Erfahrung. Was, wenn er auf der Bühne sitzt und anfängt zu lallen, und zwar nicht auf die gute, altmodische – und im Kulturbetrieb nicht nur voll und ganz akzeptierte, sondern oft sogar begünstigte – alkoholisierte Weise, sondern auf eine fremde und unangenehme, *drogen*induzierte Art? Mit schlaffem, taubem Mund, aus dem der Sabber rinnt?

Knut ist klar, was er zu tun hat, und im selben Moment hört das Zittern auf, nun schafft er es problemlos, aufzustehen und loszulaufen. Aber nicht zum Zelt. Vielmehr lenkt er seine Schritte in Richtung Fußgängerzone und dann nach links, zum Fluss, zu einem Pub, von dessen Existenz er weiß, weil er gestern daran vorbeigekommen ist, dort verkaufen sie die Art von Gift, die sein Körper versteht, an die er gewöhnt ist und mit der er umgehen kann, und nachdem er sich am Tresen ein großes, frisch gezapftes Bier geholt hat, betritt er die Terrasse des Pubs.

Hier und dort sitzen Leute, aber das Lokal ist bei Weitem nicht voll. Die Terrasse geht zur Mesna hin, die munter unter ihnen vorbeiströmt, und Knut sucht sich einen Tisch in einer Ecke der Terrasse, möglichst weit von den anderen Gästen entfernt.

Leider akzeptieren sie hier keine Gutscheine als Bezahlung, und Knut muss die Hälfte des ersten Biers hinunterstürzen, um den Ärger darüber loszuwerden. Aber hätte er sich irgendwo zum Trinken hingesetzt, wo sie die Gutscheine akzeptieren, hätte er möglicherweise Bekannte getroffen, vielleicht sogar die Wirklichkeitsbeschreiberin, und die hätten dann bemerkt, dass er wie ein Alkoholiker schon vor dem Mittagessen Bier trinkt, also bleibt er am besten hier. Soweit er sehen kann, sitzen hier keine Festivalbesucher, nur Einheimische.

»Prost!«, ruft jemand, als Knut sein Glas abstellt.

Automatisch hebt er das Glas und nickt in die Richtung, aus der der Ruf kam, nämlich aus der anderen Ecke, wo zwei Männer und eine Frau sitzen. Sie sind Stammgäste, das kann er mit halbem Auge erkennen, und aufgrund der Art und Weise, wie er gerade das halbe Glas geleert hat, haben sie ihn wohl als einen der ihren erkannt.

»He! Komm und setz dich zu uns!«

Er steht auf und geht zu ihnen hinüber, unsicher, warum. Er hat dazu keine Lust. Er will allein sein. Er hat schon wieder genug von den Menschen. Es hat nicht lang gedauert. Aber bei etwa der Hälfte seiner Handlungen weiß Knut nicht, warum er sie ausführt. *Warum*, tönt es irgendwo in ihm. *Warum nicht*, kommt es von woandersher. Und haben ihn nicht oft gerade solche Ereignisse inspiriert, bei denen er sich vorher gefragt hat, warum er mitmacht?

»Wer bist du, und warum bist du hier?«, fragt die Frau. Sie trägt ein gestreiftes Unterhemd, das ihre enormen Brüste nur mit Mühe bedeckt. Da haben wir es wieder. Die Leute ziehen sich nicht mehr richtig an, bevor sie das Haus verlassen. Es gibt keinen Unterschied mehr zwischen zu Hause und auswärts, drinnen und draußen.

Die beiden Männer sind tätowiert. Alle drei haben jene aggressive Ausstrahlung, die zunehmende Trunkenheit kennzeichnet. Und es ist erst kurz nach elf. Aber Knut trinkt ja selbst.

»Ich bin Schriftsteller, und ich bin hier, weil ich am Literaturfestival teilnehme.«

»Hä?«, sagen die Männer im Chor.

Die Frau verdreht die Augen und äfft ihn nach: »*Weil ich am Literatuuurfestival teilnehme.*«

Eben noch war er dort drüben in Sicherheit gewesen. Jetzt öffnen sich die Pforten der Hölle. *Ich sitze hier, weil ich Schriftsteller bin, und Schriftsteller sind von Natur aus neugierig*, beschönigt er seine Motive vor sich selbst. Er versucht, sich von einem Plakat inspirieren zu lassen, das er an der Wand hinter dem Tresen gesehen hat, dort stand in weißer Schrift: *Keep calm and carry on.* Während der Barkeeper sein Bier gezapft hat, hat Knut auf dieses Plakat gestarrt. Neben dem Plakat hing ein kleines Bücherregal voller Bücher. Soweit er sehen konnte, war von seinen keins dabei. Oh, wie sehr es ihn ärgert, dass Bücher nur für eine bestimmte Atmosphäre sorgen sollen. Oder in alte Telefonzellen gestopft werden. Oder verschenkt werden.

»Was denn für ein Festival?«, fragt einer der Männer. Er hat eine Glatze, sein Kopf glänzt, und sein Gesicht ist burgunderrot. Er sieht aus, als würde er gleich platzen. Er sieht aus wie ein Frauenbelästiger. Wie die Inkarnation eines Frauenbelästigers. *So redest du nicht mit mir.*

»Literaturfestival.«

Auf einen Unterarm hat er sich Zahlenfolgen tätowieren lassen, allem Anschein nach die Geburtsdaten seiner Kinder, und Knut erinnert sich daran, irgendwo gelesen zu haben, wenn ein Mann sich die Geburtsdaten seiner Kinder eintätowieren lasse, sei das ein sicheres Zeichen dafür, dass er sich weder um sie noch um ihre Mutter oder – was wahrscheinlicher ist – um ihre Mütter, im Plural, kümmere. Die auf den Arm tätowierten Geburtsdaten der Kinder bedeuteten in der Regel, dass der Mann zu keinem dieser Kinder irgendeinen Kontakt habe, hieß es in dem Artikel oder Buch oder was immer es war, und hier sitzt dieser Mann ja auch und ist schon am Vormittag betrunken.

Aber bald wird auch Knut betrunken sein. Und auch er hat

keinen Kontakt zu seinem Nachwuchs. Also was ist eigentlich der Unterschied zwischen ihnen? Vielleicht besteht der einzige Unterschied darin, dass Knut sich Lukas' Geburtsdatum nicht auf den Unterarm tätowiert hat.

»Was denn für ein Literaturfestival?«, fragt die Frau.

»Norwegens größtes Literaturfestival. Eigentlich heißt es *Sigrid-Undset-Tage*. Benannt nach Sigrid Undset, die den Literaturnobelpreis bekommen hat.«

»Glaubst du etwa, ich wüsste nicht, wer Sigrid Undset ist?« Die Frau beugt sich zu ihm herüber, kommt ihm allzu nah. Ihre Brüste ergießen sich über die Tischplatte. »Du, ich habe in der Oberstufe *Kristin Lavranstochter* gelesen, hältst du mich für dumm, oder was?«

»Nein«, entgegnet Knut, aber bevor er noch mehr sagen kann, ruft sie:

»Oh, da fällt mir gerade ein, habt ihr was von Rune gehört?«

Die drei beginnen eine Unterhaltung über einen Menschen namens Rune. Keiner von ihnen macht sich die Mühe, Knut zu erklären, wer Rune ist, und während sie reden, greift er zu seinem Smartphone und schreibt Lukas eine SMS.

Soll von Lillehammer grüßen! Hier scheint die Sonne, und gleich muss ich auf die Bühne. Wie geht's dir?

Warum schreibt er das – vielleicht, um sich vorzugaukeln, sie hätten die Art von Kontakt, bei der sie sich ständig über ihr Tun und Lassen auf dem Laufenden halten. Sofort bekommt er einen gereckten Daumen und eine Sonne zurück.

»Was für Bücher hast du denn geschrieben?«, fragt einer der Männer, als Knut das nächste Mal mit vier Pils vom Tresen zurückkommt. Er schmeißt jetzt schon die dritte Runde am Stück, denn nach der ersten hat es sich irgendwie so ergeben, dass nur Knut Bier kaufen geht, was er, ohne zu protestieren, tut. Vielleicht weil er von außerhalb kommt oder auch, weil er sich ihnen haushoch überlegen fühlt, wie sie da sitzen mit ihren Tätowierungen und riesigen, teigigen Brüsten und sich am helllichten Tag volllaufen lassen, und dieses Gefühl von Überlegenheit führt im nächsten Schritt zu einem Gefühl von Schuld, das er dadurch loszuwerden versucht, dass er ihnen eine Runde Bier nach der anderen ausgibt, obwohl seine Gutscheine hier, wie gesagt, nicht gelten, und darüber hinaus versucht er, ein guter Zuhörer zu sein und seine Antworten auf ihre Fragen nicht auszuschmücken. Letzteres ergibt sich aber vielleicht ebenso sehr daraus, dass der Blick der drei zu flackern beginnt, sobald Knut mehr als drei Wörter sagt.

»Ich schreibe Romane.«

»Krimis?«

Das fragt nicht der Mann mit der Glatze, sondern der andere, der noch Haare auf dem Kopf hat, wenn auch nicht sehr viele, die paar, die er hat, hat er wachsen lassen und in einem dünnen Pferdeschwanz gesammelt, und er trägt die gleiche Kleidung wie die Typen, die vor dem Pub saßen, als Knut ankam: ein graues T-Shirt unter einer Lederweste mit irgendeinem Logo auf dem Rücken, das Knut noch nicht entziffern konnte, weil er sich bisher nicht getraut hat, dafür lange genug stehen zu bleiben, wenn er an ihnen vorbeigegangen ist, um Bier zu holen.

»Nein, Literatur für Erwachsene.«

»Pornos?«

Sie lachen aus vollem Hals, sodass Knut alle ihre Zahnfüllungen sehen kann.

Parallel zu der Unterhaltung denkt er darüber nach, wie er diese Begegnung in Worte fassen könnte, wenn er zurück in der Kulturszene ist. Vielleicht kann er es bei dem Podiumsgespräch einbringen.

Vorhin, als ich mit der hiesigen Motorradgang zusammengesessen und getrunken habe …

»Nein, Fiktion, also Geschichten, die ich mir selbst ausdenke.«

»Und worum geht's darin?«

Das fragt die Frau.

Vorhin, als ich mit den hiesigen Hells Angels gezecht habe …

Nein, es sind keine Hells Angels, das Logo hätte er erkannt.

»Bisher ging es im Großen und Ganzen um Scheidung, Untreue und all so was.«

Vorhin, als ich im Pub gesessen und mit Lillehammers Antwort auf die Hells Angels getrunken habe …

»Bist du geschieden?«

»Ja.«

»Bist du fremdgegangen?«

»Ja. Aber die Frau, mit der ich verheiratet war, auch.«

»Ach so. Mein Mann hat mich nach zwanzig Jahren sitzen lassen. Da saß ich dann mit zwei Kindern und ohne Ausbildung und musste putzen gehen, um zu überleben. Dann bin ich krank geworden, und jetzt bin ich arbeitsunfähig. Was ist denn aus der geworden, die du verlassen hast?«

»Ich habe sie nicht verlassen. Wir haben uns getrennt. Und wir haben uns nicht wegen der Fremdgeherei getrennt. Und außerdem ist sie auch fremdgegangen. Wie gesagt.«

Red jetzt nicht weiter.

»Warum habt ihr euch dann getrennt?«

»Sie wollte noch ein Kind.«

Das ist eine Lüge, aber die Wahrheit zu sagen, wäre viel schlimmer, nämlich, dass er es nicht weiß.

»Und das wolltest du nicht?«

»Nein.«

»Warum nicht?«

Der Mann, der sich die Geburtsdaten seiner Kinder auf den Unterarm hat tätowieren lassen, sagt:

»Alle wollen Kinder haben. Ich selbst habe fünf.«

»Ja«, sagt der mit dem Pferdeschwanz. »Fünf Kinder mit zehn verschiedenen Frauen!«

Dann lachen sie wieder. Ihr Lachen schmerzt in seinen Ohren. Knut erträgt kein Gelächter mehr. Keine andere Tierart lacht, außer vielleicht Affen und Hyänen. Trotzdem lacht er mit, aber er wagt nicht, zu laut zu lachen, denn er hat das Gefühl, dass die Stimmung jederzeit kippen könnte, wie in einem Film über die Mafia, wo alle lachend zusammensitzen, und mittendrin zückt jemand eine Pistole, hält sie seinem Nebenmann an die Schläfe und drückt ab.

Sie werden ihn wohl kaum erschießen, aber vielleicht tauchen sie ihn in Teer, wälzen ihn in Federn und jagen ihn aus der Stadt, Knut bereut schon lange, dass er zu ihnen gegangen ist, zugleich weiß er, dass er es auf jeden Fall getan hätte, denn er ist immer auf der Suche nach neuem Stoff und gibt nie die Hoffnung auf, etwas von dem, worauf er stößt, könnte der Anfang eines neuen Buchs sein.

Wer weiß, vielleicht äußert einer von diesen Leuten hier am Tisch etwas, das dieses Buch in Gang setzen kann, das Knut jetzt schon seit vielen Jahren zu schreiben versucht. Vielleicht ist die magische Replik schon gefallen, vielleicht ist das Samenkorn bereits gesät, ein Samenkorn, das in Knuts Gehirn heute Nacht wachsen wird, sodass er an einem der nächsten Tage erwachen und endlich von dem gleichen Wirbelwind erfasst werden wird wie damals, als er das Erfolgsbuch geschrieben hat.

Die mit den Brüsten mag überall als verlebt und verwahrlost gelten, überlegt Knut zum Beispiel, aber hier, in diesem Lokal, ist sie immer noch verhältnismäßig jung, Mitte vierzig vielleicht, während die beiden Männer mindestens sechzig sind, und das gibt ihr Oberwasser. So wie Knut in der gewöhnlichen Hierarchie draußen in der Welt über diesen Menschen steht – er hat nicht die Angewohnheit, vor dem späten Nachmittag mit dem Trinken anzufangen, und außerdem hat er sechs Bücher geschrieben –, ist er hier drinnen ohne Wert und Würde, denn hier ist oben dasselbe wie unten und unten dasselbe wie oben, und das wissen diese Menschen, weil diese Menschen die geschärfte Intelligenz des Trinkers besitzen.

Auf der Toilette spricht Knut in sein Handy, er hat eine App gefunden, die das gesprochene Wort in Text übersetzt, und er redet so leise, dass ihn niemand hören kann, zugleich aber laut genug, damit die App ihn versteht:

Lass dich nicht von gebrochenen Nasen und roten Äderchen im Gesicht täuschen, lass dich nicht von unmotivierten Wutausbrüchen und chaotischen Familienverhältnissen täuschen, denn diese Menschen kennen das Geheimnis des Lebens.

Zurück am Tisch redet und lacht die Frau im Unterhemd, sie gestikuliert so wild, dass alles wackelt, und Knut kann sich mittlerweile problemlos vorstellen, dass er mit ihr schläft, diese Vorstellung bereitet ihm immer weniger Probleme, unter anderem daran erkennt er, wie betrunken er ist, und erneut will er auf die Toilette gehen, um in sein Handy zu sprechen, doch als er aufsteht, fragen ihn die Männer, ob er Prostataprobleme hat, woraufhin er lachend nickt und lügt: »Ja, ich habe Prostatakrebs.«

Daraufhin ist es für ungefähr drei Sekunden still, aber dann setzt das Gebrabbel wieder ein, und sie beugen sich über den Tisch und kämpfen sich durch alte Diskussionen und Streitereien, und aus dem Wortlaut und den Gesten ist ersichtlich, dass sie die gleichen Diskussionen und Streitereien schon unzählige Male hinter sich gebracht haben und dass genau das der Punkt ist, es ist ein alter Tanz, seinetwegen kommen sie hierher, zuverlässig, jeden Tag, es ist genau wie bei Frank und Knut und ihren Refrains.

Und Knut spricht den Gedanken zur geschärften Intelligenz des Trinkers in sein Handy, und er stellt sich vor, dass er mit der Frau im Unterhemd nach Hause geht und zwischen

Bierdosen und Zigarettenkippen mit ihr schläft, und warum hat er gesagt, er hätte Krebs, und im Spiegel betrachtet er sein knochiges, markantes Gesicht und muss zur Kenntnis nehmen, dass inzwischen das meiste sichtbar wird – eine schlaflose Nacht, Saufen, alles. Es hat keinen Zweck mehr, etwas für sich zu behalten, man blecht sofort für alles, womit man seine arme Hülle quält.

Den letzten Gedanken spricht er ebenfalls in die Handy-App. Dann wäscht er sich die Hände und geht wieder in den Pub. Er muss die Zeit im Blick behalten, bald soll er auf die Bühne. Er will nur noch ein Bier trinken.

Aber als er gerade auf die Terrasse gehen und sich zu seinen neuen Freunden gesellen will, nimmt er rechts in seinem Blickfeld eine Unregelmäßigkeit wahr, und dort, nur wenige Meter entfernt, sitzt ein Mann und isst einen Hamburger. Er sitzt auf einer Bank und hat sich so weit über den Tisch gebeugt, dass seine graue Jogginghose heruntergerutscht ist und die halbe Pospalte entblößt. Die Spalte ist weiß und aufgedunsen und von schwarzen Haaren umrahmt. Dem Mann muss bewusst sein, dass sein Gesäß für alle Welt sichtbar ist. Trotzdem sitzt er seelenruhig da und schlingt den Burger in sich hinein, er schickt Fleisch und Brot durch sein Verdauungssystem, und bald wird es aus seinem Hintern herausquellen, und ebendiesen Zusammenhang zwingt er seiner Umgebung auf, er drückt diese Kloake einer Assoziationsreihe allen Menschen um sich herum auf, in diesem Fall Knut.

Knut schließt die Augen, aber es ist zu spät, und schwups ist das bisschen Optimismus, das er gerade hatte zusammenkratzen können, als er auf der Toilette stand und das Gefühl hatte, mit etwas in Gang gekommen zu sein, weg, und anstatt mit dem Bier auf die Terrasse zurückzukehren, stellt er es auf den Tresen.

Schnell läuft er durch die Straßen, es ist halb eins. Stand in der E-Mail nicht, dass er sich eine halbe Stunde früher einfinden sollte? Bei solchen Veranstaltungen soll man sich immer eine halbe Stunde früher einfinden, zur Begrüßung der Mitwirkenden, für den Soundcheck und um zu besprechen, wer wo sitzen und wie das Ganze ablaufen soll, und ganz ohne zu zittern, läuft Knut durch die Fußgängerzone in Richtung Zelt.

Doch obwohl die vier – oder waren es fünf? – Bier, die er getrunken hat, ihre Wirkung getan haben, gelingt es ihm nicht, den Anblick von eben zu verdrängen, und die weiße, aufgedunsene Pospalte des Mannes füllt Knuts Kopf ganz aus und verdrängt alle Lebenskraft – Lebenskraft der elementarsten Art, die erforderlich ist, damit man auch nur den Wunsch hat, Luft zu holen und einen Fuß vor den anderen zu setzen, eine Kraft, derer man sich nicht eher bewusst wird, bis sie verschwunden ist, und für einige Sekunden kann Knut die Leute verstehen, die spontan und ohne Vorwarnung von einer Brücke springen oder ihr Auto in den nächsten entgegenkommenden Lkw steuern.

Er hat den Gedanken noch nicht zu Ende gedacht, da kommt ihm eine Frau entgegen. Sie ist Schriftstellerin und hat im selben Jahr debütiert wie er. Sie war damals erst neunzehn gewesen und hatte bereits mit ihrem ersten Buch einen großen Erfolg gelandet, weshalb sie als Wunderkind betrachtet wurde. Noch immer, obwohl sie heute um die fünfzig sein muss, füllt sie die Rolle des ewig rebellischen Kindes aus, und daher ist um sie herum immer Rabatz, sei es, dass sie in der Zeitung lange Beiträge schreibt, wenn eins ihrer Bücher ausnahmsweise einmal schlechte Kritiken erhält, sei es, dass sie sich vollaufen lässt und jemanden beschimpft oder dass sie sich, wie jetzt, übertrieben sexy kleidet, als wäre sie auf dem Weg in einen Nachtklub. Sie trägt ein kurzes, tief ausgeschnittenes Kleid, das ihre mächtige Brustpartie nach oben und nach vorne schiebt, ihre hochhackigen Stiefel gehen bis über die Knie, und bei jedem Schritt zittern und schwabbeln ihre fülligen, weißen Oberschenkel. Hier und jetzt, am helllichten Tag, mitten in Lillehammer, erinnert sie an einen Papagei in einem Nadelwald. Was läuft schief in dieser Welt? Knut hatte nicht an Sex gedacht, bevor sie ihm entgegenkam, ganz und gar nicht, er war vollauf damit beschäftigt gewesen, den Anblick der Pospalte eines fremden Mannes zu verdrängen, aber das Universum ist noch nicht fertig mit Knut, denn hier kommt eine wandelnde Sexmaschine mit folgender Nachricht: Auch wenn dein Schwanz nicht stehen will, er muss. Hoch mit ihm! Hoch mit ihm! Doch sein Schwanz will nicht stehen, was auch immer man sich hier draußen einfallen lässt. Und als die Frau, während sie aneinander vorbeigehen, lächelt und nickt, hat Knut kein Problem damit, ebenfalls zu lächeln und zu nicken und den Blick auf ihrem Gesicht zu belassen, ohne dass er nach unten gleitet. Früher wäre das dem Versuch gleichgekommen, einen riesigen, trompetenden Elefanten zu übersehen, und als sie endlich mit all dem wabbeligen Speck, den klackernden Absätzen und dem kurzen Rock um die Ecke verschwunden ist, schießt es Knut in den Kopf: Was wäre, wenn Männer mit Einlagen herumliefen, die ihr Geschlechtsorgan voluminöser erscheinen lassen, wenn sie mit einer Art Gestell herumliefen, das den Schwanz vergrößert, und mit kurzen Hosen, die vorn eine Öffnung haben, in der der Schwanz nach oben und nach vorn gepresst wird, damit er möglichst groß wirkt, und dann sollten alle so tun, als wenn nichts wäre, und dürften dem Mann auf gar keinen Fall auf den Schritt starren, obwohl er sein Geschlechtsorgan auf einem Silbertablett präsentiert und es den Leuten beinahe ins Gesicht drückt.

Nervosität und Angst weichen der Wut, die Knut dankbar umarmt, denn wie konnte es so weit kommen, dass man einerseits verschleierte Frauen aus einer konservativen und zutiefst patriarchalischen Religion als Redakteurinnen von Modemagazinen und feministischen Zeitschriften einstellt und andererseits in Restaurants sadomasochistische Fotos aufhängt, dass Schriftstellerinnen sich wie Stripperinnen kleiden und gewöhnliche Tageszeitungen voll von höchst sachlichen Ratschlägen und Tipps für Analsex und Orgien sind – während es zugleich als kriminell gilt, einer Frau an den Po zu fassen, nachdem sie sich so lange an einem gerieben hat, dass man sich schließlich *verpflichtet* fühlt, ihren dünnen Hintern zu packen.

Bald soll er brav neben diesem Menschen auf einem Stuhl sitzen, auf einer Bühne in einem Zelt, und dort soll er in ganzen Sätzen sprechen. Subjekt, Prädikat, Objekt. *Und so tun, als wenn nichts wäre.*

12

Die Wirklichkeitsbeschreiberin, die über Knut unter seinem vollen, im Melderegister aufgeführten Namen geschrieben hat, hat schon in einem der drei Sessel auf der Bühne Platz genommen. Sie schaut nicht auf, als Knut hereinkommt, sondern konzentriert sich voll und ganz auf ihr Handy und auf etwas, das sie mit der Gabel aus einer Plastikdose isst. Ihr Anblick lässt Knuts Puls so hochgehen, dass er bis in die Ohrläppchen zu spüren ist.

»Hallo«, sagt Knut laut, und die Wirklichkeitsbeschreiberin sieht hoch, dem Blick, den sie ihm zuwirft, kann Knut entnehmen, dass das Großgesicht seinen Job erledigt hat.

»Hallo«, erwidert sie, und der Tonfall ihrer Stimme bestätigt, dass Knuts kleine Lügengeschichte bereits bei ihr angekommen ist.

Ja, denkt Knut, wie fühlt es sich an, wenn so über dich gelogen wird, dass alles nur schlimmer wird, wenn du protestierst? Du kannst die Worte »Knut A. Pettersen ist *nicht* der Vater meines mittleren Kindes« nicht aussprechen, denn dann kapieren alle, dass Knut A. Pettersen wahrscheinlich der Vater deines mittleren Kindes *ist*. Und falls sie es nicht glauben, werden sie zumindest davon überzeugt sein, dass du *Sexual-verkehr* mit diesem Knut A. Pettersen gehabt hast.

Knut wird zu einem Mischpult gewunken, wo ihn ein junger Mann mit Bart mit einem Mikrofonbügel ausstatten will. Knut betrachtet den bärtigen jungen Mann, der vor ihm steht und an Kabeln herumfummelt, die sich verheddert haben. Die schwarze Hose des Jungen zeigt große Löcher, aus denen seine hageren Kniescheiben herauslugen. Eine Uhrkette baumelt an seinem Oberschenkel. Unter dem gelben T-Shirt trägt er ein lang geschnittenes kariertes Hemd. Seine Unterarme sind mit Tätowierungen übersät, und die Haare sind lang und filzig. Auf dem Kopf hat er eine gigantische Baseballkappe mit riesigem Schirm. Das alles ist ihm ständig im Weg. Er muss Haarsträhnen wegpusten, und der Schirm seiner Baseballkappe ragt so weit vor, dass er sich etwas zurücklehnen muss, um die Kabel sehen zu können, die er zu entwirren versucht, und einmal bleibt er mit der zerrissenen Hose an einem der Klappstühle hängen, aber Knut kann den Jungen auffangen, bevor er hinfällt. Die Kleidung des jungen Mannes ist genauso extravagant wie die Kleidung einer französischen Adeligen im 17. Jahrhundert, obwohl er auf den ersten Blick an einen Obdachlosen erinnert. Aber da er sich als Freiwilliger für ein Literaturfestival gemeldet hat, kommt er wahrscheinlich aus einem kultivierten Elternhaus und verfügt wohl auch über eine höhere Bildung, denkt Knut, der dankbar ist für jede Ablenkung.

Das Publikum strömt herein. Alle schauen verstohlen zur Bühne, zur Wirklichkeitsbeschreiberin, und schauen dann wieder weg, so als wäre die Wirklichkeitsbeschreiberin auch für sie, nicht nur für Knut, von einer Art umgekehrtem Magnetfeld umgeben, wie es bei Berühmtheiten oft der Fall ist und wie es Knut auch aus seinen Glanzzeiten in Erinnerung hat: Dass die Leute explizit nicht in deine Richtung sehen, kann genauso auffällig wirken, wie wenn sie dich anstarren. Knut mustert das Verhalten des Publikums, und anhand der Blicke, die mehrere von ihnen auch Knut zuwerfen, wie er dort steht, wird deutlich, dass man das Potenzial für *eine gewisse Friktion* bei ebendieser Begegnung erkannt hat, und in den vermeintlich ernsten Gesichtern, die an Knut vorbeiströmen, ist außerdem leicht zu sehen, wie sie sich freuen, dass sie dies jedoch weder zeigen noch zugeben wollen.

Der Junge reicht ihm schließlich den Mikrofonbügel, und Knut befestigt ihn hinter den Ohren und biegt das Mikrofon in die richtige Position, was ihn daran erinnert, dass er jetzt bald reden soll. Daran führt kein Weg vorbei. Und während sein Herzmuskel abermals losgaloppiert, gelingt es Knut mit großer Kraftanstrengung, sich vorzustellen, dass er im Schlafanzug auf der Treppe des schwedischen Bauernhofs sitzt, und da sitzt er und fühlt den warmen Stein unter sich, und dann macht er sich die Tatsache bewusst, dass die Kosten für die Gläser Bier, die er eben im Pub getrunken und spendiert hat, die Summe aufwiegen, die er in diesen Tagen fürs Essen spart, und bald hat er seinen Puls so weit verlangsamt, dass er zur Bühne gehen und sich setzen kann. Als er das Podium betritt, schaut die Wirklichkeitsbeschreiberin hoch, und Knut will ihr gerade die Hand geben, erkennt dann aber, dass das übertrie-

ben wäre, denn im Reich der Lügen muss man höllisch aufpassen, und anstatt ihr die Hand zu geben, führt er diese im
letzten Augenblick zum Kopf, was dem korrekten Gruß gegenüber *einer Bekannten, einer Kollegin* entspricht, als wolle
er sagen: Ach, du bist's!

»Herzlichen Glückwunsch zu deinem Erfolg, das ist ja ganz
unglaublich«, sagt er, als er sich setzt, und ist es nicht sonderbar, wie mühelos ihm dieses kleine Schauspiel von der Hand
geht, wo *sie* doch angefangen hat, wo sie die Sünderin ist? Für
die Wahrheit muss man lügen. Obwohl Knut hier nicht der
Sünder ist, muss er lügen, um seinem Motto zu entsprechen,
das lautet *Never complain, never explain*, damit keiner über
das spricht, was in dem vermaledeiten Buch steht.

Und hier sitzt er nun auf einer Bühne, und auf einem kleinen Tisch vor ihnen ist genau dieses Buch aufgestellt.

»Danke«, sagt sie und nickt, aber sie lächelt nicht und
schaut gleich wieder auf ihr Handy. Auch sie muss sich an
ihre Version halten, und in ihrer Version sitzt sie jetzt von
Angesicht zu Angesicht dem Mann gegenüber, der sich ihr
gegenüber übergriffig verhalten hat, und da lächelt man
nicht.

Die ganze Situation lässt Knut nostalgisch werden. Wie
viele Male hat er nicht schon so dagesessen wie jetzt, auf einer
Bühne, mit einem Mikrofon ums Ohr, neben sich einen Tisch,
auf dem gewöhnlich sein letztes Buch ausgestellt war, wo jetzt
aber nur ein Glas Wasser steht.

»Wir haben Ihr letztes Buch nicht auftreiben können«,
sagt die Frau, die das Gespräch moderieren wird, als könne

sie seine Gedanken lesen. Sie steht am Rand des kleinen Podests.

Irgendwie kommt sie ihm bekannt vor, wahrscheinlich hat sie ihn schon einmal interviewt, vielleicht sogar hier in Lillehammer. Aber so, wie er sich im Detail an jeden einzelnen Auftritt der letzten zehn Jahre erinnert, so ist das meiste, was sich in den erfolgreichen Jahren ereignet hat, nur noch ein undeutliches Gewirr von Stimmen und Gesichtern.

»Echt«, sagt Knut lächelnd. Er tut so, als sei er sich nicht darüber im Klaren, dass die Bibliothek sein letztes Buch bereits abgestoßen hat. Mehrfach hat er seine Bücher – außer dem Erfolgsbuch – für fünf Kronen das Stück in diesen Körben gesehen, in denen die Bibliotheken Bücher zum Verkauf anbieten, die längere Zeit nicht mehr ausgeliehen worden sind. Es ist schon vorgekommen, dass Knut seine eigenen Bücher gekauft hat, damit sie dort nicht zum Hohn und Spott liegen blieben.

»Aber das hier haben wir bekommen«, sagt sie entschuldigend und hält das Erfolgsbuch hoch. »Sind Sie damit einverstanden, dass wir es auf den Tisch stellen, auch wenn es schon vor einer Weile erschienen ist?«

»Ja, natürlich«, sagt Knut.

Alle Bücher der Wirklichkeitsbeschreiberin liegen auf dem Tisch. Es sind sieben an der Zahl, und der Verlag hat sie längst als Taschenbuchreihe herausgegeben. Wenn man sie ins Bücherregal stellt, fügen sich die Rücken zu einer Illustration zusammen. Knut beugt sich etwas vor, um sie sich genauer anzuschauen. Bei der Illustration handelt es sich um die Silhouette einer Frau mit kurzem Kleid und hochhackigen Schuhen. Sie sitzt lässig da, mit einer Zigarette in der einen Hand und einem Weinglas in der anderen.

Die Wirklichkeitsbeschreiberin stellt sich selbst in ihrem Buch als eine Art Hobbytrinkerin dar, Knut weiß jedoch von mehreren unabhängigen Quellen, dass sie *in Wirklichkeit* keinen Alkohol trinkt. Lene, die in der Nähe der Wirklichkeitsbeschreiberin wohnt, hat sie schon mehrfach im Fitnessstudio SATS gesehen – aber davon schreibt sie in ihrem Buch natürlich nichts.

Sie ist ganz in ihr Handy vertieft. Den Salat hat sie erst zur Hälfte gegessen. Dann hebt sie den Kopf und sagt zu der Moderatorin, die neben dem Podium steht und sich mit der Festivalleiterin unterhält:

»Nur zur Info für Sie. Ich komme direkt vom Flughafen und muss spätestens um fünf wieder dort sein, daher ist für mich wichtig, dass wir pünktlich Schluss machen.«

»Natürlich«, antwortet die Moderatorin. »Wo müssen Sie hin?«

»New York«, sagt die Wirklichkeitsbeschreiberin.

Das Publikum in den ersten Reihen verfolgt alles, was sie sagt oder tut, aber die Wirklichkeitsbeschreiberin lässt sich nicht anmerken, dass sie es mitkriegt. Ebenso wenig lässt sie sich anmerken, dass sie sich nichts anmerken lässt.

»Steht dort was Spannendes an?«, fragt die Moderatorin vorsichtig, aber da hat die Wirklichkeitsbeschreiberin sich wieder über ihr Handy gebeugt. In Interviews hat sie schon geäußert, das Schwierigste für sie sei das Soziale, bei Partys auf Leute zuzugehen, der Small Talk, sie wisse nie, was sie in solchen Situationen sagen soll. Sie fühle sich viel wohler, wenn sie auf der Bühne interviewt werde.

Die Moderatorin wendet sich an Knut.

»Wissen Sie, wo Terje bleibt?«

Also ist ihnen bekannt, dass es eine Verbindung zwischen uns gibt, denkt Knut.

»Nein, aber ich habe ihn …«

»Scheiße«, entfährt es der Wirklichkeitsbeschreiberin. Sie bückt sich und wühlt in einer auf dem Boden stehenden Tasche.

»Scheiße, scheiße«, sagt sie noch einmal, und dann fragt sie die Moderatorin: »Haben Sie ein iPhone-Ladekabel?«

Bevor die Moderatorin antworten kann, hat eine Zuschauerin ihr schon ein Ladekabel gegeben. Der junge Mann vom Mischpult bringt ihr ein Verlängerungskabel, und die Wirklichkeitsbeschreiberin stöpselt ihr Handy ein und legt es auf den Boden. »Vielen Dank«, sagt sie zu der Zuschauerin, einer älteren Dame, die errötet und erwidert:

»Keine Ursache.«

»Ich gebe es Ihnen wieder zurück, versprochen«, sagt die Wirklichkeitsbeschreiberin.

»Kein Problem«, sagt die ältere Dame.

Ja, denkt Knut. Natürlich ist es leichter, auf einer Bühne interviewt zu werden, als sich in sozialen Zusammenhängen zu bewegen, wo man ein Mensch unter vielen ist und es keine Regie gibt. Aber in Zeitungsinterviews wird dieser Charakterzug, dieses Unvermögen, *bei gesellschaftlichen Anlässen Small*

Talk à la »Was machen Sie denn so« und »Was mache ich denn so« zu betreiben, als Beweis dafür herangezogen, wie wahrheitssuchend und ehrlich du bist. Dabei bist du in Wahrheit einfach faul, denkt Knut. Faul und egozentrisch. Du miese, faule, egozentrische *Fotze*.

So.

Aber jetzt muss er aufpassen, denn er regt sich schon wieder auf, ganz ohne fremdes Zutun. Wenn er das hier unbeschadet überstehen will, muss er mit seinen Kräften haushalten.

Er versucht, sich zu entspannen, die Schultern sinken zu lassen, sich auf die Treppe des Bauernhofs zu setzen.

Und während Knut so dasitzt, die Schultern sinken lässt und ruhig atmet, wird ihm bewusst, dass die Wirklichkeitsbeschreiberin jetzt ebenfalls Angst hat. Diese tierische Erkenntnis hat ihn über die Poren seiner Haut erreicht, und sie beruhigt ihn ein wenig.

Es ist drei Minuten vor eins, und erst jetzt schlendert Terje zur Bühne. Knut hat früher schon mit ihm auf dem Podium gesessen und weiß, dass es zu Terjes Markenzeichen gehört, auf den letzten Drücker zu kommen. Außerdem hat Terje eine Art zu gehen, bei der Knut immer das Wort *Getto* in den Sinn kommt – so wie Kriminelle sich bewegen, aufgesetzt arrogant und anbiedernd zugleich.

Knut sucht in seinem Innern nach Mitgefühl. Wenn jemand geschlachtet wird, empfindet man ja Sympathie. Damals, als die Schlachter es in dieser Zeitschrift auf Knut abgesehen hatten, strömten von allen Seiten Unterstützungsbekundungen herein. Aber bei Terje empfindet er nichts dergleichen.

Lene ist anscheinend auch hier, und zuerst beruhigt ihn das Wissen darum, dass Lene im Raum ist, andererseits: Lene kennt die ganze Geschichte, wie leicht wird es sein, sich nichts anmerken zu lassen, wenn eine Person in diesem Raum weiß, wie es sich tatsächlich verhält, *weiß*, dass Knut das Buch gelesen und sich über den Inhalt aufgeregt hat.

Wenn man lügt, ist es von Vorteil, so zu lügen, dass man es selbst glaubt, aber das wird schwierig, wenn Lene zugegen ist. Knut bereut, dass er nicht besser geplant hat. Er hätte Lene bitten können, sich fernzuhalten. Das hätte sie fraglos getan, das weiß er. Jetzt ist es zu spät.

Betrunken ist er auch. Oder vielleicht nicht betrunken, aber eindeutig beschwipst, und erst jetzt fällt ihm ein, dass er seit dem Frühstück nichts mehr gegessen hat. Er hat das Gefühl zu fallen. Er hat sich auf das hier überhaupt nicht vorbereitet. Vielmehr hat er in den letzten Tagen, die ganze letzte Woche, ja seit er die Einladung erhalten hat, in Alkohol gebadet. Er hätte nüchtern bleiben sollen, meditieren, joggen. Vor allem aber hätte er sein Hotelzimmer nicht abgeben dürfen. Es ist so, als hätte er keine Persönlichkeit, keinen festen Kern. Nur eine dünne Soße, die hierhin und dorthin fließt.

Terje hat seinen Mikrofonbügel bekommen und schlendert jetzt zum Podium.

Das Zelt ist zum Bersten voll. Ganz hinten stehen reihenweise Leute, die keinen Platz mehr bekommen haben. Nachdem die Moderatorin sich zwischen die Beteiligten gesetzt hat, stellt sich die Festivalleiterin neben die Bühne.

»Dann möchte ich Sie jetzt zu diesem Gespräch mit dem

Thema ›Untreue im Leben und in der Literatur‹ begrüßen. Unsere drei heutigen Gäste sind alle bestens mit dem Thema vertraut, allerdings jeder auf seine Weise, muss man wohl sagen.«

Im Publikum wird vereinzelt gelacht. Knut weiß von früher, dass bei Kulturveranstaltungen wie dieser viel und gern gelacht wird. Er fragt sich, warum.

»Einer unserer männlichen Gäste hat ein Buch geschrieben, das Sie sicher längst kennen.«

Die Festivalleiterin beugt sich zu dem Tisch und schnappt sich das Erfolgsbuch. Sie hält es hoch und schwenkt es in alle Richtungen, damit das ganze Zelt es sehen kann.

»Ich gehe davon aus, dass es den meisten bekannt ist?«

Wieder wird geklatscht und gelacht, und Knut lächelt und richtet den Blick fest auf die letzte Reihe im Publikum, ein alter Trick.

Ein weiterer alter Trick ist die Lesebrille – erstaunlicherweise hat er daran gedacht, sie in die Tasche seiner Anzugjacke zu stecken –, denn mit ihr sieht er gerade mal einen Meter weit scharf, wodurch das Publikum zu einem bunten Brei verschwimmt, sodass er nicht mitbekommt, wenn jemand gähnt oder auf sein Handy schaut.

»Dann brauche ich wohl nicht näher auf die Handlung einzugehen, nur kurz dazu: Es geht um einen Ehebruch, und man kann wohl sagen, dass wir es mit einem Dreiecksdrama zu tun haben.«

Knut nickt, und obwohl sein Herz jetzt hämmert wie ein alter Traktor, versucht er, möglichst lautlos zu atmen, denn sein Mikrofon ist eingeschaltet, und jedes noch so kleine Geräusch wird ins ganze Zelt übertragen, und den Zuhörern missfällt Nervosität, sie bereitet ihnen Unbehagen, und Knut schwört sich, dass er nach dieser Veranstaltung mit dem Trinken aufhört. Er ist mittlerweile zu alt, um Alkohol als Nervenmedizin zu benutzen. Sein Körper verträgt ihn nicht mehr.

»Und deshalb sind Sie heute hierher eingeladen, denn wir wollen über *Untreue im Leben und in der Literatur* sprechen.« Die Festivalleiterin wendet sich der Wirklichkeitsbeschreiberin zu, die sich in ihrem Sessel zurückgelehnt hat und aussieht, als würde sie sich langweilen. Dann hat es den Anschein, als fiele der Festivalleiterin etwas ein. Sie dreht sich zurück zu Knut, dessen Herz jetzt so heftig schlägt, dass er es in den Zehen spürt.

»Ich *muss* einfach fragen. Wann kommt die Fortsetzung? Wann werden wir erfahren, wie es diesen Menschen danach ergangen ist?«

Sie fragt eindringlich, als würde sie ein quengelndes Kind parodieren, das die Fortsetzung nicht erwarten kann, und wieder lacht das Publikum laut.

Dieses Lachen beruhigt Knuts Puls. Er lächelt und sagt wie gewöhnlich, das könne er nicht beantworten, aber wer weiß, vielleicht kommt mit dem nächsten Buch die Fortsetzung.

Erneuter Applaus, allerdings etwas verhaltener. Nicht alle klatschen, und niemand johlt.

Es wird keine Fortsetzung geben. Knut hat es unzählige Male versucht, und jedes Mal musste er einsehen, dass die Menschen, über die er in dem Erfolgsbuch geschrieben hat, sich nicht wiederbeleben lassen. Er hat ihnen alles Blut entnommen, jetzt liegen sie da wie alte Kostüme auf dem Dachboden.

Die Festivalleiterin dreht sich zur Wirklichkeitsbeschreiberin um.

»Und wir fühlen uns geehrt, eine Frau hier zu Besuch zu haben, deren Namen ich wohl nicht eigens nennen muss und die von einem Schreibaufenthalt in New York hierhergekommen ist, extra für diese Veranstaltung in Lillehammer. Ich finde, das verdient …«

Ihre letzten Worte gehen in tosendem Applaus unter, denn jetzt klatschen alle im Zelt, und sie johlen auch. Die Wirklichkeitsbeschreiberin lächelt und schaut zu Boden. In Interviews hat sie gesagt, sie finde die ganze Aufmerksamkeit lästig, denn da sie von Natur aus scheu und introvertiert sei, sei es schwierig, inzwischen so prominent zu sein, dass die Leute ihr an der Tankstelle und im Suff und überhaupt überall hinterherriefen.

»Und außerdem haben wir hier Terje Bjarne Lund-Pedersen Johansen, der uns sicher auch etwas über Untreue erzählen kann, zumindest in literarischer Form?«

Vereinzeltes Klatschen. Terje nickt weder, noch lächelt er. Auch ein Teil seines Markenzeichens, nicht lächeln, keine Geschenke machen. Er hängt mehr im Sessel, als dass er sitzt, und hat die Beine vor sich ausgestreckt.

Knut muss aufpassen. Nicht denken. Bald ist es vorbei.

»Dann bleibt mir nur noch, das Wort an unsere wunderbare Moderatorin Kirsten-Margrethe Solveigsdatter Bretteville-Paulsgaard zu übergeben!«

»Ja«, sagt Kirsten-Margrethe, deren Namen Knut nicht parat hatte, den er jetzt aber wiedererkennt, und zusammen mit dem Namen kriecht eine andere Erinnerung aus den Tiefen seines Gedächtnisses, sie hat mit einem regnerischen Abend zu tun, in einer Bibliothek in ... Haugesund? Sie verschwindet, bevor er sie festhalten kann. Aber er hat nicht mit dieser Frau geschlafen, das weiß er.

»Ich denke, wir sollten mit Ihnen beginnen, Terje«, sagt Kirsten-Margrethe, nachdem sie sie alle drei mehrere Male nacheinander angesehen hat, als könne sie sich nicht entscheiden. Das heutige Publikum ist wirklich äußerst dankbar, denn selbst darüber lacht es laut, und Knuts Nervosität ebbt wieder etwas ab.

Sie hält Terjes Buch hoch.

»Vielleicht könnten Sie uns erzählen, wovon das Buch handelt, um einfach mal irgendwo anzufangen.«

Terje seufzt so laut, dass es im ganzen Zelt widerhallt.

»Warum soll ich etwas über das Buch erzählen, reicht es nicht, dass ich es geschrieben habe?«

Terje hängt in seinem Sessel und erinnert an einen schmollenden Teenager. *Einen frühzeitig gealterten Teenager. Einen runzligen, unreifen Apfel.*

Hätte Knut nicht hier, auf einer hell erleuchteten Bühne, gesessen, hätte er sein Handy gezückt und die Sätze notiert. Und vielleicht passiert es deshalb, weil er mit diesen Gedanken beschäftigt ist, dass sein Mund ganz von selbst etwas sagt.

»Warum bist du dann hier?«, hört er sich selbst sagen.

Terje zuckt zusammen.

277

»Was?«

»Warum bist du hier, wenn du nicht über das Buch sprechen willst? Dafür sind wir doch gekommen. Wir werden dafür bezahlt, dass wir hier sitzen und über unsere Bücher reden. Die Leute haben dafür bezahlt, hier zu sitzen und *uns über unsere Bücher reden zu hören.*«

Und obwohl ein derartiges Verhalten auch Terje selbst zuzutrauen gewesen wäre, weil er nach eigener Aussage *gern frei von der Leber weg spricht, womit so viele hier in Norwegen nicht umgehen können*, sieht er aus, als hätte ihm Knut eine Ohrfeige verpasst. Menschen, die Dinge gern beim Namen nennen, schätzen es oft nicht, wenn andere es tun, das ist Knuts Erfahrung, und nun sitzt Terje da, rot im Gesicht. Aber er hat sich immerhin gerade hingesetzt.

»Ich finde es einfach nicht so interessant, die Handlung eines Romans nachzuerzählen.«

Im Zelt ist es jetzt so still, dass man alle Geräusche von draußen hören kann. Ein quengelndes Kind, ein Auto, das angelassen wird, ein in der Ferne bellender Hund.

Kirsten-Margrethe will etwas sagen, doch Knut ist schneller.

»Warum nicht? Vielleicht weil das Buch überhaupt keine Handlung hat?«

Schluss jetzt, sagt Knut zu sich selbst. Du hast das Buch ja noch nicht einmal gelesen. Man könnte sagen, dass der normale Teil von ihm am Eingang des Zelts zurückgeblieben ist und jetzt dort steht und ihn, der hier auf der Bühne sitzt, angafft, wie man bei einem Verkehrsunfall gafft. Was glotzt du so, sagt Knut, der Verrückte zu Knut, dem Normalen. Aber

Knut hat es satt, sich nichts anmerken zu lassen, hat es satt, sich zu beherrschen. Knut hat es satt, sich zivilisiert zu benehmen, wenn niemand sonst es tut.

»Was willst du damit sagen?«, fragt Terje. »Natürlich hat es eine Handlung. Hast du es überhaupt gelesen?«

»Nein. Aber ich habe es versucht. Gewöhnlich verwende ich deine Bücher als Schlafmittel ...«

Ein Raunen geht durch das Zelt.

»... aber das letzte war derart unerquicklich, dass ich nicht weiter gekommen bin als ...«

»Das ist alles ungeheuer interessant«, unterbricht Kirsten-Margrethe, die sich endlich gesammelt hat. »Und es ist toll, Sie beide diskutieren zu hören, auch wenn Sie nicht einer Meinung sind. Genau dafür ist dieses Festival ja da, um sich auszutauschen, sich zu unterhalten und neue Erfahrungen zu sammeln. Hier *soll* sich etwas bewegen, und das ist jetzt ja wirklich der Fall. Ich finde, das verdient einen Applaus!«

Das Publikum klatscht gehorsam. Knut berührt sein Handy, das er vor sich auf den Tisch gelegt hat, und sieht, dass erst zehn Minuten vergangen sind. Noch fünfzig Minuten.

Langsam dämmert ihm, was er getan hat; er hat sich selbst zum Schurken des Tages ernannt. Er hat den Takt vorgegeben, und dieser Takt muss beibehalten werden. Die Erwartung des Publikums nach mehr nimmt er förmlich als Geruch wahr. Alle sitzen höchst aufmerksam da, hören zu und bewegen leicht den Kopf, je nachdem, wer spricht, und Knut nimmt sich fest vor, sich die·verbleibenden fünfzig Minuten ordentlich zu benehmen.

»Aber wenn Sie einverstanden sind, Knut …«

Das Publikum lacht.

»… dann möchte ich Terje gern einige Fragen zu seinem neuen Roman stellen.«

Sie hält das Buch hoch, aus dem eine Menge gelber Zettel hervorschauen. Sie ist eine von denen, die ihren Job machen, wofür Knut dankbar ist. Auf seine alten Tage weiß er Berufsehre und alle, die ihren Job ernst nehmen, ganz egal, worin dieser Job besteht, zunehmend zu schätzen, und nach all den gelben Zetteln zu urteilen, hat Kirsten-Margrethe Terjes Buch ganz offensichtlich kreuz und quer gelesen, und jetzt stellt sie Terje eine lange Frage.

Schon nach der Hälfte der Frage weiß Knut, dass Terje sich wieder querstellen wird. Teils, um sich an Kirsten-Margrethe für das zu rächen, was Knut eben gesagt und getan hat, und teils, weil es zu Terjes Markenzeichen gehört, sich in Situationen wie diesen bockig und eigensinnig zu verhalten.

»Was haben Sie mich jetzt eigentlich gefragt«, sagt Terje, als Kirsten-Margrethe ihre viel zu lange Frage endlich beendet hat. »Können Sie noch mal von vorn anfangen? Und Sie müssen sich so ausdrücken, dass ich kapiere, was Sie meinen. Bisher habe ich nichts anderes verstanden als *hochtrabend, hochtrabend, hochtrabend.*«

Es ist derselbe Terje, der seinerzeit seine Abschlussarbeit über James Joyce' *Ulysses* geschrieben hat. Und das Publikum lacht laut über den frechen und widerspenstigen Autor Terje, der jetzt sagt:

»Am Ende des Tages hat mein Roman …«

»Auf Norwegisch heißt es nicht *am Ende des Tages*«, unterbricht ihn Knut, dessen Mund wieder ein Eigenleben führt. »Auf Norwegisch heißt es *unterm Strich*. *Am Ende des Tages* ist die wörtliche Übersetzung des amerikanischen Ausdrucks *at the end of the day*. Bald reden wir alle miteinander Amerikanisch. Wenn wir uns nicht am Riemen reißen und *Norwegisch* reden. UNTERM STRICH«, brüllt Knut ins Mikrofon. »UNTERM STRICH!«

Terje will etwas sagen, aber Knut fährt fort:

»Ein anderer Ausdruck, den gerade alle benutzen, ist, *nicht wirklich*. Man müsse *nicht wirklich* diesen oder jenen Film sehen. Dabei heißt es auf Norwegisch ganz einfach *eigentlich nicht*. Diesen oder jenen Film muss man *eigentlich nicht* sehen.«

»Wir kommen noch zu Ihnen, Knut«, sagt Kirsten-Margrethe. »Sie sind gleich an der Reihe. Und ich schätze Ihre Beiträge wirklich sehr. Aber jetzt möchte ich gern mit Terje über sein letztes Buch sprechen. Wenn Sie also …«

Sie lächelt und lässt den Satz in der Luft hängen, Knut lächelt und nickt ihr zu, und sie wendet sich wieder an Terje.

»Ihr letztes Buch …«, beginnt sie, und Knut versinkt in seinen eigenen Gedanken.

Er versteht nicht, was gerade in ihn gefahren ist. So als hätte er ein Leck. Vielleicht wird er wirklich dement. Vielleicht ist es das erste Anzeichen – damals, als er beim Festival in Lillehammer ausgerastet ist. *Sehr traurig, dass es so gekommen ist, das war doch der Typ, der dieses Buch geschrieben hat … wie hieß es noch gleich …*

Aus weiter Ferne bekommt er mit, dass Kirsten-Margrethe und Terje sich unterhalten. Er registriert auch, dass Terje versucht, vernünftig zu antworten und sich nicht störrisch zu verhalten, aber abgesehen davon hat sich Knut in sich selbst verkrochen und könnte nichts von dem Gespräch wiedergeben, und er kommt erst wieder zu sich, als das Publikum klatscht und Kirsten-Margrethe das letzte Buch der Wirklichkeitsbeschreiberin hochhält.

»Ja. Ich weiß ja, dass die meisten von Ihnen das hier gelesen haben.«

Dann wendet sie sich der Wirklichkeitsbeschreiberin zu.

»Aber könnten Sie trotzdem, einfach um irgendwo anzufangen, kurz sagen, wovon es *handelt*?«

Alle lachen, einschließlich Terje, nur die Wirklichkeitsbeschreiberin zieht eine Grimasse.

»Ja, also, es handelt halt von meinem Leben, von meinem wahren Leben, ungefiltert. In aller Offenheit. Ich weiß nicht, was ich sonst noch darüber sagen könnte. Mein Leben halt, mit allem Drum und Dran.«

Dann sagt sie nichts mehr, sondern schaut Kirsten-Margrethe abwartend an.

»Wir wissen ja, dass Sie diese Frage schon unzählige Male beantwortet haben, aber ich muss sie einfach stellen: Was hat Sie dazu veranlasst, auf diese Weise zu schreiben?«

Die Wirklichkeitsbeschreiberin richtet sich in ihrem Sessel auf und schaut zu Boden. Einige Sekunden lang verharrt sie so, und erst als Kirsten-Margrethe Luft holt, um etwas zu sagen, beginnt sie zu sprechen.

»Na ja. Meine Absicht war, mich zum eigentlichen Kern meines eigenen Daseins zu schreiben. Ich wollte die Textlichkeit des Körpers untersuchen beziehungsweise die Körperlichkeit des Textes, wenn ich es so sagen darf. Die Bedeutung der Worte und wozu Sprache imstande ist, aber besonders, wo Sprache *aufhört*, die Grenze zwischen dem Gelebten und dem Gedachten und dem Fühlbaren, Wahrnehmbaren. Kurz gesagt, ich wollte herausfinden, wer ich bin, ich habe die Wahrheit gesucht, und dann habe ich angefangen, diese Bücher zu schreiben. Und dann habe ich einfach weitergemacht. Und jetzt kann ich nicht mehr aufhören.«

Das Letzte ist nicht als Witz gemeint, trotzdem lachen die Zuhörer, als wäre es das Lustigste, was sie in ihrem ganzen Leben gehört haben. Auch die Moderatorin lacht, obwohl Knut sehen kann, dass ihr Lachen gespielt ist. Darin ist sie allerdings gut, und Knut ist froh, dass es Leute wie sie gibt, die in der Lage sind, jahrein, jahraus egozentrische und verlogene Autoren zu interviewen, Autoren, die Witze auf ihre Kosten reißen, die sich bockig verhalten, nicht auf Fragen antworten wollen und sich begriffsstutzig geben; Knut hat im Laufe der Jahre alles gesehen, und er kann sich keine unsympathischere Berufsgruppe vorstellen als Belletristikautoren. Wenn Knut wider Erwarten das ein oder andere Buch gefällt, hält er sich tunlichst fern von dessen Urheberin oder Urheber. Niemand sollte Kontakt zu seinen Schriftstelleridolen aufnehmen.

Doch der Wirklichkeitsbeschreiberin gefällt es nicht, wenn das Publikum lacht. Sie hat in Interviews gesagt, dass ihr Humor nicht nur in der Literatur missfalle, sondern auch bei Kulturveranstaltungen, dass die Gegenwart von zu viel Gelächter und Humor geprägt sei, dass sie sich mehr Ernst wünsche. Ohne zu lächeln, sagt sie:

»Die Wahrheit. Darauf bin ich aus. Ich bin ganz einfach süchtig nach der Wahrheit, die unter und hinter allem liegt, was wir sagen und tun.«

Knut setzt seine Lesebrille ab. Er legt sie auf den Tisch, und seine Hand zittert nicht.

»Nein«, hört er seinen Mund sagen. Denn abermals agiert dieser völlig selbstständig, und Knut leidet garantiert an einer frühen Demenz. Das Überraschendste ist jedoch nicht, was sein Mund als Nächstes sagt, sondern dass seine Stimme dabei nicht einmal zittert:

»Du behauptest, du schreibst über die Wirklichkeit. Aber das stimmt ja nicht. Du dichtest munter Dinge zur Wirklichkeit *hinzu*. In deinem letzten Buch schreibst du zum Beispiel …«, hier macht Knut eine Bewegung hin zu dem Buch, das auf dem Tisch vor ihnen steht, und wieder ist er überrascht, dass seine Hand nicht zittert, was sie jetzt eigentlich hätte tun sollen. »In deinem letzten Buch schreibst du über mich, unter meinem vollen Namen. Du schreibst, ich hätte dich bei der Jahrestagung des Schriftstellerverbands vor dreieinhalb Jahren sexuell belästigt.«

Der normale Teil von ihm steht am Eingang und hält sich die Augen zu, denn jetzt geht es los. Jetzt passiert es. Jetzt stürzt alles ein.

Die Wirklichkeitsbeschreiberin hat die Augen weit aufgerissen und schüttelt den Kopf. Sie ist der Inbegriff einer unschuldigen Person, der man etwas vorwirft, von dem sie sich nicht einmal vorstellen kann, dass ein Mensch es tun könnte. Im Zelt herrscht Grabesstille. Alle halten den Atem an. Knut, der nicht mehr von seiner Lesebrille beschützt wird, sieht glänzende Augen, rote Wangen und halb offene Münder.

Kirsten-Margrethe bewegt die Arme, als wolle sie etwas sagen, aber sie bringt lediglich ein heiseres, leises Piepsen heraus, und Knut redet weiter:

»Aber wir wissen ja beide, dass es so nicht war. Du bist auf mich zugekommen. Du bist mit einem Bier auf mich zugekommen und hast dich auf meinen Schoß gesetzt, woraufhin ich einen *Ständer* bekommen habe, tja, darauf bin ich nicht stolz, aber es war ganz einfach eine körperliche Reaktion, die ich nicht kontrollieren konnte. Was ich allerdings kontrollieren konnte, war, wie ich mich den Rest des Abends verhalte, und das habe ich getan. *Ich habe mich anständig verhalten, zumindest weitgehend.* Du dagegen hast dich auf meinen Schoß gesetzt, hast so getan, als wolltest du mich mit meinem Hemdkragen erwürgen, du hast dein Gesicht an meinen Bartstoppeln gerieben und hast ganz wild getanzt, und als ich schließlich …«

Die Wirklichkeitsbeschreiberin hebt den Kopf und schaut ihn an.

»*Ganz wild getanzt?* Was willst du damit sagen? Gibt dir das das Recht, mich zu begrapschen?«

»Ja, ich habe dich begrapscht. Ich habe dir an den Po gefasst, *aber das war auch das Einzige, was ich getan habe.* Und was hast du nicht alles vorher getan?«

Die Wirklichkeitsbeschreiberin fuchtelt mit den Armen.

»Hör doch selbst, was du sagst, du gibst es ja sogar zu! Du gibst zu, dass du mich belästigt hast!«

»Du hast mich zuerst belästigt!«

»Ach. Ich habe dich belästigt. Hattest du große Angst? Wie? War es dir *sehr* unangenehm? Hatte der große Mann Angst vor der kleinen Frau? Du weißt schon, dass Frauen Angst davor haben, dass Männer sie umbringen, während Männer Angst davor haben, dass Frauen *über sie lachen?*«

Hier und da wird im Publikum leise gekichert. Die Stimmung im Zelt ist jetzt eindeutig auf ihrer Seite. Das Publikum besteht ja auch zu fünfundneunzig Prozent aus Frauen. Das hätte Knut bedenken sollen, ehe er seine Klappe aufgerissen hat und es mit ihm durchging.

»Ich sage nicht, dass ich Angst hatte. Aber du stellst mich auf eine Art und Weise dar, in der ich mich überhaupt nicht wiedererkenne.«

Die Wirklichkeitsbeschreiberin verdreht die Augen.

»Weißt du, wie viele Leute mir genau das gesagt haben, mit *genau denselben Worten?* Dass ich sie auf eine Art und Weise beschreibe, *in der sie sich überhaupt nicht wiedererkennen?* Du kannst dich in die Schlange einreihen.«

»Hast du schon mal darüber nachgedacht, dass sie recht haben könnten?«

»Recht womit? Sie haben ihre Version, ich habe meine. Ich habe das gleiche Recht auf meine Version wie alle anderen.«

»Der Unterschied ist, dass deine gedruckt in einem Buch steht.«

»Na und? Die Leute sind viel zu empfindlich. Aktuell herrscht eine Hysterie der Gekränkten, die …«

»Du schreibst in diesem Buch, *ich* hätte *dich* gekränkt. Aber das habe ich nicht! Und das weißt du genau! Kannst du nicht einfach zugeben, dass du die Situation auf diese Weise geschildert hast, weil du vertuschen willst, was du in Wirklichkeit tatsächlich treibst?«

»Hä?« Was treibe ich denn in Wirklichkeit?«

Schluss jetzt, sagt Knut zu seiner großen Klappe, aber die große Klappe will nicht hören.

»Alle wissen, dass du in Wirklichkeit das tust, was du in deinen Büchern als Fantasien ausgibst.«

»Hä?«

»Ich glaube, wir sollten jetzt vielleicht …«, sagt Kirsten-Margrethe, aber Knut brüllt:

»IN WIRKLICHKEIT FICKST DU ALL DIE, VON DENEN DU IN DEINEN BÜCHERN SCHREIBST, DASS DU ÜBER SIE BLOSS FANTASIERST!«

Kirsten-Margrethe wedelt mit den Händen.

»Nein, also, jetzt müssen wir …«

Aber die Wirklichkeitsbeschreiberin fällt ihr ins Wort.

»Was sagst du da? Bist du total verrückt? Woher willst du etwas über mein Leben wissen?«

»Weil du darüber schreibst. Weil du behauptest, du würdest Buch für Buch die sogenannte Wirklichkeit schildern. Aber ich weiß, was du treibst. Du willst ja nicht Haus und Hof verlieren, deshalb gibst du deine Hurerei …«

»EXCUSE ME? Was hast du gerade gesagt?«

»Und deshalb gibst du deine Hurerei, jawohl, HU-RE-REI« – bei jeder Silbe schlägt Knut mit der Faust auf die Lehne seines Sessels – »als unschuldige Fantasien aus, aber ich habe mit ein paar Leuten geredet, die mir im persönlichen Gespräch anvertraut haben, dass sie in den letzten Jahren ein Verhältnis mit dir hatten, und da kann man sich schon fragen, für wie viele andere das noch zutrifft, wenn ICH, der ich momentan nicht so viel unter Leute komme, immerhin DREI getroffen habe, mit denen du etwas hattest ...«

»Nein, also ...«, kommt es von Kirsten-Margrethe.

»Und damit nicht genug«, fährt Knut fort. »Alle drei haben mir, unabhängig voneinander, die gleiche Geschichte erzählt. Denn zu allen dreien hast du gesagt, du seist in den fünfzehn bis zwanzig Jahren, die du verheiratet bist, noch *nie* untreu gewesen, und *mein Mann und ich leben wie Bruder und Schwester zusammen*, hast du gesagt, und *so was habe ich in meinem ganzen Leben noch nicht erlebt*, und *du hast die Frau in mir geweckt ...*«

»NEIN NEIN NEIN«, brüllt die Wirklichkeitsbeschreiberin. Sie hält sich die Ohren zu. »SEI STILL! DAS IST JA VÖLLIG ABSURD!«

»... und dann stellst du dich als eine schüchterne, unschuldige ...«

»Und nicht als die *Hure*, die ich bin, willst du sagen?«

»... eine schüchterne, unschuldige Person dar, die vorgibt mitzuspielen, weil du Angst vor mir hast, weil ich dir angeblich als Autorin schaden könnte, aber das ist ja der reinste Unsinn!«

»Es ist das erste Mal, dass mich jemand hier in Lillehammer oder sonst wo *Hure* genannt hat.«

Das Publikum lacht, aber es ist ein nervöses Lachen. Mehrere haben schon vor geraumer Zeit ihr Handy gezückt und halten es vor sich hoch. Knut hat die Menschheit noch nie so sehr gehasst wie in diesem Moment. Denk ans Penicillin, sagt er zu sich. Denk ans Rad. Ans Feuer. An die Pyramiden. Die chinesische Mauer. Messer und Gabeln. Das Alphabet. Die Infrastruktur.

Die Wirklichkeitsbeschreiberin schaut ihn kopfschüttelnd an, wie man jemanden anschaut, der einem leidtut.

»Ich weiß wirklich nicht, wovon du redest. Und ich weiß auch nicht, was du damit erreichen willst.«

Ein Raunen geht durch das Zelt, denn jetzt schimmern ihre Augen sogar feucht. Knut weiß, dass es nicht denselben Effekt hätte, wenn *er* anfinge zu weinen. Es würde ihm sowieso nicht gelingen, selbst wenn er es versuchen würde. Zumindest nicht hier und jetzt. Aber ihre feuchten Augen haben trotzdem eine abkühlende Wirkung auf Knut, und er verstummt.

»Ich bin heute hierhergekommen, um über *Untreue im Leben und in der Literatur* zu sprechen. Und *du* hättest gar nicht hier sein sollen. Jemand anderes war eingeplant. Und am Ende des Tages …«

»UNTERM STRICH«, brüllt Knut. »UNTERM STRICH!«

Kirsten-Margrethe reckt beide Arme hoch.

»Es reicht! Es reicht!«

Einige Zuhörer nicken. Und erst jetzt fällt Knut ein, dass Lene unter ihnen ist. Irgendwo in der Menschenmenge sitzt

Lene und sieht und hört alles. Aber jetzt kommt jede Reue, jeder Versuch der Schadensbegrenzung zu spät. Jetzt muss er es bis zum bitteren Ende durchziehen.

Und absurderweise beruhigt sich alles genauso schnell, wie es begonnen hat.

Bald ist es so, als wäre nichts geschehen, als wäre das hier nur ein weiteres schläfriges Podiumsgespräch, und während Kirsten-Margrethe die Wirklichkeitsbeschreiberin interviewt und die Stimmen sich in ein gleichmäßiges Summen verwandeln, merkt Knut, dass das Publikum die Konzentration einbüßt. Kein Wunder, denn die Wirklichkeitsbeschreiberin sagt lediglich Dinge, die sie schon hundertmal zuvor gesagt hat, und während sie sich über den künstlerischen Prozess und ihre Annäherung an den Stoff, über das Körperliche und das Denkbare auslässt, wird das Hüsteln und Räuspern im Zelt immer lauter, und Knut denkt: Sie vermissen mich. Sie wollen mehr von mir hören. Ich bin hier der Boss im Zelt.

Endlich ist Knut an der Reihe.

Die ganze Zeit, während die Wirklichkeitsbeschreiberin geredet hat, hat Knut es vermieden, Terje anzusehen, genau wie Terje es vermieden hat, Knut anzusehen. Knut hat außerdem darüber nachgedacht, welches Nachspiel es haben wird, dass er den neuen Mann seiner Ex-Frau beschimpft hat, den Stiefvater seines Sohns – die bevorzugte Vaterfigur seines Sohns, könnte man genauso gut sagen –, und Lene, was ist mit Lene?

Vor einiger Zeit hat Knut als der Hypochonder, der er ist, etwas über ein Altersleiden namens *Frontallappendemenz* gelesen. Soweit er sich erinnert, stand da, dass eine Person mit dieser Krankheit alle Hemmungen verlieren und anderen Menschen gegenüber gleichgültig oder unangenehm werden kann. Einige verhalten sich taktlos, sie sagen oder tun unpassende Dinge. Andere kümmern sich weniger um ihre Hygiene und Kleidung als zuvor. Zu den Symptomen gehören auch eine Verflachung des Gefühlslebens und Antriebslosigkeit. Knut könnte sämtliche Punkte ankreuzen. Andererseits gilt das für die meisten Krankheiten und Leiden, von denen er liest, folglich haben ihn in den letzten Jahren der Reihe nach ereilt: ADHS, Schlafapnoe, Krebs in jedem Organ seines Körpers, Persönlichkeitsstörungen, paranoide Schizophrenie, Hormonstörungen, Gicht, Depression, chronische Insomnie und eine ganze Reihe anderer Übel, an denen erkrankt zu sein er zum jeweiligen Zeitpunkt zu hundert Prozent überzeugt war, und die *so einiges erklären könnten.* Aber ärztlicherseits, also seitens seiner alten Hausärztin, der mit der Praxis am Solli Plass, wurden all diese Krankheiten und Befindlichkeiten eine nach der anderen ausgeschlossen. Sie weigerte sich sogar, ihn weiterzuüberweisen, um ihn auf ADHS untersuchen zu lassen. Wenn Sie es geschafft haben, sechs Bücher zu schreiben, haben Sie kein ADHS, hatte sie gesagt, woraufhin Knut protestiert und erläutert hatte, wie schwer er sich mit den Büchern getan hatte und wie anstrengend es gewesen war, sie zu schreiben. Aber wenn es *einfach* wäre, Bücher zu schreiben, hatte die Ärztin eingewandt, würden es dann nicht alle tun? Ich würde selbst gern ein Buch schreiben, über Sie alle, die hier in die Praxis kommen. Das böte mehr als genug

Stoff, kann ich Ihnen versichern. Aber ich habe nicht das Zeug dazu. Und das liegt *nicht* daran, dass ich ADHS hätte.

Kirsten-Margrethe wendet sich Knut zu und hält sein Erfolgsbuch hoch. Sie seufzt.

»Ja, Knut, nun sind Sie endlich an der Reihe.«

Knut nickt. *Halt die Klappe. Mit Frontallappendemenz ist das nicht so leicht. Aber versuch's trotzdem.*

»Ich weiß natürlich, dass Sie noch andere Bücher geschrieben haben, davor wie auch danach. Aber an das hier erinnern sich wohl die meisten, und es handelt auch von unserem heutigen Thema, Untreue. Sie schreiben in dem Buch über die gut situierte Mittelschicht …«

»*Die gut situierte Mittelschicht*«, unterbricht Knut, denn länger kann er sich nicht beherrschen. »Als ob wir nicht alle der *gut situierten Mittelschicht* angehören würden. Als ob jemand, der das Wort *Mittelschicht* in den Mund nimmt, nicht selbst zur Mittelschicht gehört. Alle Anwesenden gehören zur Mittelschicht.«

Knut macht eine ausladende Bewegung über das Publikum hinweg, das Zelt wirkt jetzt noch voller, vielleicht hat man seine lautstarken Ausbrüche bis auf die Straße gehört und wollte wissen, was da vor sich geht.

»Ich schreibe über existenzielle Erfahrungen, die alle machen können, Arme wie Reiche. Auch Leute im Flüchtlingslager machen sich und anderen das Leben schwer, intrigieren wie alle anderen. Die sogenannten Armen haben in Norwegen heutzutage einen Lebensstandard, von dem früher noch nicht einmal Könige und Kaiser träumen konnten.«

»Aber was denken Sie über das Phänomen Untreue? Warum sind Menschen untreu?«

»Warum Menschen untreu sind? Es ist ein Wunder, dass nicht noch *mehr* Menschen untreu sind, dass nicht noch *mehr Menschen* Alkoholiker oder Drogensüchtige sind oder sich das Leben nehmen. Bei dem, wie ihr euch aufführt, alle miteinander. Ihr verschenkt Bücher. Stopft alte Telefonzellen mit Büchern voll, denn wie Sexualwissenschaftler die Bevölkerung auf Teufel komm raus dazu bringen wollen, sich gegenseitig mehr in den Arsch zu ficken, wollen Bibliothekare, dass wir mehr lesen, aber wenn staatlich finanzierte Sexualwissenschaftler versuchen, dir Buttplugs in den Hintern zu schieben, und es überall Bücher umsonst gibt, dann verliere ich die Lust am Vögeln ebenso wie die am Lesen!«

Einige lachen, manche schnappen nach Luft, andere schütteln den Kopf, nicht wenige sagen huch. Aber die Erleichterung im Zelt ist mit Händen zu greifen, denn wieder passiert etwas, und Knut liefert.

Kirsten-Margrethe sieht ihn an.

»Aber, was die Untreue betrifft ...«

»Ja, was die Untreue betrifft! Angeblich ist ja alles so natürlich, aber was ist, wenn es für Sie natürlich ist, mit allen Nachbarn zu schlafen, oder meinetwegen mit einem Schaf, und was ist mit den Pädophilen? Was ist mit den Pädophilen! Und warum ist es völlig in Ordnung, sich als das andere Geschlecht zu verkleiden, aber nicht als Mexikaner? Noch bevor sich die Geschlechtsorgane voll entwickelt haben, soll man alles wissen über S/M, Dreieck, Viereck, Fünfeck, Anilingus, Rollenspiele, Bondage, Buttplug, Gleitmittel, Gangbang, Fesseln, Handschellen, Gagball, Latex, Golden Shower, MILF, GILF, aber gnade dir Gott, wenn du einer Frau auch nur an den Hintern fasst, selbst wenn ebendiese Frau vorher auf deinem Schoß geritten ist!«

»Ich …«, kommt es von der Wirklichkeitsbeschreiberin.

»RUHE!«, brüllt Knut, dass es in der Tonanlage pfeift. Einige halten sich die Ohren zu. »Jetzt bin ich an der Reihe! Was ist aus persönlicher Verantwortung geworden, was ist aus so einem einfachen Wort wie *Fleiß* geworden? *Bescheidenheit? Mäßigung?* Wir sind einfach faul! Wir sind einfach gierig! Wir ertragen keine Langeweile! Wir sind genusssüchtig! Wir sind reizüberflutet! Wir sind Arschlöcher! Reiß dich zusammen! Aber dazu habe ich keine Lust, ich bin nämlich faul. Und fett«, fügt er hinzu. »Alle miteinander sind wir fett. Fett und faul.«

»Das gilt ja wohl nicht …«, setzt die Wirklichkeitsbeschreiberin an, aber Knut unterbricht sie erneut.

»Ich habe angefangen, Tagebuch zu schreiben. Denn jetzt will ich meine Version beisteuern. Jetzt bin ich an der Reihe.«

Und er wendet sich ihr zu und fährt fort:

»Und dann muss ich natürlich über den Abend schreiben, als du dich auf meinen Schoß gesetzt und mich am Hemdkragen gepackt und mich Alterchen, alter Mann und was sonst noch alles genannt hast.«

»Ich habe das Recht auf meine Geschichte, meine Wahr…«

»Ruhe. Denn in dem Moment, als mir klar wurde, dass ich die Situation missverstanden hatte, *habe ich mich wie gesagt zurückgezogen. Ich bin dir nicht gefolgt, denn ich bin ja nicht* unzugänglich für klare Hinweise, und ich gehöre auch nicht einer heimlichen Bruderschaft an, die an der Theke steht und sich köstlich amüsiert.«

»Aber ich habe doch gesehen, dass du sie kanntest, ich …«

»Nein, ich kannte die Männer nicht, aber es hat sich beim Schreiben alles so wunderbar gefügt, war es nicht so? Das Ganze hat sich gewissermaßen entlang dieser Gleise anordnen lassen, der Gleise der Gegenwart, an denen sich immer alles so wunderbar bequem anordnen lässt. Denn es *hätte* ja so gewesen sein können, nicht wahr? Ich bin älter, ich hatte mehr Bücher veröffentlicht, ich bin ein Mann, es fehlte bloß dieses eine letzte Ding, nämlich dass ich übergriffig bin, aber wahrscheinlich hast du einfach die Augen zugekniffen und dich selbst hochgepuscht zu …«

»Ich habe meine Wahrheit geschrieben. *Meine* Wahrheit. Und ich habe den vollen Besitzanspruch auf meine Wahrheit.«

»Was ist das denn für ein Blödsinn? Das kann ja jeder als Entschuldigung für *alles* anführen. Wenn ihr, die ihr sogenannte Wirklichkeitsliteratur schreibt, euch wenigstens auf Gedeih und Verderb an die Wirklichkeit halten würdet. Aber das tut ihr ja nicht. Ihr haltet euch so lange an die Wirklichkeit, wie sie euch in den Kram passt, und dann fügt ihr hinzu und nehmt weg, damit es lesbar wird, denn die Wirklichkeit ist bekanntlich nicht sehr lesbar, so voll von irrelevanten Ereignissen, unwahrscheinlichen Fügungen und unbedeutenden Details, wie sie ist.«

»Wenn wir wieder auf Ihr Buch zurückkommen könnten …«, versucht Kirsten-Margrethe es noch einmal, wird aber erneut von Knut unterbrochen:

»Die Wirklichkeit kennt keine Zusammenhänge, dafür enthält sie zu viel Plunder, der nicht zum Narrativ passt, und deshalb muss er entfernt werden, und dafür muss etwas anderes hinzugenommen werden, und das müssen wir uns ausdenken, das müssen wir erdichten, so wie sie hier mich und mein Verhalten *unter meinem vollen Namen* erdichtet hat.«

Knut deutet mit einem vor Wut, nicht vor Nervosität zitternden Zeigefinger auf die Wirklichkeitsbeschreiberin. Knuts Wut ist völlig rein, sie speist sich aus einer inneren Quelle, einer Quelle, die bis zu diesem Tag weggestaut war. Doch jetzt bricht der Damm. Das heißt, vor etwa einer Stunde ist er gebrochen. Denn zu Knuts großer Überraschung ist das »Podiumsgespräch« fast schon vorbei, und er sieht, wie der junge Mann mit der zerrissenen Hose den Arm hochhält und auf sein Handgelenk zeigt, um Kirsten-Margrethe zu signalisieren, dass die Zeit um ist.

Knut lehnt sich zurück. Er kann es nicht begreifen. In seinem Kopf ist gerade mal eine Viertelstunde vergangen. Aber schließlich ist er auch dement.

Die Wirklichkeitsbeschreiberin gähnt. Ja, sie sitzt tatsächlich dort und gähnt. Auch das begreift er nicht. Hat er das alles geträumt? Hat er es mit einer virtuellen Wirklichkeit zu tun? Liegen ihre echten Körper schlafend in Behältern in einer albtraumhaften Zukunftswelt, und das hier sind nur seine eigenen persönlichen Fantasien und Vorstellungen?

Kirsten-Margrethe erhebt sich.

»Dann möchte ich jetzt allen drei Mitwirkenden für ein fantastisches, bereicherndes Gespräch danken.«

Sie deutet mit der Hand auf die Teilnehmer des Podiumsgesprächs. Danach macht sie ein paar Schritte, geht bis an den Rand des kleinen Podiums, als wollte sie betonen, dass das, was sie jetzt sagt, nicht im Programm steht, sondern etwas zwischen ihr und den Anwesenden ist.

»Und ... tja ... ich weiß ja nicht, wie Sie im Publikum darüber denken, aber ich persönlich finde es stets besonders bereichernd, wenn wir so wie heute über alle Differenzen hinweg wirklich miteinander reden können und uns begegnen ... als Menschen, Individuen und Kulturarbeitende, und kommunizieren. Von Anfang an, seit Gründung dieses Festivals, war das ein übergeordnetes Ziel, Menschen Begegnungen zu ermöglichen, *menschliche Begegnungen* zu initiieren.«

Kirsten-Margrethe schaut zu Boden und schweigt für einige Sekunden. Dann legt sie eine Hand auf ihr Herz und wendet sich den drei Autoren auf der Bühne zu, sieht sie der Reihe nach an.

»Daher möchte ich Ihnen allen dreien noch einmal für eine außergewöhnlich bereichernde und interessante menschliche Begegnung danken, hier an diesem Freitag in Lillehammer. Vielen, vielen, vielen Dank!«

Sie verneigt sich vor ihnen, und das Zelt explodiert. Einige stehen auf, halten immer noch ihr Handy vor sich hoch, und erst jetzt wird Knut klar, dass das Ganze aufgenommen und wahrscheinlich schon ins Internet gestellt wurde. Es gibt keinen Weg zurück. Und als wäre das noch nicht genug: Ganz hinten im Zelt steht eine Kamera und leuchtet rot, das kann er von hier aus sehen, und jetzt erinnert er sich, dass der junge Mann mit der zerrissenen Hose die ganze Zeit darauf geachtet hat, dass diese Kamera freie Sicht auf die Bühne hatte, er lief gebückt umher und bat die Leute, zur Seite zu gehen, damit niemand im Weg stand und so verhinderte, dass die Veranstaltung auf der Website des Festivals gestreamt werden konnte und in die Cloud eingestellt, wo sie sich dann bis in alle Ewigkeit befinden würde.

Das Publikum strömt aus dem Zelt. Auf dem Weg nach draußen richten einige ihr Handy auf Knut. Knut starrt sie an. Er hat keine Gefühle mehr im Körper, als wären sie alle aufgebraucht, als hätte er sich selbst von innen gesprengt.

Ein Stück entfernt hilft Terje der Wirklichkeitsbeschreiberin, den Mikrofonbügel abzunehmen, sie kichern darüber, dass sich das Mikrofon in ihren langen Haaren verfangen hat.

Mein Leben ist vorbei, denkt Knut, aber die Worte dringen nicht in sein leeres Inneres vor, sie bleiben draußen und sind bloß Worte.

»Wie geht's dir?«, fragt Terje die Wirklichkeitsbeschreiberin, während sie ihre Haare hochhält und er versucht, sie von dem Mikrofon zu befreien. »Das war ja eine ziemliche Abreibung.«

»Du, das war noch gar nichts. Ich bin so an Prügel und Proteste und das alles gewöhnt. Nach all den Jahren … Du solltest meinen Posteingang sehen, die ganzen Drohungen. Das ist völlig krank. Die Leute sind durchgeknallt.«

Terje lacht laut auf und nickt. »Die Leute sind echt krass!«

Die Wirklichkeitsbeschreiberin deutet ein Nicken an, dann gähnt sie.

»Sorry«, sagt sie. »Jetlag.«

»Von Westen nach Osten ist es am schlimmsten«, sagt Terje, während er dem jungen Mann das Mikrofon der Wirklichkeitsbeschreiberin reicht und sich daranmacht, sein eigenes abzunehmen. »Das ist immer so. Die andere Richtung ist dagegen das reinste Vergnügen.«

»Ja«, stimmt die Wirklichkeitsbeschreiberin ihm zu. »Dann hat man einen Vorsprung, oder? Und kann sich gleich ins Getümmel stürzen!«

Terje amüsiert sich prächtig.

»Wo hast du gewohnt?«

»Ich wohne immer in Greenpoint.«

Terje legt den Kopf schief.

»Oh, da ist es richtig schön. In letzter Zeit waren wir oft unten in Flatbush, da ist es inzwischen auch sehr schön geworden.«

Keine Angst mehr vor Small Talk, denkt Knut, während er sie beobachtet. Was für eine Kondition für Small Talk wir doch haben, wenn der Small Talk denn mit den richtigen Leuten erfolgt und von den richtigen Themen handelt. Wenn wir uns bloß im richtigen *Kontext* befinden.

»Ist Flatbush nicht mittlerweile sehr gentrifiziert?«

»Wie bitte, gentrifiziert? Und was ist mit Greenpoint?«

»Ja, aber da ist die Gentrifizierung schon abgeschlossen, dort beruhigt es sich also allmählich, und gleichzeitig herrscht so eine entspannte, gute alte Brooklyn-Atmosphäre vor. In der Nachbarwohnung lebt ein Pärchen, er Feuerwehrmann, sie Krankenschwester, und die reden mit so einem herrlichen New Yorker Akzent, ich könnte ihnen stundenlang zuhören.« Terje schaut der Wirklichkeitsbeschreiberin in die Augen und nickt ernst, als enthielte jedes Wort aus ihrem Mund tiefe Einsichten, die man sich andächtig anhören muss und nicht unterbrechen darf. Er steht mit verschränkten Armen da und setzt seine Unterarmmuskeln in Szene, und die Wirklichkeitsbeschreiberin packt ihren Kram zusammen.

»In Greenpoint kann ich immer so gut arbeiten. Habe mir dort ein Stammcafé gesucht und alles Mögliche andere. Das Café liegt direkt gegenüber einer Autowerkstatt, und die Mechaniker sind dort Stammgäste, daher ist die Stimmung sehr authentisch, obwohl es ein ziemliches Hipster-Café ist.« Terje nickt und lacht. Die Wirklichkeitsbeschreiberin fügt hinzu:

»Ja, im Ernst, alle Männer, die dort arbeiten, haben einen Topfschnitt und laufen in Latzhose rum, ohne was darunter.«

»Ich kann es mir vorstellen«, gluckst Terje. »Das hört sich absolut fantastisch an. Hipster und Automechaniker. Das ist New York! Aber wie ist dort jetzt das Wetter? Wir wollen bald hin. Haben vor, in Prospect Park zu wohnen. Eine Bekannte von Lene hat dort eine Wohnung. Hast du schon mal dort gewohnt?«

Während sie weiterplaudern, schält sich Knut endlich aus dem Mikrofon.

Er ist auf dem falschen Planeten gelandet.

Ist dies das Zuhause der Menschen?

Kirsten-Margrethe ruft über die Menschenmenge hinweg, sie hat ihr Mikrofon abgenommen:»Vor dem Zelt wird jetzt signiert! Weil die Zeit knapp ist, gibt es leider keinen persönlichen Gruß, sondern nur ein Autogramm!« Kirsten-Margrethe geleitet die Wirklichkeitsbeschreiberin zum Signiertisch. Knut folgt ihnen. Mehrere Zuhörer streichen der Wirklichkeitsbeschreiberin im Vorbeigehen über den Arm. Niemand spricht mit Knut. Sie starren ihn an, aber ehe er ihrem Blick begegnen kann, schauen sie weg.

Dann ist er endlich draußen. Die Wirklichkeitsbeschreiberin sitzt bereits an ihrem Platz, umgeben von hohen Bücherstapeln, und hat schon mit dem Signieren begonnen. Auf dem Tisch liegen auch Terjes Bücher, Knuts allerdings nicht.

Knut weiß nicht, wohin mit sich, und bleibt am Tisch stehen. Die Zeit und die Luft sind zäh, als befände er sich unter Wasser. Kirsten-Margrethe kommt auf ihn zu.

»Es tut mir leid, aber Ihre Bücher sind nirgendwo aufzutreiben. Erst hatten wir gedacht, Sie könnten das hier signieren.« Sie hält sein Erfolgsbuch hoch.

»Aber das war auch nicht zu bekommen, abgesehen von diesem einen Exemplar. Es war einfach zu kurzfristig.«

»Kein Problem«, sagt Knut.

Zum ersten Mal in seinem Leben kommt es ihm wirklich so vor, als würde er den Verstand verlieren. All die Jahre hat er die so gängige Phrase verwendet, er sei kurz davor, verrückt zu werden, dabei hat er sich nie wirklich verrückt gefühlt, das erkennt er jetzt, verrückt in der Bedeutung von *geisteskrank*.

Die Sonne scheint. Terje sitzt mit seinem eigenen Bücherstapel neben der Wirklichkeitsbeschreiberin, aber niemand will ein Autogramm von ihm, trotzdem lächelt er und lacht, hat sich der Wirklichkeitsbeschreiberin zugewandt und plaudert über verschiedene Orte in Brooklyn und Manhattan, die man einfach gesehen haben muss.

Wo ist Lene? Er blickt sich um, kann sie aber nicht entdecken. Sie sollte in Terjes Nähe zu finden sein, aber da ist sie auch nicht.

Knut läuft Richtung Friedhof. Wenn er es nur bis dorthin schafft, ist er gerettet.

Vielleicht ist er bereits auf dem Weg in die allerletzte Lebensphase, die Phase, in der man sich mit jeder Stunde mehr von der Gegenwart entfremdet, und bald kommt der Tag, an dem er keine sozialen Codes mehr versteht und die Hintergründe der von der Bevölkerungsmehrheit geteilten Auffassungen nicht mehr erfasst.

Knut wurde zur Seite gedrängt, sein Platz ist jetzt im Schatten. Dort kann er herumstehen und schreien und mit seinen Erfahrungen und Meinungen rasseln, so viel er will. Doch die sind jetzt genauso unbrauchbar wie die alten osteuropäischen Währungen. So wie die alten Währungen außerhalb der Landesgrenzen wertlos waren, so sind Knuts Wahrheit und das bisschen Weisheit, das er hat zusammenkratzen können, außerhalb seines fiebrigen Kopfs wertlos.

Die Welt stimmt ihm darin nicht zu. Die Welt will Kontakt, und sein Handy läuft über. Es vibriert und plingt und brummt, je nachdem, auf welcher Plattform man ihn erreichen will.

Der Auftritt im Zelt scheint längst das ganze Universum erreicht zu haben, und jetzt wollen sie ihn zu fassen bekommen, um einen Fitzel dieser wertvollen Friktion zu erhaschen, die er freundlicherweise mit seinem Körper und seiner Seele *erzeugt* hat. Wie ein Mönch, der sich selbst anzündet.

Fantastisch, steht in mehreren Nachrichten. *Stinkefinger gezeigt*, heißt es in anderen. *Du hast ihnen den Stinkefinger gezeigt, kommst du zu …*

Anbiedernd sind sie alle. Knut kennt diese Melodie. Vor langer Zeit war er von ihr umgeben und hielt sie für seine eigene Melodie, sein eigenes Lied, seinen eigenen Refrain.

Könnten Sie sich vorstellen …

Die 18-Uhr-Nachrichten, Morgenbladet, Aftenposten, Dagbladet, VG, TV 2, ja und sogar *Dagsrevyen*, die Hauptnachrichtensendung, alle wollen ein Fitzelchen von Knut. Sie wollen, dass er zappelt und hüpft und tanzt und sich weiterhin zum Affen macht, zum Affen macht, zum Affen macht. Sie werden ihm Mikrofone hinhalten und ihn ermuntern, weiterzutanzen. Nachdem sie den Boden mit Glasscherben bestreut haben.

Jaja.

Manchmal muss und soll alles zusammenbrechen. Lass es los, kotz es aus.

Wenn alle das Richtige täten, würde alles zum Stillstand kommen. Wenn niemand das Richtige täte, würde alles zum Stillstand kommen.

Knut hat Stoff genug geliefert, um das Gegacker die nächsten Monate am Laufen zu halten. Vergessen Sie den Krieg, die Pandemien, die Katastrophen. Knut hat die große Maschine mit Inhalt gefüllt, Wichsstoff für alle Klatschweiber, die im Kreis um das Schlachtopfer des Tages, also Knut, herumstehen und sich an seinem Geschlechtsorgan reiben können, bis die Sonne untergeht. Oder bis sie erlischt.

Knut bleibt auf der Straße stehen und will sich den Gedanken notieren. Aber seine Hände zittern so stark, dass er das Vorhaben aufgeben muss, als ob sein Nervensystem erst jetzt mitbekommen hätte, was gerade passiert ist.

Wie betrunken ist er? Er fühlt sich überhaupt nicht betrunken. Er fühlt sich eher leer und innerlich irgendwie luftig.

Er geht in den Supermarkt und kauft ein Sixpack Bier und eine Tüte Kartoffelchips.

In der Fußgängerzone spürt er einen Sog um sich herum. Er erinnert sich an diesen Zustand aus seinen Glanzzeiten: Leute starren ihn an und glauben, er merkt es nicht, bloß weil er sie nicht direkt ansieht. Aber aus den Augenwinkeln, aus dem Nacken, aus den Ohren, dem Hinterkopf hat er sie unter Kontrolle. Niemand kommt auf ihn zu, aber Einzelne zücken ihr Handy und filmen ihn, wie es scheint, und sie glauben, dass er auch das nicht merkt. Erst filmen sie ihn verstohlen, aber als sie feststellen, dass er nicht reagiert, gehen sie unverfrorener zu Werke. Sie halten das Handy vor sich hoch, als hätten sie eine wichtige Aufgabe, einen Job zu erledigen.

Auf dem Friedhof sucht er seine Bank auf. Lass dich einfach gehen, summen die Toten um ihn herum. Gib dir die Kante. Beschimpf die Leute. Das hat nichts zu bedeuten. Du glaubst, alles sei wichtig, weil du glaubst, du wirst ewig leben. Aber nächste Woche, oder vielleicht schon morgen, reden sie über etwas anderes. Früher oder später wirst du sowieso in den Verbrennungsofen geschoben, und dort wird die Haut um deine Knochen schmelzen. Die einzige verbliebene Aufgabe besteht darin, die Erde mit deiner verbrannten Hülle zu düngen, und vorher sollst du von allem Zierrat und allem Drumherumgerede gereinigt werden.

Aber zuerst sind Proteste von der Hülle zu erwarten, diesem uralten Organismus, dem die baldige Vernichtung droht. Knut weiß das, und seine Umgebung weiß das, und der Organismus wird ausgelöscht, und die Veränderungen gehen weiter, und bald sind alle alten Menschen und Gebäude verschwunden, Gebäude und Menschen, die einmal jung und neu waren, und an dem Tag, an dem Knut niemanden um sich herum mehr erkennt, an dem Tag werden sie kommen, um auch ihn zu holen.

Sie fahren mit einem großen Kastenwagen durch die Gegend und sammeln alle auf, die wie Fragezeichen aussehen, so wie Knut hin und wieder feststellt, dass sein Gesicht – wenn er es im Vorbeigehen in einem Schaufenster erblickt – immer mehr einen Ausdruck tiefer Verwirrung annimmt. Dieser Ausdruck meißelt sich ihm mit jedem Tag tiefer ein, und bald wird er alle Versuche verdrängen, so zu tun, als wäre er sich darüber im Klaren, was passiert.

Die Kunst besteht darin, niedrige Erwartungen zu haben. Schau, ich habe fließendes Wasser, ich kann mich satt essen. Und hatte er sich nicht über die Einladung nach Lillehammer gefreut, obwohl er nur Lückenbüßer war?

Knut sitzt auf der Bank und versucht, eine Bierdose aus dem Plastik zu lösen, das die Dosen zusammenhält, aber seine Muskeln versagen ihm den Dienst, und es gelingt ihm nicht. Er versucht, die Chipstüte zu öffnen, aber auch das gelingt ihm nicht.

Er fummelt noch etwas an dem Plastik um die Bierdosen herum, dann fängt er an zu heulen.

Da kommt jemand angerannt, jemand, der schnauft und keucht. Er dreht sich um, und dort steht Lene. Sie beugt sich nach vorn und stützt sich auf den Knien ab.

»Mein Gott, mei-heine Kondition ist mi-hi-serabel. Warum sitzt du hier? Ich habe dir hundert Nachrichten geschickt.«

»Ich wohne jetzt hier.«

»Alles in Ordnung mit dir?«

»Nein.«

»Ich habe gehört, dass du im Zelt ausgerastet bist. Ich war nicht dabei, sorry, ich musste zu einem Se-heminar …«

»Schon gut. Ich bin froh, dass du nicht da warst.«

»Weinst du?«

Knut nickt zu dem Sixpack, das neben ihm auf der Bank steht.

»Ich heule, weil ich das Scheißplastik nicht aufkriege. Warum schweißen sie das Plastik so irre fest drum rum. So kann man unmöglich …«

Lene hält ihm eine Dose hin, sie hat bereits eine aus dem Plastik gelöst, aber bevor Knut sie an sich nehmen kann, zieht sie sie wieder zu sich heran und macht sie auf, dann hält sie sie ihm wieder hin.

Während er in großen Schlucken trinkt, setzt Lene sich neben ihn auf die Bank. Sie streckt die Beine aus.

»Kann ich mir auch eine nehmen?«

»Ja, natürlich. Ich habe auch Kartoffelchips.«

Drei Bier später liegt Knut auf der Bank, den Kopf in Lenes Schoß. Gerade ist ein Eichhörnchen über den Kiesweg gehuscht.

»Du bist die Liebe meines Lebens«, sagt Knut. »Du bist die Einzige, die ich je geliebt habe.«

»Ja«, sagt Lene nur, dann nimmt sie einen Schluck Bier.

Knut hat schon sieben Bier getrunken, wenn er richtig gezählt hat. Noch immer fühlt er sich nicht betrunken. Da ist bloß dieses neue Gefühl von Luftigkeit oder als hätten sich Baumstämme, die vorher quer in ihm gelegen hatten, nun gelöst und trieben davon.

Lene krault ihm die Haare, und Knut schließt die Augen. Ein Stück weg kann er die zwei Elstern zanken hören. Eine Taube gurrt in einem Rhythmus, von dem Knut sich einlullen lässt.

Dann muss Lene zurück zu ihrem Seminar. Sie stehen auf, umarmen sich. Lene klopft ihm auf den Rücken. Knut fühlt sich schwindlig.

»Was ist das eigentlich für ein Seminar?«, fragt Knut.

»Bloß ein Seminar, das der Kritikerverband veranstaltet, es geht um Meinungsfreiheit. Ich soll gleich den zweiten Vortrag des Tages halten. Vielleicht sollte ich über dich sprechen?«

Sie lachen zusammen. Zwei alte Freunde.

Knut schläft auf der Bank ein, und als er aufwacht, hat bereits die Dämmerung eingesetzt. Vom Kulturhaus Banken schallt Musik herüber. Knut verspürt den unwiderstehlichen Drang zu tanzen. Es sind nur wenige Hundert Meter bis dorthin, und bald geht er die stattliche Treppe zu dem alten Gebäude hinauf, das früher eine Bank war. Er folgt dem Lärm, und unmittelbar darauf befindet er sich auf der Tanzfläche, wo er eine Art Bauchtanz beginnt.

Er dreht sich ein wenig im Kreis, dann packt er einen Mann von hinten und rammelt ihn an, in dem Moment kommt ihm das völlig natürlich vor, es fühlt sich falsch an, es *nicht* zu tun. Möglicherweise will Knut zeigen, dass er auf *alle* losgehen kann, und zwar, weil er gleichberechtigt und demokratisch ist und alle Menschen gleich behandelt, aber das trifft es nicht, denn Knut hat überhaupt keine Hintergedanken dabei, er tut einfach, was ihm gerade in den Sinn kommt, ohne Plan oder Berechnung und frei von Angst.

Der Mann ist Terje, wie sich zeigt, und Terje dreht sich um und brüllt, »Lass das, du Schwuchtel!«, wobei er Knut schubst, sodass dieser hinfällt, und alle lachen und klatschen, aber Knut steht einfach auf und tanzt weiter. Ihm geht es gut. Er sollte hierfür bezahlt werden, er sollte vom Kulturrat einen Zuschuss bekommen, weil er die Rolle des besoffenen Schrift-stellers spielt, der bei einem gewöhnlichen Podiumsgespräch ausfällig wird und herumbrüllt und der Gott und die Welt belästigt und der herumrammelt und sich zum Affen macht, denn wie ergötzlich ist es doch für alle zu sehen, wie Knut so komplett zusammenbricht. Mit diesem Benehmen hilft Knut der Menschheit, er befreit sie, er *erlöst* sie, warum sieht das niemand?

Schaut euch im Spiegel an, will Knut all denen zubrüllen, die um ihn herumstehen und ihn so selbstgefällig anglotzen, in ihren Gesichtern steht die Erleichterung geschrieben: Jetzt macht sich jemand anderes zum Affen, nicht ich, nicht ich.

Das Monster hat sich aus dem Verschlag herausgezwängt, in dem Knut es normalerweise eingesperrt halten kann, und das Monster randaliert weiter, es scheißt und pisst und zerbeißt Gardinen und Teppiche und die Zivilisation, und Knut sollte sein Handy zücken und diesen Gedanken notieren, aber stattdessen dreht er sich weiter im Kreis und wackelt mit den Hüften, und bald stehen die Leute um ihn herum und klatschen den Takt, während Knut mit seinem viel zu langen Körper einen Bauchtanz hinlegt. Er reißt sein Hemd auf, sodass die Knöpfe in alle Richtungen spritzen, tanzt mit offenem Hemd weiter und verspürt zum ersten Mal seit Langem so etwas wie Wohlbehagen.

Am nächsten Tag sitzt er allein im Zug nach Hause. Frank fährt mit M, ein weiterer Meilenstein für die beiden Turteltauben. Franks Stimme erklomm ungeahnte Höhen, als er anrief und erzählte, sie würden *zusammen in einem Auto* nach Oslo fahren.

Knut hat auf dem Friedhof übernachtet. Zuerst hat er auf der Bank gelegen, aber als sie ihm zu hart wurde, hat er sich auf ein kleines Fleckchen Gras zwischen zwei Familiengräbern gelegt.

Knuts kleiner Koffer ist voll mit Essen, das er beim Frühstück im Hotel Breiseth hat mitgehen lassen, wo er vor Abfahrt seines Zuges vorbeigeschaut hatte. Er hat Lachs und Rührei zwischen zwei Brotscheiben gepackt und das Ganze in mehrere Schichten Servietten gewickelt, er hat vier Brötchen, sechs kleine Marmeladenpäckchen, sechs Päckchen mit Leberwurst und zehn mit Butter mitgenommen, dazu noch vier gekochte Eier, drei Äpfel und zwei Apfelsinen.

Im Zug wollen sich viele mit Knut unterhalten, weshalb er den Laptop aufklappt, sich den Kopfhörer aufsetzt und den heutigen Eintrag in der Datei, die er »Tagebuch 1« genannt hat, verfasst. So gut er kann und so objektiv wie möglich, versucht er, die Ereignisse des gestrigen Tages zu schildern.

Erst nach anderthalb Stunden schaut er auf. Der Zug ist langsamer geworden und bleibt bald darauf ganz stehen. Aus dem Lautsprecher kommt die Durchsage, dass etwas auf dem Gleis liegt, das weggeräumt werden muss, bevor der Zug weiterfahren kann.

Knut bleibt sitzen und schaut aus dem Fenster. Direkt an der Bahnlinie sieht er ein kleines Haus. *Zu verkaufen*, steht auf einem Schild an der Wand. Das Schild ist von der Sonne ausgebleicht und scheint schon eine Weile dort zu hängen. Das Haus sieht aus, als würde es jeden Moment in sich zusammenfallen.

Knut ruft die Website finn.no auf, wo er nicht lange zu suchen braucht. Der angesetzte Preis ist so niedrig, dass er zweimal hinschauen muss. Dieses kleine Haus, zwar eine Bruchbude, aber trotz allem ein Haus mit einem Grundstück von dreitausend Quadratmetern und Blick auf den Mjøsa kostet ein Sechstel von dem, was er für seine Wohnung in St. Hanshaugen bekommen kann. Das Haus ist so billig, dass er es fast mit der Kreditkarte bezahlen könnte.

Eine halbe Stunde später sitzt er auf der Treppe vor dem Haus und wartet auf den Immobilienmakler, der, obwohl Samstag ist, ans Telefon gegangen war. So ist das nun mal auf dem Land, denkt Knut, während er auf den Mjøsa schaut. Hinter dem Haus verläuft die Bahnlinie. Vielleicht ist das der Grund für den Preis.

Ein weiterer Grund für den Preis ist, dass hier ein Mord begangen wurde, erzählt der Makler, ein Mann in den Dreißigern, der bald mit einem Kombi vorfährt und Wanderkleidung trägt.

»Ich muss ja ehrlich sein. Sie würden es sowieso erfahren. Das Haus steht seit mehr als drei Jahren zum Verkauf. Der Besitzer ist erschlagen worden. Er gehörte einer Gang an, die gewöhnlich drüben in der Kneipe rumhängt, und dann hat es Streit gegeben, und eines Abends sind sie zu mehreren hierhergekommen, um ihn zu verprügeln, und das ist dann ausgeartet. Der Täter ist schon wieder raus aus dem Gefängnis.«

Der Makler schüttelt den Kopf und schließt auf, sie gehen hinein. Es riecht nach Schimmel.

»Sie haben das Blut noch nicht entfernt, es ist immer noch ein Fleck auf dem Boden, schauen Sie«, sagt der Makler. »Und die Küche ist aus dem Jahr, als das Haus gebaut wurde.«

Der Makler scheint entschlossen zu sein, Knut vom Kauf

des Hauses abzuhalten. Auf der anderen Seite gibt es eine zum Mjøsa hin gelegene Glasveranda. Knut bleibt stehen und schaut auf den See.

»Der Zug macht viel Lärm«, sagt der Makler.

Knut geht wieder in die Küche.

»Der Boden müsste wohl abgeschliffen werden«, sagt der Makler. »Es gibt hier im Haus weder Wasser- noch Abwasserleitung. Der Verstorbene hat sich nie ans Netz anschließen lassen. Aber irgendwo auf dem Grundstück soll es eine Klärgrube geben. Und im Kaufpreis inbegriffen ist ein Bagger. Ich weiß allerdings nicht, ob er funktionstüchtig ist. Wahrscheinlich nicht.«

Knut nennt eine Summe, einige Hunderttausend Kronen unter dem angesetzten Preis. Der Makler geht nach draußen und telefoniert eine Weile. »Geht in Ordnung«, sagt er, als er wieder hereinkommt. »Die Familie will das Haus nur noch loswerden.«

In der Zwischenzeit war Knut auf dem Dachboden, der aus einem einzigen großen Raum mit Dachschrägen und einem kleinen Fenster in jeder Giebelwand besteht. Er ist vollgestellt mit Gerümpel.

Zwei Monate später ist die Wohnung in St. Hanshaugen verkauft, und Knut ist Hausbesitzer. Dazu hat er ein Bankkonto mit einem Saldo, der dazu führt, dass mindestens einmal am Tag schleimige junge Männer anrufen, die ihn mit Vornamen anreden und ihm interessante Investitionsmöglichkeiten unterbreiten wollen. Knut lässt sie reden, und die schleimigen jungen Männer sagen, Guthaben ungenutzt bei der Bank liegen zu lassen, sei gleichbedeutend mit *finanziellem Selbstmord. Aktiv verwaltete Aktienfonds,* sagen sie. *Oder wenigstens globale Indexfonds,* und Knut sagt, er werde darüber nachdenken.

Zu seiner großen Verwunderung hat er es geschafft, den kleinen Bagger in Gang zu setzen, und mithilfe von Gebrauchsanweisungen, die er sich im Internet zusammensucht, Instruktionsfilmchen auf YouTube sowie seinem Nachbarn, der Bauunternehmer und Klempner ist, lernt er, ihn zu bedienen. Knut ist der dumme Schriftsteller aus der Stadt, und die Nachbarn zu beiden Seiten lachen über ihn. Der Klempner zeigt Knut, wo die öffentlichen Wasser- und Abwasserleitungen verlaufen – direkt unterhalb des Hauses, an der Grundstücksgrenze – und Knut beginnt eine Trasse dorthin zu graben.

Eines Morgens im Spätsommer, ein paar Monate nach Knuts inzwischen sattsam bekanntem Auftritt in Lillehammer, schickt er seinem Lektor über dreihundert Seiten.

Noch am selben Abend um 21:49 Uhr erhält er eine Antwort.

Darauf haben wir gewartet! Hier hast du wirklich ein Thema gefunden. Konnte es nicht mehr aus der Hand legen. Anders als früher, aber das muss ja nichts Negatives bedeuten (hehe). Lustig, dass du über die »Episode« in Lillehammer schreibst. Juristisch muss da einiges geklärt werden, aber das kriegen wir hin. Können wir uns morgen treffen?

Ohne zu antworten, geht Knut zu Bett.

Am nächsten Tag lässt er es Nachmittag werden und hat immer noch nicht geantwortet. Er hat so viel zu tun. Nachdem er das Haus ans Wasser- und Abwassernetz angeschlossen hat, ist er vollauf damit beschäftigt, einen Graben rund um das Haus auszuschachten, um den schimmeligen Keller trocken zu bekommen. Jeden Morgen steht er um sechs Uhr auf, schreibt zwei Stunden und beginnt dann mit den Grabearbeiten, und jeden Abend fällt er um zehn Uhr ins Bett und schläft sofort ein. Aber bevor er schlafen geht, sitzt er noch eine Weile auf der Treppe vor dem Haus, betrachtet den Abendhimmel und lauscht dem Vogelgezwitscher, was er tut, weil Vogelgezwitscher eine Sprache ohne Worte ist. Die Ratten, die sich in dem schimmeligen Keller herumtreiben, haben ebenfalls eine Sprache ohne Worte. Die Singvögel, die seine Sauerkirschen fressen, und wer auch immer seinen kleinen Kartoffelacker umgräbt und zerstört, all diese Geschöpfe reden mit ihm in einer Sprache ohne Worte.

Knuts Beiträge zu diesem Dialog sind das Aufstellen einer Vogelscheuche und das Einpacken der Kirschbäume in Netze, und so geht es weiter, ein fortwährender Austausch.

Dank

Ein Dankeschön für Tipps/Inspiration geht an Vibeke Devold, Petter Erik Hagen, Erik Fosnes Hansen, Michael Hopstock, Martin Kellerman, Tina Shagufta Kornmo, Frøydis Tuseth-Kraft, Bent Kvalvik, Anitra Lykke, Noman Mubashir, Sigbjørn Obstfelder, Peter Seeberg, Severin Sharma und Tomas Tranströmer.

Ein besonders herzlicher Dank geht an meine Lektorin Cathrine Narum.

·Penguin Random House Verlagsgruppe FSC® N001967

1. Auflage
Deutsche Erstveröffentlichung April 2024,
btb Verlag in der Penguin Random House Verlagsgruppe GmbH,
Neumarkter Str. 28, München
Copyright © 2022 by Nina Lykke
Published in agreement with Oslo Literary Agency
Covergestaltung: semper smile, München
Covermotiv: ©Shutterstock/CaptainMCity
Satz: Uhl + Massopust, Aalen
Druck und Einband: GGP Media GmbH, Pößneck
SL · Herstellung: sc
Printed in Germany
ISBN 978-3-442-77445-6

www.btb-verlag.de
www.facebook.com/penguinbuecher

Nina Lykke

Alles wird gut

Roman

352 Seiten, ISBN 978-3-442-77078-6
Übersetzt von Sylvia Kall und Ina Kronenberger

Elin (Ärztin, Mitte 50) verlässt ihren Mann und zieht kurzerhand in ihre Praxis. Ihre einzige Gesellschaft, abgesehen von den leidigen Patienten, ist das altkluge und im Laufe der Jahre verstaubte Skelettmodell namens Tore, das Elins Klagen mit einer gesunden Mischung aus Realitätssinn und beißendem Sarkasmus kommentiert. Wie konnte es so weit kommen? Während Elins Mann Aksel jede freie Minute mit Skilanglauf verbringt, schickt Elin, die ihre Abende mit einer Flasche Wein vor dem Fernseher fristet, eines Abends eine Nachricht an ihren Jugendfreund Bjørn – und fühlt sich plötzlich wieder lebendig. Doch eine langjährige Ehe und das gutsituierte Leben im Reihenhaus lassen sich nicht so leicht abschütteln.

»Mit viel Sarkasmus drückt Nina Lykke den Finger in (vermeintliche) Wunden unserer Wohlstandsgesellschaft.«
Barbara

btb